年年有魚 1

風文創 134

玖藍 著

風文創 134

目錄

自序

坎藍

《年年有魚》是一本描寫現代女性穿越到古代，在農村生活，從貧窮到富裕的一個奮鬥故事，全文背景是架空的，歷史上並沒有這樣的朝代，但作者仍然保存了很多相同的風俗習慣，力求呈現一個真實的古代環境。

畢竟對現代人來說，古代永遠都是一個神秘的時空，因為無法還原，無法去真正的探索，所以才出現了那麼多的穿越小說。

在作者的筆下，文中的女主角杜小魚得到了這樣一個機會。她雖然和我們眾多人一樣，在現實生活中只是一個普通的白領上班族，但是杜小魚的性格是堅韌的，人是勤快的，她在一個新的天地，通過自己積累的知識，從養兔子，到做生意，一步步實現了小康生活，引領著家人最後走出了農村，走向了城鎮，最終去了最繁華的都城。

這一路上，困難自然是很多的，但女主角與家人一直都很團結。本書中展現了一個道理，只要一家人齊心合力，風雨同舟，沒有坎坷是過不去的，親情是至關重要的，也是激勵女主角不斷前進的動力。

男主角與女主角可謂是真正的青梅竹馬，這是本書的一個看點。

男主角在書中天資聰慧、瀟脫腹黑，與女主角的互動溫馨有愛，他一步步喜歡上女主角，儘管經過多次的考驗，都阻擋不了有情人的腳步。

最後總結，本文寫的其實是一個小人物與其家人的奮鬥史，寫的是平實的家長裡短，感情的細水長流，寫他們從無到有，最後在一起幸福生活的故事，希望臺灣的朋友們會喜歡。

第一章

昨晚下了一場大雨，杜小魚剛從床上爬起來就衝到了院門口，臉都沒顧得上洗，她娘趙氏在忙著餵雞也沒注意，倒是她大姊杜黃花瞧見了，跟在後頭跑了出來。

杜小魚站定後，伸長了脖子，腦袋探出門口看那棵很高的槐樹。

金燦燦的陽光從樹葉縫裡鑽下來，落在那一串串黃白色猶如鈴鐺似的槐花上，她抬手點了下，露出放心的表情。

「一大早的也不洗臉，跑這兒來幹麼？」杜黃花不解地看著杜小魚，走過去用手巾輕柔地在她臉上抹了幾把，又整整她衣服。「今兒風大著呢，小心著涼，妳病才好，走，快跟我進去。」

杜小魚掙脫開她的手，指指樹上的槐花。「姊上回說要做槐花飯給我吃的，幸好沒被雨打下來，不然就吃不到了！」

杜黃花噗哧一聲笑了，戳了下她腦袋。「還以為妳急著幹什麼，小饞貓，等文淵回來就讓他上樹摘去，晚上做給妳吃，現在快進屋吧！」

文淵、文淵……杜小魚聽到這名字就忍不住皺鼻子，杜文淵是她二哥，長得一臉書生樣，白白淨淨的，不但周正，比杜黃花的五官還俊美些，而她自己現在還小，暫時看不出將來能不能比上這二哥，她只是不高興杜文淵的名字比她們姊妹倆的都好聽。

聽聽她們的名字，黃花、小魚，真不知道她爹娘是不是隨便在哪兒撿的名字，典型的重男輕女啊！

杜黃花可不知道她在想什麼，牽起她的手就往裡面走。

那手掌長了些繭子，但暖意直通心底。

「前世」的她沒有享受過這樣的親情，她從小是個孤兒，無父無母，無人可以撒嬌，靠著自己的努力，二十八歲那年，在一家外貿公司升到了業務主管，卻因一場車禍而重生在此地，從此她有了父母，有了哥哥與姊姊。

這一世，她一定會珍惜，代替病死的杜小魚好好生活下去！她在心裡暗暗地想，不自覺地手握緊了。

杜黃花側頭看看她，妹妹沒有像以往那樣精神不振，兩隻眼睛好像會說話似的十分靈動，欣慰地彎起嘴角道：「晚上也不見妳喘氣，倒是真好了，這下娘就放心了。」

以前的杜小魚有氣喘病，多走些路就透不過氣，睡眠也不安穩，整個人瘦成了麻稈，所以連門也是不出的，平常話也很少，因為講話要力氣。

兩人剛走到門口，她輕聲問道：「姊，二哥能爬上那麼高的樹啊？」二哥是家裡的寶貝疙瘩，雖然她跟家裡人才接觸半年的時間，雖然爹娘也不是不疼她們姊妹倆，可杜文淵在家裡的地位絕對是最高的，要讓趙氏知道杜文淵爬樹摘槐花，準得責備她們，摔傷了那就更了不得了。

杜黃花聞言咬了下嘴唇，剛想說話，卻聽趙氏在那裡喊——「黃花，把桌上擱的中藥湯拿給妳爹去。」

杜黃花應一聲，趕緊找了個竹籃出來去裝藥。

杜小魚走到屋子後面看趙氏餵雞，家裡共養了五隻雞，領頭的大公雞長得很威武，大早晨的總是準時打鳴，而其他四隻母雞每日則準時生蛋，昨日還吃到了韭菜炒雞蛋呢，是這幾日裡難得的美味。

「小魚，去把蛋揀出來，小心別摔了。」趙氏這時候直起腰，把手裡的簸箕放在雞舍的頂棚上。

杜小魚一聽就樂了，蹦蹦跳跳地往裡面走去，雞舍是用木頭搭的，東邊開了個小門，打開來就能看見稻草垛裡藏了四個雞蛋。

摸上去還熱呼呼的，她拿起旁邊的一根大木勺，把雞蛋小心翼翼地一個個放進去，關上木門，這才走出來。

趙氏見她腳步輕盈，臉上紅撲撲的很健康，拿袖子偷偷拭了下眼睛。

「娘，今兒還能吃炒雞蛋嗎？」杜小魚走到她身邊有些扭捏地說道，老實話，她肚子裡真是餓得慌，幾日沒沾葷腥，昨日吃個炒雞蛋都咬到自己的舌頭，真的很悲慘！

趙氏愣了愣，隨即又笑了，把雞蛋接過來放進一個大罈子裡，杜小魚湊過去一看，那裡面全是雞蛋，都快要滿了。

趙氏罩上蓋子，接著抬起頭摸摸杜小魚的臉。「小魚要吃那就炒兩個，一會兒等妳姊回來，讓著去田裡割點韭菜。」

杜小魚笑起來，心裡卻泛酸，這些雞蛋整整齊齊地擺著，原來是要賣了換錢的，難怪都捨不得吃呢！她慢吞吞地走到前院，看著這座灰濛濛的土房子發呆。

這兒共有四間房子，杜文淵住在最東邊，她跟杜黃花住在東邊第二間，第三間是吃飯的，隔了個地方做廚房，比較大，算是堂屋吧，第四間是父母住的，而這一長溜平房前後各有個用泥牆圍著的院子。

實在算不上堅固，但也是個遮風擋雨的家。

杜黃花回來的時候，杜小魚還坐在門口出神，她笑著走上去拉杜小魚起來。「也不怕地髒，妳二哥沒那麼早回來的。」她以為杜小魚是在特地等杜文淵摘槐花。

杜小魚瞥她一眼，心想，她是在想法子致富呢，這樣下去將來肯定發育不良，不然就是被活活餓死。

「娘呢？」杜黃花問。

「剛出去了，說是找隔壁吳大娘借個東西。」杜小魚回道，又想起一件事。「對了，娘讓妳去割點韭菜，晚上炒雞蛋吃。」

說起吃的她臉上就洋溢著很滿足的笑，杜黃花捏捏她鼻子，這丫頭自從身體好了就完全變饞嘴兒了。

杜小魚跟著杜黃花來到離家最近的那塊田裡，裡面種著一些蔬菜，有小毛菜、土豆、蓮花白等，都是平常要吃的，一家人自給自足完全沒有問題。

見杜黃花麻利的割韭菜，杜小魚問道：「爹喝了藥好些了嗎？」她都不知道她這個爹爹得的是什麼病，還搞不清楚狀況，只知道是腰背的問題。

杜黃花嘆口氣，本想說些什麼，但看看妹妹才七歲，又何必讓她擔心，就說道：「爹爹知道妳這麼孝順，肯定會好不少呢。」

杜小魚不死心，這幾日看娘熬藥還有家裡人的反應，她這爹的病看來應是痼疾，她得關心關心家裡主要的勞動力，要是真嚴重下去，家裡的田就沒有人種了，現在還嫌沒有葷腥，恐怕以後連吃飯都成問題呢，便又繼續道：「我氣喘病都好了，爹爹怎麼還不好呢，種田很累的……姊，我怎不記得了，爹到底怎麼得的病？是不是跟我一樣受涼了呀？」

杜黃花眼裡閃過絲恨意，手握緊了鐮刀，有些微的抖動，像是在忍住什麼樣。

難得看到她這樣的表情，莫非爹的腰背病是誰害的不成？杜小魚就閉嘴了，幫著揀地上散落的韭菜放進竹籃裡。

「姊再弄點毛豆回去吧。」她轉移開話題，指著後面一片綠色的毛豆。「昨兒看見廚房裡有鹹菜呢，跟毛豆一起炒炒好不好？」要是再放點豆腐乾那就更好了，早上下麵條澆點進去是很好吃的。

不過豆乾這東西不曉得有沒有，而花錢買的話肯定也不會捨得。

杜黃花這時已經恢復平靜，過來砍了一小捆毛豆下來，用右邊胳膊挾著，杜小魚提著小竹籃，兩人手拉手回了家。

等到杜黃花洗乾淨韭菜，杜小魚剝好毛豆，太陽都升到頭頂上來了。

杜文淵也回來了，他比杜黃花小兩歲，但人長得比她高多了，比起矮小的杜小魚，更是高高的如山一般偉岸。

「二哥！」杜小魚熱情地奔過去，眼睛卻盯著他手裡提著的小包裹，裡面放了一些書，鼓鼓囊囊的特別顯眼。

杜文淵今年十二歲，在北董村一個夫子開的私塾裡唸書，那夫子姓劉，是個秀才，共收了二十個學生，因為離這裡不太遠，所以杜文淵午時都回來用飯，休息會兒還得接著去。

杜文淵溫柔地拍拍杜小魚的頭，見她一手的泥巴，笑著道：「幫著剝毛豆了？小魚真乖。」

趙氏從屋裡出來，見他把書都帶回來就問道：「下午不用唸書？」

「嗯，夫子家裡有點事，讓我們下午不用去了。」他牽著杜小魚走進屋，就著一盆水拿抹布給她擦手。

像是早就做慣的事，他做得十分自然，杜小魚微微翹起嘴角，又怎會不自然呢，自家哥哥疼妹妹實在是太正常了，就索性倚在他身上享受這份溫馨。

杜顯踏進門檻時，趙氏跟杜黃花正在準備飯菜，杜小魚過去拉起他衣角。「爹還疼不？」說著伸手去碰他的腰。「小魚給您揉揉好不好？」

這個爹是個很憨厚樸實的人，也對家裡人很負責，就算身子傷了還起早貪黑的做活，杜小魚是真心疼他，希望他能快快好起來。

「小魚真孝順啊！」杜顯開心地笑了，眼角處皺紋好似波浪般顯現出來。

其實他也才三十幾歲，但是看起來好老了，杜小魚回頭看一眼杜文淵，難道杜顯以前也是長那個樣子的？真是歲月不饒人，連一絲痕跡都找不到了。

「他爹，洗洗手吃飯了，小魚，吃飯完再給妳爹揉去。」飯菜已經上齊，趙氏打斷了父女倆的感情交流。

「是啊，小魚還不快來，有炒雞蛋。」杜黃花笑著打趣。「這會兒可別再咬著嘴了。」

杜小魚紅了臉。「我才沒有咬到。」

「就是，是雞蛋弄傷她了。」杜文淵插上一句。

杜小魚無語了，低頭扒飯。

不一會兒，碗裡就堆上好多的雞蛋，都是杜黃花跟杜文淵挾的，她這才偷偷笑了，大口大口地嚼著飯。

正當眾人其樂融融的時候，冷不丁杜顯說了一句話，徹底改變了桌上的氣氛。

「過幾天是娘五十大壽，還是準備準備，送點東西過去吧。」

杜小魚差點拿不住筷子，原來她還有個祖母啊！

可這幾天完全沒聽到一點關於這方面的資訊，要真有個祖母，萬事孝為先，那在古代更是不同了，為何這個憨厚的爹爹從來不提呢，而家裡其他人也沒有提到過任何關於祖母的事。

再說了，她之前有氣喘病，好不容易好了，而且杜顯又有病痛在身，作為祖母、作為娘的那個人難道不應該來串串門？

還是說，住得很遠，不在同一個村裡？

她是一頭霧水，眼角餘光飄過其他四個人的臉，只見趙氏的臉色很陰沈，杜黃花在咬嘴唇，很像之前在田裡的那個表情，而杜文淵沒什麼反應，看不出喜怒，至於杜顯，他似乎有些愧疚之色，有些無奈。

到底是怎麼一回事？她也不方便發話，只扒拉著筷子裝作一副天真無知的樣子。

趙氏這時緩和了臉色，淡淡道：「正好存了一罈子雞蛋，再買兩疋布，買些紅棗，趕明兒我送過去。」

語調聽著涼絲絲的，杜小魚縮了縮肩，兩疋布？開玩笑的吧，連雞蛋都捨不得吃還有錢買布嗎？除了杜文淵穿的衣服還像個樣子，她們都像穿著麻袋。

不過憑良心講，她的衣服料子還算軟的，穿著也比較舒服，而杜黃花的待遇就完全跟趙氏夫婦一樣了，都是很硬的布料，真是可惜了那樣清秀的臉蛋。

杜黃花也有十四歲了，她忽然想到，這個年齡恐怕馬上就要說親了呢，但也足可見家裡有多貧窮，別的娘都想著法子給閨女好好打扮，而趙氏又不是沒有兒女心的人，所以說，是實在沒有辦法。

就在她胡思亂想的時候，只聽杜顯有些弱的聲音響起。「哪、哪需要買布，那罈雞蛋送去就行了，最多帶些自家地裡的東西，土豆、紅薯啥的，娘也知道我們情況。」

趙氏沒說話，只微微哼了聲。

杜黃花見狀站了起來。「我去洗衣服，今兒太陽好。」

杜小魚也忙拚命扒飯，好不容易都吃完了，卻見杜文淵還坐在那裡，她覺得氣氛實在太不好了，反正自己是小孩子，想離席就離席，這農家可沒人管這些，便說想去玩拔腿就跑。

杜文淵是最後出來的，那會兒趙氏已經在收拾桌子了。

看來這祖母不一般，全家人對她的態度好像都不太正常……

第二章

杜小魚蹲在地上，想起趙氏存的那罈子雞蛋，肯定是想去換點錢的，想來自己的氣喘病也花了不少銀子，而杜顯身體不好種田肯定也收益不高了，加上杜文淵要在私塾唸書，確實是難以維持。

現在要把那罈雞蛋送去當壽禮，趙氏肯定很不情願，可那是她婆婆，又不能不管。

趙氏洗完碗就把門關上了，跟杜顯兩個人在房裡說話，倒是聲音並不響，反正杜小魚是啥都沒聽見，只看到趙氏出來的時候眼睛紅紅的，而她爹杜顯的背更直不起來了。

那件事後槐花飯也沒吃得成，杜黃花心事重重的，杜小魚當然不好意思提這個要求，下午就跑去杜文淵房裡了。

她著實也想看看那些書，現在對這個世界的瞭解就只知道他們是住在北董村，而從打扮舉止來看，反正就是在一古代，哪個朝代她看不出來。

歷史雖然學得還行，可畢竟沒有細節的東西，她大學可不是學歷史的。

「小魚？」杜文淵聽到門口的動靜轉過頭來。「怎麼了，有話要跟哥哥說？」

二哥那笑容真是溫和啊，如沐春風！杜小魚幾步就邁上去了，目標直指書籍。「哥在看什麼書啊？」

杜文淵合起書露出封面。「看看認不認識？」

杜小魚呆住了，認不認識？難道自己還識字的不成？可她現在才七歲，哪裡曉得應該會什麼字、不會什麼字，索性就裝成啥字都不認識，直愣愣地盯著封面瞧。

上面赫然是用繁體寫的「中庸」兩字。

她心裡跳了下，又把目光移到另外幾本書上面，按次序排列，分別有《大學》、《史記》、《後漢書》、《新唐書》等等。

漢朝、唐朝居然全部有！難道現在她是在宋朝不成？看來得問問當今皇帝是誰才行。

見她皺著眉不說話，目光卻灼灼猶如陽光，杜文淵眉頭稍稍挑了下，這丫頭身子好了後整個人都活潑不少，倒是讓人放心了。

「都不認識了？」他伸出修長的手指點了點封面上的字，他以前教過杜小魚認字，但教得不多。

杜小魚搖搖頭。「不認識。」

「中、庸。」他清晰地讀了下。「看來下回得再花些功夫，不能寫出來就當認識了……對了，那妳的名字有沒有也忘記怎麼寫了？」

杜小魚咧了咧嘴，原來他教過她認字的，真是個好哥哥啊！

「不記得了，再教我一次嘛，我保證好好學。」反正毛筆字寫得很難看，而繁體字也有些不認識，重新學學挺好。

見她躍躍欲試的勁頭，杜文淵也很高興，他才不覺得女子沒必要唸書呢，到底還是認識些字的好，看書也能增長見識，以後嫁出去免得被人欺負了都不知道。

不過沒學多久就聽趙氏在門口道：「別打擾妳哥唸書，出去玩去。」

「沒事，小魚學得很快呢。」杜文淵笑道。

趙氏臉就有些拉長。「你明年就要去考秀才了，等考上了再教也不遲，小魚還小呢，急這點兒工夫幹什麼。」

真是望子成龍，加上父親杜顯今兒說的話，估計她心情也不太好，杜小魚識相地從杜文淵腿上跳下來，把毛筆放在硯臺上往門口走去，又回頭做了個鬼臉。「哥哥加油考秀才哦！」

見杜文淵笑了，她才把門帶上。

趙氏接著就出門去了，等到霞光染紅天邊的時候才回來，手裡多了兩包棗子。

杜小魚轉頭走進房裡，杜黃花正拿著繡花繃子在繡東西，她湊過去一看，卻是個鶴壽圖，手工十分好，那仙鶴像活的一樣。

「真漂亮，可以換好幾個銅錢吧？」杜黃花經常繡東西補貼家用，但這圖卻是用來賀壽的，不過杜小魚假裝不曉得。

杜黃花低頭咬斷根黃線，又拿起紅絲線繡那鶴頂紅。

「是給太婆的，好歹五十大壽呢。」半晌她才回話，聲音有些悶。

「哦，原來是給太婆的呀。」杜小魚問：「那咱們家送雞蛋、送棗子、又送這個，別的人送不送東西呀？」

杜黃花眉頭皺了下。「二叔、三叔、小叔當然也要送的。」

還有三個叔叔，杜顯是老大……

杜小魚也忍不住皺眉了，爹娘跟太婆平時沒啥來往，難道跟幾個弟弟也不來往嗎？這些天反正是一丁點都沒有提起，她一直以為他們家在村裡沒啥親戚，是獨門獨戶呢！可從趙氏的行為還有杜顯的言辭來看，這幾家應該住得也不遠，不然賀壽應該很早就提前說了，可見去到那裡方便得很。

過了兩日，杜顯就帶著趙氏跟三個孩子去他娘那邊了。

北董村占地挺大的，從村頭走到村尾得要大半天，而杜顯家是在北董村的西邊，他娘就住在隔著三十畝地的對面。

竟然這麼近！

杜小魚暗自腹誹，這中間肯定藏著什麼事，不然好好地怎麼可能不來往呢？農村生活她以前也體驗過，那裡的人最喜歡串門，鄰居都是隔三差五的要聚聚，更別提是自家人了。

一路上，趙氏的臉就沒好看過，杜黃花也好不了多少，就杜文淵一直看著比較正常，好似沒有被她們之間的情緒影響到。

田野風光還是極好的，空氣那樣清新，若不是有那什麼麻煩的太婆來打擾，他們一家幾口說不定正高興著呢，雖然窮點，可家人團結在一起就行。

「這幾天妳忍著點，以後也就好了。」杜顯在趙氏旁邊小聲說道：「這大壽必須要過的，請了村子裡不少人，妳好歹給她點面子，到底是我娘親。」

趙氏暗自嘆口氣，臉皮鬆了些，都走到這裡來了，她還能怎麼樣？都說嫁雞隨雞，這次都來了，總是要應付過去的。

「小魚，一會兒別亂跑，跟著我。」杜黃花拉住杜小魚的手。「人多，恭恭敬敬的跟我叫聲人就行了。」

那堆親戚看來不少，三個叔叔，加上三個嬸嬸，還有不少堂弟堂妹吧？那有沒有姑姑呢？

「姊。」這時，杜文淵從後面走上來，手裡拿著兩朵野花，一朵粉紅的，一朵嫩黃的。

杜黃花看看他。「啥事？」

「我給妳戴上。」杜文淵說話間把花插在她靠近耳邊的頭髮裡。

嬌嫩的花瓣差點貼上她的臉，映著那秀美的五官，平添了一分俏麗。

杜小魚拍著手。「好看、好看，二哥我也要。」

杜文淵蹲下來給她插了那朵嫩黃的花。

三個人肩並肩地往前走著，一路笑聲不斷飄出來，趙氏聽見心情也好了，杜顯看到她笑了，自然心裡也輕鬆起來。

遠遠的就看見一長排房子特別醒目，因為房頂上不是一般的粗糙泥瓦，而是細緻的黑色瓦片。

雖然這種瓦片在後世很普遍，杜小魚見得也多，但在這個北董村可不是那麼容易看到的，這得有一定的財力才用得起，看來，這太婆家並不是一般的農民家庭啊，杜小魚這時是滿肚子的疑惑，她不明白自個兒家怎會那麼窮？難道並不是一家人？

沿著兩邊種滿稻穀的小路五個人往裡面走去。

這時院門口已經出現了兩個人，杜小魚一看是兩個婆子，應該是下人。

「哎，來了呀，快去給老太太說一聲。」其中一個婆子上來殷勤地接過杜顯手裡的罈子，微微屈著身，往裡讓過一側，讓他們進門。

而另一個婆子明顯不是那麼樂意，鄙夷地朝杜顯瞥一眼才轉身去到裡面。

這兒明顯是個富裕的地方，牆都是刷得白白的，地上鋪著青色磚頭，而不是泥地，也算是很講究了。房子是砌成四合院格局的，剛才從遠處看不到裡頭，這會兒才發現往裡延伸還有幾進院子，而木門窗櫺雕刻了一些精美的圖案，包括杜小魚探頭看到堂屋一邊掛著的書畫，讓她覺得頗有些書香門第的感覺。

旁邊，好多下人正忙忙碌碌地走來走去，也許是他們來得早，倒是還沒有客人來賀壽。

「來了就進屋吧，站在外頭做甚？當我這個老太婆會吃人？」此時，略有些尖銳的聲音從堂屋裡破空而來，聽得出來精氣神很足。

杜小魚聞言看向趙氏，見她臉色又沈了下來，一旁的杜顯面皮子繃得死緊，好像左右為難，但還是伸出手碰了碰趙氏，示意她一起進去，幾個人才抬腳跨過門檻。

堂屋很大，正中間是兩張紅木大椅，下方兩邊豎著擺了六張高背黃楊木椅子，顯得有些肅靜。

一個頭髮花白身材瘦小的老婦人端坐在右邊的大椅子上，她兩隻眼睛是細長細長的，跟杜顯一樣，眼角很多皺紋，但性格卻是相差十萬八千里，杜顯是個很溫和老實的人，而她一眼看上去則顯得很嚴肅，不太好親近的感覺。

「娘。」杜顯喊了一聲。

「兒媳祝娘福壽雙全。」趙氏跟了一句。

杜小魚感覺到杜黃花牽住她的手，便跟著她跟杜文淵一起叫了聲太婆，同時也說了點應景的話。

「三個孩子都越長越好了。」老婦人李氏終於露出點笑容，但目光卻是只落在杜文淵的臉上。「文淵馬上就要考秀才了吧？聽劉夫子講你書唸得很好，太婆真是欣慰啊，你祖父在天之靈也是高興的……」

話沒說完，就聽門外一聲嬌嗔——

「娘還真偏心，相公也跟著劉夫子唸書的，怎不見您誇獎他？」

第三章

杜小魚往門口一看，只見呼拉拉來了六個人，四女二男，三個大人三個孩子，最小的是個小男孩，長得胖乎乎的，一進去就爬到李氏的膝蓋上，指著高几上的果盤嚷嚷著要吃。

李氏抓了把放他手裡，瞄向剛才發話的女子，她的四媳婦包氏。「章兒要是能有他大侄子唸的一半好，我哪怕天天誇他呢！哼，可現在都唸了十幾二十年了，人家劉夫子都唸成他親戚了！兩人前幾日下午還去喝酒來著，妳當我不知道？帶壞劉夫子不要緊，把淵兒唸書耽擱了，我可饒不了他！」

包氏氣得頭上的金鳳簪直顫，粉白的臉都發紅了，一指頭戳在身邊瘦高個兒男人的身上。「你聽到沒有？娘都發話了，趕明兒別去劉夫子那裡丟人了！家裡好歹有田給你吃飯，你給我老老實實的看著田，別到時候惹得娘生氣連田都收回去，咱們可不像別的人有個好兒子！」

最後那句話是說給趙氏聽的，可李氏心裡也不是滋味，這小兒子也是個扶不起來的，被媳婦指著鼻子罵委實可氣，但她到底還是忍住了沒發作。

氣氛有點僵，另一個年輕婦人，李氏的三媳婦吳氏上來怯生生道：「一會兒客人就要來了，相公正在外頭等著，大哥大嫂也去幫把手吧，我嘴笨不知道怎麼招呼，省得得罪客人呢。」

李氏像是找到了發洩的人，冷冷哼了聲。「妳也知道妳嘴笨？好好的插什麼嘴，妳大哥大嫂難得來一回就要他們去忙活，我看妳是想偷懶！」

吳氏忙搖著頭。「媳婦不敢。」

「妳有什麼不敢的？」包氏翻了個白眼，上去幾步劈手把那胖乎乎男孩手裡的瓜果扔在地上，斥責道：「就知道吃吃吃，看你胖成什麼樣，我說三嫂，都見過幾回妳給他東西吃了，我是怎麼說來的？別給他吃這些亂七八糟的，上回就拉得唏哩嘩啦，敢情妳是想他死是不是？」

吳氏嚇得手直搖，臉雪白。「天地良心，我怎麼敢，只是看他要吃就拿給他了。」

其實剛才明明是李氏拿的，包氏這是在指桑罵槐。

李氏臉色不好看，杜章趕緊拉住他娘子的手，笑嘻嘻道：「娘大壽呢，胡說這些幹什麼，妳放心，我以後肯定天天看著那些田，不用再煩勞娘子操心了。」又轉過頭道：「娘，時間也不早了，您快去換新衣服吧，那衣服穿上誰也比不過您，肯定漂亮得很！」

李氏終於又笑了。「年紀一大把了，還能漂亮到哪兒去？」但已經站起來往內屋走去。「時間是差不多了，你們幾個去各忙各的，文淵留下來一會兒，太婆還有話跟你講。」

趙氏眼睛稍微眯了眯，杜黃花卻是看了眼杜文淵。

杜文淵低頭道：「是，太婆。」

包氏嘴角歪著哼了一聲，恨恨地掐了下她相公杜章的胳膊。

幾個人走出門外一段路，卻見一個人嘴裡哼著小調，腳步似不穩的往這裡走過來，他年約三十歲，長得很瘦，跟杜章有點像，但矮了很多，眼睛瞧著人的時候好像隨時都在轉動，下頷留著短鬚，穿著件花俏惹眼的長袍。

「喲，這不是大哥一家子？」他咧開嘴笑，露出稍顯黃的牙齒。

杜顯、趙氏跟杜黃花都變了臉色，杜顯有些勉強地打招呼。「二弟。」肯定不是什麼好人！杜小魚皺了皺眉，流裡流氣的，她剛才見識了李氏跟包氏的作風，沒想到又瞧到這樣一個貨色，也是她親戚，還是二叔！

「黃花變漂亮了啊。」杜堂盯著杜黃花，又問旁邊的婆子：「大哥帶什麼壽禮來啊？」

那婆子就是剛才門口不樂意的那位，不屑地回答道：「一罈子雞蛋，兩袋紅棗，還有一袋土豆跟蓮花白。」

「嘖嘖，」杜堂聞言搖著頭。「你們家不是有幾隻雞的嗎？唉，娘大壽就送些個雞蛋來，大哥你也太不孝了，好歹弄上幾隻雞啊，長得肥肥的肯定好吃。走走走，反正離得近，我這就跟你上門去拿，娘曉得了肯定誇你孝順，你既然來了也是想娘高興，是不是這個理？怎麼能捨不得幾隻雞呢！」

包氏掩著嘴笑，幫腔道：「二哥說的很是，大哥大嫂既然是個有傲氣的，這回來賀壽怎麼也得弄好看些，咱們也服氣。」

杜顯很尷尬地被杜堂扯著，一時也不知道該怎麼接話，杜黃花手握緊了拳頭，眼睛跟刀子似地盯在杜堂的身上。

吳氏看不過眼，低聲道：「大哥家裡也困難，幾隻雞還得下蛋呢。」

「嗟！妳的意思是現在娘都比不上大哥家裡的幾隻雞重要了？」包氏瞪大了眼。「哎呀，也不知道娘聽到了會氣成什麼樣，唉，有些人果然是貪心，拿著些不值錢的就想來討娘喜歡，真是癡心妄想！」

趙氏再也聽不下去，一拉杜小魚跟杜黃花。「走，咱們走！」

杜顯急了。「娘子……」又一推杜堂。「你讓開。」

杜堂順勢放開他，笑嘻嘻道：「這就走了啊？不送！下回再來記得把家裡的雞給捎上啊！」

杜顯這時追上趙氏，拉住她的手低聲道：「娘的壽禮還沒開始呢，妳再忍忍，總不能白來一趟，剛才妳也看到了，娘對文淵還是很好的。」

這些人實在太可惡、太令人難堪了！杜小魚在旁邊直咬牙，聞言大聲叫道：「哎呀，二哥還在太婆那裡呢！」

確實，杜文淵還在堂屋等著李氏跟他說話，根本不知道外面發生了什麼。

杜堂才發現果然少了一個人，惡狠狠道：「那小子在娘那裡？」

包氏唯恐天下不亂。「是啊，單獨留著說有話要跟他講，也不知道是要說什麼，娘因為他還把相公罵了頓，我看要不了多久，咱們都得給他端洗腳水呢！」

「呸！」杜堂吐了一口口水。「書唸得好有個屁用，咱爹不也是個秀才嗎，到死也就是個破爛唸書的！」

「誰說的？」杜小魚抬頭道：「夫子說唸書唸得好就能做官，將來二哥做官了要什麼有什麼，要打什麼人就打什麼人呢！還有些大官能去京城，幫什麼……什麼……反正就是很厲害的人辦事！姊，以後二哥考上秀才，還要考、考……」

「考舉人，考進士，將來殿試！」杜黃花眸子閃閃發亮。「二弟是少有的聰敏，夫子都這麼說的，不然也不會免去咱們一半的費用。」

這事村子裡誰都知道，杜文淵天賦極好，很早就能背詩作詞，劉夫子也是常常誇讚的。見那姊妹倆臉上掛著自信至極的微笑，彷彿杜文淵當定了官似的，杜堂跟包氏不由得都愣住了，不約而同想像起杜文淵當官後他們的悲慘遭遇，一時竟不敢繼續說話。

杜小魚在心裡暗笑一聲，拔腳就往堂屋奔去，喊道：「娘，我去找二哥，跟太婆說咱們要回家了！」

杜堂急了，他本來篤定大哥一家子會氣得主動離開，誰料到會鬧到他老娘那裡去，但待要追趕的時候卻見杜小魚轉眼間就不見人影了。

「太婆、太婆……」杜小魚在前面邊跑邊喊。

看守堂屋的婆子是早前那個接過杜顯手裡罈子的人，姓鍾，笑著道：「小魚小姐來了啊，老太太在跟您二哥講話呢。」

「我有急事，婆婆快帶我進去找太婆吧！」她拉住那鍾婆子的衣角。

鍾婆子想了想就往裡走去，到門口的時候敲著門輕聲道：「老太太，小魚小姐要見您。」

沒等李氏發話，杜小魚砰地把門推開了，反正裡面也沒反鎖。

李氏跟杜文淵都一愣，杜文淵剛想說她沒禮貌，作為哥哥要教育幾句，結果杜小魚哇的一聲哭起來，上前抱住杜文淵的腿。「太婆，二叔跟小嬸嬸要趕我們回家呢，嗚嗚嗚……二哥，咱們走吧，二叔說要吃咱們家的雞，雞要是被吃了就沒有雞蛋了，以後咱們會餓死的！二哥，快點回去吧，二叔要去搶雞呢！」

「什麼？真有此事？」杜文淵皺起眉，搶雞？

李氏是知道二兒子杜堂的德行的，猛地一拍桌子道：「實在不像話！」

杜小魚繼續哭道：「二哥咱們走吧，以後再也不要來了，二叔好可怕啊，連咱們家的雞都搶，小嬸還說太婆沒有雞重要呢，連雞都比不上……」

李氏聽了氣得臉一陣紅、一陣白，但見杜小魚執意要把杜文淵拖走，忙柔聲道：「小魚別怕，太婆給你們作主，誰也趕不了你們，那雞……那雞妳二叔也不敢去搶的！」

這時杜堂已經追過來了，李氏一看到他劈頭就罵。「跟個孩子混說些什麼？看看你還是個當二叔的，像什麼話！把小魚都嚇哭了，文淵他們好不容易來一趟，我這大壽你是不是非要給攪和了才高興啊？還不去哄哄你侄女！」

杜堂再怎麼發橫在老娘面前還是很收斂的，忙笑道：「開玩笑呢，哎，這孩子就當真了，大哥大嫂來我高興得很呢，豈會趕他們走？」

杜文淵見小魚剛才哭得唏哩嘩啦，就要拿袖子給她擦拭，誰料抬起臉一看，一滴眼淚都找不到，臉上乾乾淨淨的，頓時也就明白了，伸手在她額頭一彈，輕聲道：「妳哥也騙，死丫頭！」但還是用袖子認認真真給她擦了下。

其他人這時也過來了，包氏也少不了給李氏責備了幾句。

「顯兒、大媳婦，剛才都是玩笑話，他們也被我罵了。」李氏說著頓了頓，她其實並不習慣柔聲細語。「我這大壽五十年一回，以後也不知道還能不能有六十壽禮，你們還是留下來吧，三個孩子我都喜歡得很，以後也多往來，誰再敢說趕你們走這種話，我頭一個把他們給趕了！」

「娘放心，我們不走，好好整理整理過壽吧，客人們都來了。」杜顯回道，而趙氏沒表態。

李氏朝趙氏看了看，臉色陰沈了幾分。

杜小魚則看著李氏新換上的衣服，這料子是棗紅色繡花絲綢，肯定很昂貴，她想起自家的情況，眉頭就緊了緊。李氏明顯是個地主婆，包氏口口聲聲田啊田的，就怕他們家來插一腳，她現在最好奇的是，為何當年杜顯要離開杜家過這種艱苦的日子？

在這裡的時間顯然難熬，趙氏一直都沒有什麼好臉色，杜小魚倒是去跟兩個堂姊到處看了看，瞭解了一下杜家的情況。

到了晚上，客人們也都走得差不多了，杜顯也跟李氏告別。

李氏顯得有些不捨，連聲叫他們常來。

回家後，趙氏就去廚房燒水了，杜黃花切菜餵雞，杜小魚坐在門口看著亮閃閃的星星發呆，這兒的夜空特別美，令她迷戀無比，星光倒映在門口小湖泊裡，更是像璀璨的明珠沈在水底發出誘人的光芒。

杜文淵遠遠看她一眼，自從病好了，那雙眸子總是有陌生的燦爛，像在懷念著什麼，又在憧憬著什麼。

「小魚。」他走過去坐在她身邊。「又在看星星？」

她自從來到這個世界後，總是會忍不住抬頭看著天空，這裡不知道是千年前的某個朝代，還是一個完全陌生的時空，但天空卻是一樣的，有太陽，有星星，有月亮，她在最初的幾天裡，只有看到這些的時候，才會有一種深切的真實感。

這一切並不是虛幻，過去終究是被拋在了時光裡，而她也永遠不可能再回去。

「哥哥知道這是什麼星星嗎？」她手指著北斗七星中的一顆，這是她從小就喜歡在天上找的圖案。

杜文淵看向那方向，笑起來，握住她的手虛空畫了個樣子。「這叫北斗星，看到沒有，連起來像個斗，裡面七顆星分別叫天樞、天璿、天璣、天權、玉衡、開陽、搖光。《鶡冠子》云，斗柄東指，天下皆春；斗柄南指，天下皆夏。而西指北指就是秋冬了。」

「哦，現在是春天，那這柄是指著東方的。」杜小魚道：「哥哥好厲害，這都知道。」

「書上都有啊，所以妳要好好識字，將來什麼書都能看。」

杜小魚深以為然，連連點頭。「我一定會的，哥哥有空就要教小魚哦。」她還想問好些問題呢，比如當今皇帝是誰？

誰料這時杜文淵忽地一拍她腦袋。「對了，是誰告訴妳當了官要什麼有什麼，想打什麼人就打什麼人的？」

「這個……」杜小魚咧開嘴笑。「我只是想嚇嚇二叔跟小嬸子而已，要是哥哥真當上官了，肯定是個好官，絕對不會亂打人的！」

杜文淵噗哧地笑出聲。「妳就篤定我是好人啊？也罷，既然當官有那麼多好處，我定是要好好努力的。」

大言不慚。杜小魚上回還不算是說大話，考個秀才興許不算什麼，但考舉人乃至進士豈有那樣簡單，這個二哥還真不謙遜呢！

第四章

雖然有個小地主太婆，可是杜小魚一家仍是在過著窮苦日子。

杜顯每日起早貪黑地忙活莊稼，春天是播種的日子，此刻要是偷懶，到了秋收的時候便只能嘆息後悔，所以除了杜文淵外，全家都出動了，杜小魚力氣最小，雖然也去了，其實也就在旁邊玩，偶爾遞一下鐮刀什麼的，或者拿手巾絞濕了給家人擦把臉。

他們家總共有十畝地，不算多，但因為只有一個稱得上合格勞動力的杜顯，而且又舊疾復發，就顯得有些負擔不起來。

此外，杜小魚還發現一個問題，除了離自家最近的那塊種蔬菜的田之外，其他的田都出奇的遠，幾乎連著山林了，在北董村的最西邊，聽說越過這片山頭樹林就是隔壁的七甲村。

這日太陽老大，在田裡幹一會兒活頭頂上就直冒汗，看來夏天就要到了。

「小魚妳快回去吧。」杜黃花看她不停地抹汗就有些心疼。「我手頭這些苗子也快了。」她是在移栽水稻，也就是插秧。

杜小魚拿手巾給她涼了下脖子。「我等妳一塊兒走，今兒二哥說會早點回來的，我讓他摘槐花下來。」

杜黃花好氣又好笑。「妳這饞嘴兒，還惦念著那飯呢！先回去，我又不是不給妳做。」

杜小魚嘿嘿笑了兩聲，看看遠處有人在趕牛耕地就說道：「姊看那邊有頭牛呢！哎，用牛看著好省力氣，要不咱們問人家借一下？爹爹再做下去病更嚴重了怎麼辦呢？」她最近都聽到杜顯咳嗽了，那藥是每日都喝的，等於拿藥換命，然後再拿命種田。

杜黃花目光黯然，低頭咬了咬唇。「明兒不讓爹爹來了，插秧反正簡單，我一個人就行的，也就多做幾天。」

那恐怕得再累倒一個人，杜小魚見她不提那牛的事，顯然是有什麼心病也就不說了。兩人沈默著，杜黃花把手裡最後一根秧苗插進田裡的時候，有人趕著牛從遠處走過來。

杜小魚盯著那頭大黃牛看，果然是好牛，長得膘肥體壯，要是他們家真有一頭就好了，那得省多少人力啊！反正牛也就吃吃草，這裡什麼都缺就是不缺草，後面山林漫山遍野都是，她看了會兒目光終於落到牛主人的身上。

是個中年婦女，跟那牛一樣長得壯實，黑紅的皮膚，三白眼，有些凶相。

「就妳一個人在種地啊？」她聲音卻是尖尖的。「唉，天可憐見的，什麼活都得親手弄，要是有頭牛可輕鬆多了。」說著一笑拍拍黃牛的腦袋，語調頗為諷刺。「現在後悔了吧？也只能眼巴巴瞧著。」

杜黃花臉繃緊了，一句話都不說，牽著杜小魚就往前走。

可那中年婦女邱氏不善罷甘休，跟在後頭，聲音跟個喇叭似的嚎著。「清高個什麼勁兒？也就是個破爛鞋子，被我兒子摸都摸過了還裝什麼，呸，看妳以後上哪兒找人家去！」

一路上好幾片田裡都有人，聽到了抑或發出笑聲，又有幾人竊竊私語的，杜小魚偷眼一看杜黃花，只見她嘴唇都在發抖，握著她的手緊得生疼。

而那邱氏還在罵罵咧咧，全是些不堪入耳的污言穢語。

杜小魚很惱火，邱氏讓杜黃花那麼難堪，她也不能讓邱氏好過，她霍地停下腳步，指著邱氏罵道：「妳那破兒子才叫人噁心呢，明明是我姊看不上妳兒子，把他給甩了，妳是氣得不會說話了吧？想我姊姊一朵鮮花插妳兒子那牛糞上，啊呸，也不拿鏡子照照自個兒的臉，就妳那樣兒，能生出什麼熊樣兒子！姊，咱們不怕她，反正是看不上她那兒子，看丟誰的臉！」

邱氏沒想到杜小魚會突然開口罵人，一時間愣住了，因為杜黃花是個什麼樣的人她很瞭解，所以才會逞口舌之快，知道杜黃花是不會開口辯解的，結果卻忽略了杜家的小女兒。

她半晌才回過神，撲上來就要揪杜小魚，杜小魚仗著自己靈活立馬就躲開了。

但兩人的身形實在相差太大，要是真被邱氏逮到，杜小魚恐怕會受皮肉之苦，邱氏的潑辣在村子裡是聞名的，她的表舅就是北董村的村長，仗著這個，她時常欺負沒有依仗的老實人，杜黃花看杜小魚有危險，立時就擋在前面，喝道：「妳敢打她，咱們杜家不會饒妳！」

邱氏怪笑一聲。「杜家？哪個杜家？你們是被那地主婆給趕出來的，別死不要臉還當自個兒是地主！我今兒非抓到這死丫頭不可，妳讓開！」

杜黃花當然不會讓，而邱氏力大無比，隨手就把她推在地上。

杜小魚看到杜黃花被欺負，眼裡都要冒出火來，她假裝嚇得摔倒，咕嚕嚕滾到黃牛的屁股後面，趁著邱氏還在耀武揚威的當兒，迅速把髮上的木簪拔下來用力刺進了黃牛的屁股。

只聽黃牛發出一聲怒吼，如同春雷般響徹整個田野，接著就撒開蹄子狂奔起來，根本不分方向，在四周的田裡一陣踐踏，那些才插好的秧苗不時的倒下，引起正在幹活的農民們紛紛抱怨，叫著指責邱氏，讓她快點把自家的牛拉走。

邱氏傻眼了，哪裡還顧得上找杜小魚算帳，飛快地抓牛去了。

「摔傷了沒有？疼不疼？」沒等杜小魚去扶杜黃花，杜黃花已經撲過來了，正上上下下看著她，又伸手幫她拍褲腿上沾著的泥。

杜小魚鼻子有點酸，搖搖頭。「不疼，姊疼嗎？」

杜黃花停下手，擰緊了眉盯著她。「以後沒事少說話，那人是妳打得過的？我跟妳加起來也不是她對手！」

杜小魚撅起嘴。「誰讓她這麼說妳，我可看不過去！」

「說一下又不會少塊肉，犯得著跟她計較？」杜黃花責備著，又嘆口氣，她知道杜小魚是為她才罵人的，可邱氏的表舅是村長，萬一惹出什麼事來，他們家能應付得了嗎？上回因為說親的事已經得罪了邱氏，不然她也不會說那麼難聽的話了，加上這次，難保會徹底激怒她。

見她心事重重的，杜小魚想剛才自己也許真是冒失了一點，可看那人這麼侮辱杜黃花，她絕對忍不下去！不過由此也看出這個姊姊真是能忍耐，也才十四歲的小姑娘，到底擱了多少煩惱在心裡頭隱忍不發？

「那牛踩了不少莊稼，這下有得她賠了！」杜小魚衝杜黃花眨眼睛，嘿嘿笑道：「剛才妳看到沒，她追的時候還摔了個狗啃屎！」

杜黃花終究也是少女心性，想起邱氏後來的狼狽樣子，噗哧笑起來。「倒是活該。」

見她笑了，杜小魚心裡也甜甜的，這些日子，她早已把他們當成自己真正的親人，有福同享，有難同當！

杜文淵下午果真很早就回來了，趙氏有點不太高興，拉著杜顯說道：「這劉夫子最近是怎麼回事？三天兩頭的放他們回來，是不是不好好教書了？還是家裡頭有事？你趕明兒去打聽打聽，咱們文淵可不能被他給耽擱了！」

杜顯佝僂著腰，最近這腰越發疼了，也不知道是藥方有問題還是嚴重了，但也是忍著不說，畢竟家裡頭還得靠他呢，見趙氏這麼說就安撫道：「孩子唸書也累，休息幾日就休息幾日吧，這劉夫子也不是沒規矩的人，早些年教了好多秀才出來，也出過舉人，妳別瞎擔心。」

趙氏哼了一聲，手裡的勺子敲著鍋緣哐噹響，十分刺耳。「聽說最近常跟杜章混一起，根子說上回還見他們下午喝酒呢，可不就是放文淵早回那天！」

見她也不叫四弟，杜顯嘆口氣。「可能是有事商量吧，劉夫子……」眼見趙氏臉更加沈下來，他趕緊改口。「好好好，我明兒去打聽打聽，要是真藏著什麼事，文淵就不要在他那裡唸書了，換個私塾。」

趙氏這才滿意了，繼續攪著鍋子裡黑糊糊的東西。

杜顯走過來看幾眼，指著說道：「這真有用？老龐又不是大夫，哪兒弄來的方子？」

趙氏笑道：「說是哪天翻出來的，一看正好是治腰背疼的，反正裡面那些草藥也不貴，就試試吧！」她捲起他的衣服，瞧那腰都腫了一圈，眼睛就紅起來。「你看看這得多疼啊，唉，明兒你休息休息，我跟黃花去就行了。」

杜顯的腰背痛是舊疾，時不時發作。

「那怎麼成？」他搖著頭。「妳們女人家的沒力氣，還是得我來。」

「你來、你來，」趙氏一瞪眼睛。「你真病倒在床上了我們家還怎麼活？就這麼說定了，你明兒休息，抽空帶著小魚去打聽劉夫子的事。」

杜顯就怕她生氣，忙又答應了。「好好，辛苦妳跟黃花了，不過最近天也熱，做多了小心頭暈，妳們多帶點水喝去。」

「還用你叮囑？」趙氏一拍竹木做的簡陋躺椅。「快躺下，我看這藥也熬得差不多了，一會兒就給你糊上。」

她把鐵鍋端下來，裡面的草藥糊糊的正往外冒著濃郁的香氣，不由得一笑，心裡湧出些希望來，也許相公用了真能好，老龐都說是老天送來的藥方，這就是個好兆頭呢！

外面，杜黃花正跟杜文淵小聲的說話。

「昨兒你是不是抽空去了太婆那裡？」杜黃花責備的語氣。

杜文淵皺皺眉。「妳怎麼知道的？」

「我瞧見了，你那衣服可是我親手縫的！」杜黃花見他不太在乎的模樣，更加生氣。「你知道娘不太喜歡咱們跟太婆親近，上回也是瞧著爹的面子才去拜壽的，現在大壽早已經過去，咱們跟他們家就應該什麼關係都沒有了！」

杜文淵沈默會兒才說道：「那爹的心思呢？妳就只顧娘？」

杜黃花一愣，她知道爹明顯是動搖的，當下就有些回不上來。

杜文淵乘機說道：「妳也知道娘會不高興，就不要在她跟前提了，我自個兒會注意的。」

杜黃花想說什麼但終究還是沒有說出來，只道：「你可別辜負娘。」

這句話似有千斤重，杜文淵微微瞇起眼，半晌道：「我曉得。」

杜黃花便不再說話，轉身去了院子裡洗衣服。

杜文淵站在那裡好一會兒，他看著杜黃花把井水打上來，倒進放滿衣服的大盆子裡，她纖弱的身子如同河邊細細的柳枝，而這時候，杜家的地主小姐們該是在繡著花，或是在院子裡放著風箏玩耍吧？他慢慢低下頭往前走去。

杜小魚一直蹲在窗子後面，這時才悄悄站起來。

見杜文淵就要往外面走了，她追上去叫道：「二哥！」

他轉過頭的時候已經是春風滿面，笑容像湖面的細紋般溫柔。

杜小魚愣了會兒，才發現杜文淵的眼睛真漂亮，跟他們都不同，斜向上的，長長的，像含著亮亮的一汪潭水。

「走，二哥帶妳出去走走。」他招招手。

杜小魚奔過去，一邊道：「二哥，你能把這槐花摘下來嗎？」

「槐花？」他抬頭看看高大的槐樹，又低頭看看杜小魚，有些不解。

「是啊，姊姊說要做槐花飯給我吃，現在就少這個啦！」杜小魚不忘添加一句。「最好別爬樹，要是被娘瞧見了可不得了，二哥沒有事，我跟姊姊就慘了！」

杜文淵一笑，頗有些自嘲。「慘什麼，就說我自個兒要吃不就得了，娘要說也是說我活該。」

「那也不行！」杜小魚挽住他胳膊。「二哥受傷了也不好，還是別爬樹吧。」

杜文淵笑了，伸手捏捏她臉頰。

他的笑容裡有些不一樣的東西，杜小魚忽然覺得他跟杜黃花很像，都是少有的早熟，本是該天真爛漫的年紀，偏偏要承擔著那樣多的負擔，而這負擔或許是來自於趙氏吧？跟所有望子成龍的娘一樣，把希望都押在他的身上。

她有些同情這個二哥了，也覺得自己幸好重生是個女子，不然以她的才學，考個鬼的秀才！

「那就想想別的辦法。」杜文淵牽著她的手往回走去。

他在屋裡找了把砍刀，又跟趙氏說要帶杜小魚出去玩一會兒，趙氏見天色尚早又在忙著給杜顯糊藥膏就答應了，只叮囑早點回來。

兩人一路往西邊走過去，那邊就是隔著七甲村的山林。

杜小魚奇怪了，他帶她來這兒幹什麼？

山林裡很安靜，除了風吹過樹葉的聲音外就只有清脆的鳥鳴，聽起來格外悅耳。

「二哥，你在找什麼呢？」見杜文淵目光在林中穿梭，杜小魚終於忍不住問了。

「很高的竹子。」杜文淵言簡意賅。

哦，原來是想用竹子把槐花打下來，倒是個好主意，杜小魚也幫著尋找，一會兒就在一塊大石頭旁發現了片小竹林，那竹子都長得直直綠綠的特別好看，杜小魚心想要是有隻熊貓發現此處肯定很高興，這嫩綠的竹葉她看著都想吃呢。

杜文淵蹲下來用力砍竹子，「撲通撲通」的聲音驚嚇了無數鳥兒從林中飛出。

杜小魚等待的時候就在四周瞎逛，回來時揪了好幾種植物，有些像花、有些像普通的草，但聞著都有特殊的味道。

「二哥，你認識這些嗎？」她見杜文淵是個知識淵博的，就想考考他。

結果他也沒讓人失望，看了眼就道：「金銀花、柴胡、麥冬。」

居然還真看了醫書的，杜小魚有點兒羨慕他了，一個人什麼都懂一點總是好的，就說道：「以後能教我學這些嗎？」

「妳要學識別草藥？」杜文淵沒料到她這麼好學。

「是啊，爹爹的腰病總是好不了，興許我能找到什麼辦法呢！」她嘆口氣，擔心地搖搖頭。「姊姊說明兒不要爹爹去幹活了，可是姊姊一個人的話，我怕也受不了，還是得早日讓爹爹的病好了才行。」

杜文淵嘴唇抿了下，杜小魚又憤憤然說道：「我看那些大夫都是沒本事的，不然爹爹怎麼總也看不好！」

杜文淵啞然，這丫頭想得真多，不過倒跟他想到一處去了。

「好，以後我抽空教妳。」他站起來，拖住竹子的一頭。「走，回去打槐花去。」

莫名的，他心情平緩了些，這家裡總是有那樣沈重的氣氛，有時候壓得他透不過氣來，可是有這樣一個妹妹在身邊，倒也讓人歡喜。

「全打下來哦，姊姊說天氣再熱些槐花就全打開了，到時候就不太好吃呢。」她眉開眼笑。

杜文淵點頭。「好。」

杜小魚笑嘻嘻地跟在後頭，偶爾拿腳踩一下竹子，調皮搗蛋一下，讓杜文淵好氣又好笑。

兩人回到家，杜文淵又找了鐮刀，用布條綁在竹子一端把槐花全弄了下來，杜小魚提著竹籃子在下面挑揀，只覺撲鼻的甜香。

杜黃花見槐花有了，就找出玉米麵來，杜小魚積極地去打水，準備揀好了就開始洗花。

杜顯站在窗口看著她們倆，臉上笑意深深。「這兩孩子越長越好看了，以後得找個什麼樣的好人家呀！」

趙氏噗哧笑起來，一捏他胳膊。「自家孩子都是寶，別人看起來可沒有那樣好呢！」

「唉，可惜了黃花了。」杜顯又忽然嘆氣。「要不是我連累她，早就嫁出去了，還惹上邱氏那悍婦！聽說剛才在田裡罵黃花呢，這孩子又受苦了。」

趙氏手一鬆，手中的碗差點掉地上。「邱氏那賤人又來罵人？」

「唉，妳別氣，也沒怎麼樣，妳別衝去跟她吵架，她人高馬大的，妳也打不過她，我如今身子用不了力幫不了妳的！」杜顯懊悔自己說漏嘴了，他是知道自己娘子的脾氣的，平時看著好欺負，要是真欺到她孩子頭上什麼都豁得出去。

趙氏可管不了，忙著就要衝出去。

杜顯忙叫道：「黃花，快拉著妳娘，她要去找邱氏呢！」

杜黃花趕緊放下手裡東西，衝上去抓住趙氏。

杜文淵不清楚是什麼狀況，杜小魚就小聲道：「之前在田裡遇到邱氏，她罵了姊姊，很難聽，幸好後來牛跑了。」

「什麼？」杜文淵也怒了。「豈有此理！敢欺負大姊？」

杜黃花拉著吃力，衝杜文淵叫道：「二弟，快來攔著娘！」

趙氏一肚子火。「都給我放開，欺負到頭上來了，還攔什麼？我非去把那賤人的嘴皮子給撕了！」

杜小魚也不知道該怎麼著，以邱氏的行為看，若是趙氏衝過去大概會發生兩個家庭間的暴力事件，而她還不瞭解邱氏家裡有幾個幫手呢！

這當兒卻聽外面一聲笑，她回頭一看，竟是隔壁的吳大娘來了，正好阻止了即將發生的混亂情況。

第五章

「哎呀，趙妹子、黃花，妳們聽到了可要高興了！」吳大娘掩著嘴直笑，而看到三個人正糾纏在一起時驚訝得瞪大了眼睛。「你們在做啥呢？」

趙氏尷尬一笑，忙收回手，又拍拍弄綴的衣服。「沒什麼，妳剛才說有高興的事？」

「是啊，那邱氏的牛今兒發了瘋把人家田踩得亂七八糟，可最巧的是，妳當裡面有誰？正好有那個不好惹的洪娘子，兩個人在田地裡打得滿地滾，哎呀，妳是沒看到啊，笑死個人嘍，邱氏吃得滿嘴的牛糞，洪娘子也好不了多少，被牛踩得斷了根骨頭。」吳大娘越說越興奮。「真是報應啊，咱能不樂嗎，立馬就來告訴妳了，可出氣了！」

杜小魚立刻接上。「吳大娘，咱們家正好要做槐花飯，您一會兒留下來一起吃哦！」

「那我可來得巧。」吳大娘也高興了，上去就拉著趙氏。「走，咱們進去說話，我跟妳說啊……」

趙氏聽到這麼個消息，氣當然消掉一大半，臉上也露出笑來，兩個人平日就喜歡湊一起，這回吳大娘上門來少不得得要說半日話。

其他幾個人都鬆了口氣，杜文淵跑到杜黃花那邊小聲道：「邱氏這回吃大虧了，說不定要算在妳頭上，明兒我去跟夫子請幾日假，反正爹也得休息，田裡的活我也來搭把手。」

杜黃花沒領情，斥責道：「那怎麼行，你好好去夫子那裡，田裡的事我一個人就行的，別耽擱唸書，娘也不會同意的！」

杜文淵就不說話了，這些年每逢要幫家裡做點事沒有一次不被拒絕的，也許他早該習慣……杜小魚同情地看杜文淵一眼，作為一個男人想分擔家裡的負擔這是人之常情的事，結果家人看重他的學業超過一切，真不知道該怎麼幫他呢。

還好杜顯過來了，說明日找老龐來幫幫忙，他們家的秧苗反正已經移好了，前些天就說要來，他不好意思麻煩人家，現在邱氏太不像話，他也不放心杜黃花一個人在田裡。

這事就算解決了，但杜文淵心裡頭鬱悶得很。

杜小魚衝他招招手。「二哥，來幫我擇葉子，可麻煩呢，我手都痠了。」之前是把槐花連著枝條一起打下來的，現在得把葉子都去掉。

杜黃花一皺眉。「一會兒我來，妳二哥還得看書呢！」

杜小魚不依。「看什麼書嘛，這花香多饞人，二哥就等著吃呢，哪有心思看書，跟我把槐花弄好了，等吃完飯再看一樣的。」

杜黃花噗哧笑了。「當跟妳都是饞嘴貓呢？罷了，你們就一起揀吧，反正娘跟吳大娘一時半會兒也不會出來。」她也知道剛才讓杜文淵有點不高興，就做個順水人情。

杜文淵就過去了，槐花也確實多，兩個人揀了好一會兒才弄乾淨，接著又把槐花泡在井水裡洗了好幾次，最後再撈出來瀝乾。

眼瞅著天要黑了，杜黃花拿了個匾籃出來，在裡面鋪層不薄不厚的玉米麵，然後把槐花放在裡面滾動，讓每一朵都沾滿麵粉，並用筷子攪拌了幾下。

杜小魚趴在桌邊看著，她沒吃過這種東西，新鮮得很。

「還得上鍋蒸呢，再等等。」杜黃花看她那饞樣，順手從灶邊翻出一個竹筒。「拿去吃，剛炒好的豆子，墊墊肚。」

是炒黃豆，杜小魚接了就扔一顆進嘴裡，嗯，脆脆的挺好吃。「二哥，你也吃。」她抓一把放杜文淵手裡。

兩個人坐在門口吃豆子等槐花飯。

過了會兒，終於好了，杜黃花拿開鍋蓋，一股濃郁的香味迎面而來，充斥了整個廚房，杜小魚差點口水都流下來了，幫著拿碗拿筷拿鏟子，忙得不亦樂乎，還差遣杜文淵。「二哥，快叫爹、娘，還有吳大娘出來，吃飯啦！」

槐花飯裹著麵粉變得白白的，裡面加了些糖，甜絲絲的特別好吃。

杜小魚連吃了一大盤子。

吳大娘看了直笑。「哎喲喂，小魚身體真好了，看這能吃的！」

幾個人都笑，趙氏摸摸她的頭。「這孩子也吃了不少苦，如今總算有點兒精神頭了。」

杜小魚嘿嘿傻笑，裝小孩子是最好唬弄過去的，以前的事她可不想提，因為啥都不清楚不明白，誰知道會不會穿幫呢！

第二日，杜黃花去田裡了，因為杜顯的好友老龐帶著大兒子來幫著插秧，所以趙氏在家裡準備一些飯菜，到時候好好招呼感謝一下，而杜顯就被催著去打聽劉夫子的事，杜小魚年紀小也做不了啥事，趙氏就讓跟著一起去。

劉夫子住在北董村西南邊，這私塾就開在自個兒家院子裡，離杜小魚的家大概有兩、三里的樣子。

杜顯也不知道該怎麼打聽，他本來就是個實誠人，平日裡話也不多，只領著杜小魚在劉夫子家附近瞎轉悠，還怕被撞見，畢竟打聽別人家私事並不好，萬一被劉夫子知道可就留下壞印象了，指不定會對杜文淵不利。

杜小魚覺著好笑，這個爹爹也真算是老實到家了，就指著前面不遠處一戶農家道：「爹，我口渴了，去那裡要點水喝吧。」

農戶家裡也幸好有人，一個老婦在外頭曬被子，腳邊有個牙牙學語的孩童，滿地在爬。

「啥事？」看見杜小魚父女倆在探頭探腦，老婦就走過來。

「大娘我想喝水，能不能給點水喝啊？」杜小魚衝她甜甜一笑。

農家人大多樸實，又見是個討喜的小丫頭，老婦笑道：「水家裡多得是，來，進來進來，你們是隔壁村子裡的？」

杜小魚回道：「不是，我們是來看我二哥的，他在劉夫子那裡唸書。」她沒有提杜文淵的名字，一般村子裡的人即便不認識臉，但名字或許耳熟，農閒的時候都喜歡聚在一起嘮嗑（注），指不定就聽過。

「哦！」老婦露出羨慕的表情。「妳二哥是個讀書人呀，劉夫子在我們這兒可有名哩，聽說只收二十個學生，看來妳二哥是個聰明人！」又抬頭看看杜顯。「是你兒子吧？命好啊，我家這小子長大了也去劉夫子那裡。」

杜顯謙虛道：「他運氣好，也不怎聰明的。」

杜小魚蹲下來逗弄那孩童，一邊問：「大娘，您跟劉夫子熟不熟啊？」

「我們大字不識一個的，哪能跟劉夫子熟？也就是跟他老娘偶爾說上兩句話。」老婦從房裡端來兩碗水，有些不好意思。「也沒茶，你們將就喝吧。」

杜顯忙感謝，接了過來。

杜小魚見他又不問，只得說道：「劉夫子最近下午總是不太教書，我二哥老是早早地就回來了，大娘把他說那麼好，我看他很偷懶呢！」

「小孩子胡說八道，劉夫子怎麼可能偷懶，肯定有事情。」鄉裡人都是很尊敬讀書人的，何況是考了秀才的夫子，杜顯也是其中之一，聽不得杜小魚這麼說，又看看老婦，解釋道：「她不懂事，劉夫子肯定不是這樣子的人。」

老婦笑笑。「小丫頭說話哪能當真，不過劉夫子最近是有事，他老娘急吼吼的要給他找媳婦，每晚都能聽到他老娘罵人呢，說劉家無後，劉夫子不孝，唉，劉夫子可憐啊！以前跟他娘子感情好得不得了，誰料到一場病就死了，只有一個女兒，也難怪他老娘發火，劉夫子現在還惦念著那個死去的娘子不肯娶哩！」

沒想到劉夫子倒是個情深的人，不過大概最近頂不住了，杜小魚心想。

原來是這麼一回事，杜顯奇怪道：「那劉夫子幹什麼下午不教書？」

老婦搖著頭。「這還用問，要去找媳婦唄，他老娘都要尋繩子上吊了，劉夫子也只能去找

注：嘮嗑，意指閒談、聊天。

了，」說著想起來又加一句。「為這事好像也是煩心得很，我倒是聽到說常常在喝酒呢，不過劉夫子有才學，哪會愁找媳婦，總歸很快就有的。」

杜顯弄明白就要回去交差了，謝過老婦牽著杜小魚往回走。

趙氏知道劉夫子是因為這種事而疏忽了教書，也就沒有太過指責，畢竟他教得也是極好的，有目共睹，而娶媳婦，正如老婦人說的，她也覺得劉夫子條件不錯早晚都能找到，也就這段時日鬆散些，只要沒有真的跟杜章勾搭墮落就行了。

傍晚杜黃花他們就插秧回來了，老龐跟他兒子都長得很壯實，也很像，都是濃眉大眼，黑紅皮膚，勞動能力那是很強大的，一天就把秧苗都搞定了。

趙氏做了滿滿一桌子菜表示謝意，畢竟插秧很重要，關係到家裡部分收入，今年的秋收就指望著它呢！

「哎呀，大妹子，真是煩勞妳了，弄這麼多菜。」老龐不好意思地搓著手。

趙氏笑道：「哪裡的話，這麼多年都依仗老大哥幫襯，實在算不得什麼，快坐下吧，我特地打了壺酒給老大哥喝呢。」

這時杜文淵也到家了，幾個人圍坐著說說笑笑，吃吃喝喝。

難得菜那麼豐盛，雖然沒有肉，但也很能引起食慾，杜小魚拿著塊油餅喜孜孜地啃著。

「相公，你剛才走路都不彎著腰了，是不是好一點了？」趙氏說著話忽然提到這個。

杜顯忙著坐直又躬了下身，驚訝道：「還真像好點了，哎呀，老大哥，你這方子可厲害啊！」

杜小魚嘴裡含著餅往老龐看過去，卻見他臉上表情有些古怪，然後他往杜文淵看了一眼才說道：「還是你有運氣，這方子也不知道是哪兒來的，興許是我爹早前找回來引火用的，就被翻出來了，」他哈哈一笑。「有用就好。」

趙氏喜笑顏開，覺得看到希望了。「明兒我再去抓幾帖，你這病要是真好了，老大哥可就是咱們恩人哪！」這病有十年左右了，每次發作都得花去不少銀子，除了心疼杜顯，也會讓她想起極為憤怒的一件事。

這時，老龐又看了眼杜文淵，說道：「跟我沒什麼關係，要謝就謝這方子吧，你們也是好人有好報嘛！來來來，喝酒喝酒，這事值得慶賀下。」

一家子都很高興的樣子，唯有杜小魚盯著杜文淵看了又看，等後者感應到的時候，她移開了視線。

杜文淵最近都沒有教她寫字，杜小魚很鬱悶，雖然想直接問這個二哥，可這些問題哪是一個七歲小孩子問得出來的，就只能壓在心底，不過她發現一件事，杜文淵房裡隔幾日就會放著不同的書，大概是跟朋友交換著看的，這樣訊息量就大了，看越多對這個世界越瞭解。

所以她不打算借他人之手了，反正她有的是機會溜進房間看書。

天一日日熱了，夏天令人難熬，但鄉下還是有好處的，地大空曠，總是有風吹來吹去，也就不那麼炎熱了。

這日，杜顯跟趙氏去了田裡澆水，杜黃花在房裡繡花，眼見她眼皮子越來越重、歪在躺椅上的時候，杜小魚悄悄跑進了杜文淵的房間。

書桌上擺著三、四本書，書頁都有些發黃了，杜小魚第一次看到這些線裝書的時候就有些驚訝，這些紙的質量都很不錯，顏色也白，可見造紙術已經極為發達，而此前看到過《新唐書》，她也確定歷史上是有唐朝這個朝代的。

她一目三行地看著，雖然是繁體字但大致意思也明白，只不過越往下看她臉上的表情就越奇怪。

沒錯，這個國家仍是中國，早前也有春秋戰國，五代十國，抑或是唐朝、宋朝，可是，就這些書上記載的大事件卻與她學到的歷史知識不吻合，比如西漢開國皇帝本應是劉邦，結果這個時代卻是個叫吳正的人取而代之了，而詭異的是，歷史的軌跡偏偏相同的可怕，每一朝皇帝統治的時間長短都是一樣的，分毫不差！

真是奇怪的事情！

杜小魚合上書，現在這個朝代也叫明朝，卻是一個姓陳的人創立的，朱元璋這個名字根本就沒有提到過。

但也罷了，好歹知道這個國家處於什麼時期，如果按照之前對比的情形看，那麼她所處的明朝該是處於一個繁榮興盛的狀況，可比歷史上稱為「仁宣之治」的時代，這一點無疑是令她高興的，不然身處戰亂時期，作為小老百姓的她可就要遭殃了！

她看完後把案几上的書整理好，這個案几大概是家裡最值錢的家具，看著像是酸梨木的，摸上去很光滑，上方除了書還有一個硯臺筆墨，都不是便宜貨的樣子。

杜家真在杜文淵身上投資了很多啊，她感嘆，要是二哥以後考不上秀才的話，只怕家人要氣得吐血呢！想著又呸的一聲，暗罵自己烏鴉嘴，作為妹妹，她必須得祈禱杜文淵連中三元，以後再步步高陞，這樣也能沾點光嘛。

出去的時候她帶上門，輕手輕腳地又溜回了自個兒房間裡。

而此刻，杜黃花剛好醒來，揉著眼睛回頭找杜小魚，見她正發呆地看著窗外，就笑道：「可是想出去玩了？」

杜小魚搖搖腦袋，嘟嘴道：「總是玩玩玩的，姊，我又不是三歲小孩了！」

「在我眼裡，妳就是三歲的娃娃。」杜黃花斜她一眼，拿起繡花繃子，最近她在繡枕頭花，幾針下來，鴛鴦戲水的水花就繡好了。「要不妳也去私塾唸唸書？聽說有個夫子收女娃唸書呢，二弟他也沒有多少空教妳。」

杜小魚愣住了，沒想到她會有這樣的提議，但見杜黃花向來平靜的眼睛在那轉瞬間彷彿閃著光似的，她忽地有些明白了，忙搖頭道：「那還不如姊去呢，姊比我聰明，學得快。」

杜黃花露出抹惆悵的神色，低下頭，嘴角帶著些苦笑。「我都多大了呀，現在學也晚了……二弟說的是，女娃子也多識點字的好，我找機會跟娘說說，現在爹的腰病也好得差不多了，我再多繡些東西就行。」

娘同意才怪，杜小魚心想，也許現在負擔不大，可若杜文淵考上秀才了，指不定就要換個私塾，而且考舉人、進士得去省城或者京城，其中需要不少的花費，哪兒有銀子給她上私塾？就算有，那估計也得存著。

還有，她不想杜黃花因為這事跟趙氏鬧矛盾，就上去拉著姊姊的手。「我不想去，看二哥唸書多累啊，每天早起晚歸的，成天不給玩，我不要這樣，姊，妳千萬別跟娘提啊！」

「小懶蟲，唸書有什麼累的，多有意思。」杜黃花拍拍她的頭。「妳放心，娘那邊我去說。」

完全無視她的反應，杜小魚直抽嘴角，乾脆抓住她衣角耍賴，在床上翻滾著。「我不要去唸書，姊，我不要去啊，不要去啊，不想去啊……」

誰料杜黃花一下子火了，沈下臉，斥道：「再給我胡鬧！下床！」

老實人平日不發火，一發火嚇死人，見她那臉色，杜小魚真嚇一跳，立馬乖乖地爬下床，再也不敢提不唸書的事了。

第六章

晚上杜小魚一直惴惴的，就怕杜黃花真跟趙氏提那事，幸好後來沒有發生，她總算鬆口氣。幾個人吃晚飯的時候，吳氏提著個小食盒過來了，右手還挽著個包裹。

「大哥、大嫂在吃飯哪？」她神色極為小心翼翼，看著令人生憐。

不過杜小魚只覺著奇怪，三嬸用得著一副害怕的樣子？他們又不會吃人的，再說了，伸手不打笑臉人，還是帶著東西來的。

趙氏請她進來，問有沒有用過飯。

「用過了才來的。」吳氏把食盒放在小几上。「知道你們向來吃得晚，娘說拿過來給你們添菜，說三個孩子都還在長呢，總不能……」她頓了頓，抱歉道：「娘叫我過來，我也不好不來，叨擾你們了，這包裹也是娘給的。」

趙氏臉色已經不好看，淡淡道：「倒是謝謝娘的好意了，這包裹我們可不能收。」

杜顯在旁邊猶猶豫豫，想說什麼但又不敢說，杜小魚看著都替他難受。

吳氏為難的樣子。「你們不收的話，我回去……大嫂，妳知道娘的脾氣。」說到後來已經是有點哀求的態度。

「娘要是責備妳，就說我硬是不要，還能怎麼怪妳？」趙氏口氣冷硬，把包裹往她手裡一塞。「咱們還得吃飯呢，就不送了。」

杜顯終於說話了。「三弟妹，妳，妳就回去吧，煩勞妳走這一趟。」

吳氏只好站起來提起包裹離開。

趙氏瞟一眼杜顯，把食盒打開放在桌子中間。「你們想吃就吃吧。」

杜小魚探頭去看了下，全是些平日裡想都不敢想的東西，什麼五香鳳爪、香辣雞丁、豆角肉片啊等等，值好些銀子呢，而且色香味俱全，尤其那味道在鼻子前竄來竄去，要憋著不吃還真難受。可其他人真的一筷子都沒有伸，彷彿完全沒有看到似的。

那麼，她又怎麼敢去挾呢，挾了就是跟趙氏過不去啊！

杜文淵這時候說話了。「娘，小魚還小，她想吃就給她吃吧。」

趙氏撂下筷子，冷著臉。「誰不給你們吃了？愛吃就吃！」說完站起來就走了。

杜黃花皺起眉，又咬咬唇，終究什麼都沒說也離開了桌子。

杜文淵坐過來，挾了個肉片放在杜小魚碗裡。「快趁熱吃。」

杜小魚還真有些饞，可她一時之間有很多疑問，有時候看似杜文淵對趙氏很順從，比如真的很努力的在唸書，而有時候卻又會忤逆她，比如偷偷去見祖母，他到底心裡在想什麼呢？便仰起頭問：「大家怎麼都不吃呢，二哥你也不吃？」

「小魚吃就行了。」杜文淵柔聲道，妹妹長得那麼瘦小，又才病好，最該補補身體。

杜顯在旁邊嘆氣不止，但好歹還剩兩個孩子在陪著他，看杜小魚津津有味地吃著，總算露出點笑容來，問道：「好吃嗎，小魚？」

做小孩子就是好，不懂人事是福利，杜小魚連連點頭。「嗯，好吃。」真的好吃，她希望以後可以天天都吃到，但目前來看那顯然是個美好的夢想。

「那快多吃點，唉！」杜顯慈愛地看著她，也是個苦命的孩子，這幾年來跟著吃了不少苦，只可惜他的娘子實在太過固執，不願跟杜家再有任何牽連，不然現在肯定又是另一番景象了！三個孩子大概也會過得好一點，豈會為那少許銀子犯愁？他甚至有些後悔，若是當初再求求娘，留在杜家的話，是不是一切就不一樣了？

但人生沒有後悔藥，杜顯除了嘆氣外別無他法。

杜小魚最近喜歡上吃飯了，因為她發現趙氏醃的鹹菜實在太好吃了，不管是青筍、茄子、還是榨菜等，總能弄出各種滋味來，這天就纏著趙氏給她醃幾個雞蛋吃，鴨子家裡沒養，所以她很想嚐嚐鹹雞蛋的味道。

也不知道是不是重生成孩子的緣故，她覺得偶爾跟家人撒嬌的感覺非常好，沒事總要鬧上一回，倒也符合女孩的天性。

趙氏拗不過她，又想著杜顯的舊疾已好，減輕不少負擔，孩子要吃幾個雞蛋也算不得什麼，便就答應了，從罈子裡挑出幾個大的蛋，放水裡洗乾淨了拿布抹乾，就這會兒吳大娘來了，看到她在弄這個，笑道：「這麼早就做晚飯了？」

「不是，是小魚吵著要吃鹹蛋，我給她做幾個。」趙氏從身後搬出個矮凳。「妳坐，我進去拿點鹽出來。」

杜小魚估摸著兩人又要說半天話，反正沒事也不走，指不定能聽到什麼東西。

吳大娘看看她。「喲，變胖點兒了，妳娘該高興了。」

杜小魚只傻笑，伸手摸摸自個兒的頭。

「這傻孩子。」吳大娘笑起來。「早前妳那病真累壞妳娘了，咳起來一整晚一整晚的，妳娘也睡不得只好抱著妳，白天還得下田幹活，哎，這日子苦啊！幸好妳好了，以後可得順著妳娘點，妳娘可疼妳呢！」

杜小魚聽了鼻子酸酸的，有娘就是好，她以前哪裡能體會到這種關愛，忙不停地點著頭。

「好孩子。」吳大娘滿意了，從兜裡掏出把豆子給她。「吃去吧。」

是炒蠶豆，也挺香的，杜小魚吃得喀嘣喀嘣的，耳朵也沒閒著，聽著身後兩個人說話。

主要是吳大娘在說，趙氏忙著處理雞蛋，都是鄰裡間的瑣事，誰家的媳婦生孩子了啊，誰家的兒子沒出息啊，還有誰跟誰吵架了等等，聽起來吳大娘真是個很八卦的人，估計平日裡沒事就出來四處遛達，這北董村看來沒她不知道的事。

而以趙氏的個性來說，她是不太出去跟其他人嘮嗑的，據杜小魚觀察，吳大娘是趙氏唯一的閨蜜，但有句話講，人生得一知己足矣！

「趙妹子，上回我跟妳說的，七甲村姓黃那家怎麼樣……」

原來是來給大姊說親的。

兩人嘮叨了好一會兒。

杜文淵回來時見杜小魚坐在門口發呆，就問道：「坐在這兒想什麼呢？」

杜小魚拍了下身邊的地方，示意杜文淵坐過來。

「今兒吳大娘來了，說要把大姊嫁到七甲村裡一個，嗯，姓黃的人家呢。」她極為小聲的說道。

「什麼？」杜文淵驚訝道：「真的？」

「二哥也不樂意？」杜小魚盯著他。

杜文淵皺起眉。「七甲村裡能有什麼好的，大姊不能嫁那兒去。」

原來是看不起那裡的人，杜小魚有些無語，他自個兒不也是農民家庭嗎，有什麼理由看不起別人是農民啊？真是……她又有點想笑。「那二哥覺得大姊應該嫁哪兒去呢，娘反正也不同意，吳大娘就說要回了那姓黃的。」

杜文淵點點頭。「就該回了，大姊要嫁也得嫁個至少跟我差不多的，或者比我好的。」

拿自己當標杆了，杜小魚上上下下看看他，果真毫不謙遜，自命不凡呢！

「我教妳寫的那些字現在可還記得？」杜文淵從旁邊拙了根麥稈子出來塞她手裡，點點地面。「寫給我看看。」

杜小魚認真地想了想，畢竟繁體字她只會看不會寫，所以杜文淵教過些什麼她還記得，就一筆一劃在泥地上寫起來，其實連起來是三字經的前面幾句。「人之初，性本善，性相近，習相遠……」，也只是虛空點點，泥地很硬，是根本劃不上去的。

但杜文淵眼力很好，不時指點說這裡漏了一橫，那裡少了一劃。

兩個人正寫著，忽然聽到裡面趙氏的聲音很響。「我說不行就是不行，妳給我出去！」

杜小魚一驚，扔掉麥稈子就跑過去，迎面撞上杜黃花，只見她臉上掛了淚，晶瑩剔透像早晨葉子上的露珠似的。

「姊，怎麼了？」杜小魚抱住她胳膊。「妳怎麼哭了？」

杜顯從後面急巴巴跑過來。「哎呀，妳娘也在氣頭上，妳別往心裡去，啊，別哭，別哭了。明兒妳娘就好了，這事以後咱們再說，小魚這不還小嗎，不急不急。」

難道大姊跟娘提了要她唸書的事？杜小魚看著哭泣的杜黃花，只覺心酸澀極了。

「小魚，妳看著妳姊，我去妳娘那兒。」杜顯又急忙忙走了回去。

杜文淵也過來了，他很少看到杜黃花哭，一時也有些發愣，後來就去廚房拿了手巾過來。

「大姊快擦擦臉。」他把手巾遞上去。

杜黃花一把推開了，抬起頭的時候似有兩簇火苗在眸中跳動。「你走開，我不擦，你走！」

其他兩個人都呆了，杜文淵手落在半空，臉色十分尷尬，杜小魚極力想說些什麼來緩和氣氛，卻聽他沈聲道：「姊，不是我惹妳哭的，但妳要我走，那我走好了。」他把手巾放在桌上，慢慢轉過身而去。

杜黃花有點後悔了，張了張嘴想叫住他，但終究還是沒有發出聲音。

杜小魚才想起來，其實杜黃花對杜文淵一直是有些保持距離的，就連她這個「穿」過來的人都比她跟杜文淵來得親近，由此可見他們之間的矛盾並不是現在才有的，冰凍三尺，非一日之寒！

幸好家人總是家人，再大的矛盾也總會過去，趙氏跟杜黃花很快又和好了。

這日杜黃花要去飛仙縣的百繡房交枕頭花，順便買點日用品，杜小魚死纏爛打的要跟著一起去，杜黃花本就疼她，最後趙氏也被說服了，准她跟著去，只叮囑千萬別亂跑。

飛仙縣離北董村還是挺遠的，一般農村的交通工具就是牛車了，杜黃花揹著個大籮筐，裡面放著雜七雜八的東西，杜小魚當然什麼都沒帶，只負責抓緊她大姊的手，兩個人走到村口，正好趕上去鎮裡的牛車。

此時車上已經坐了好幾個人，不幸的是，冤家路窄，邱氏居然也在車上。

「給我聽著，不准給她們上來！晦氣！」邱氏耀武揚威，對著趕車的人大叫，她因為那頭牛的事確實把錯歸咎到杜黃花的身上，但杜顯身子好了每日都在田裡，她一個婦道人家總打不過男人吧？所以一直沒啥辦法，但不表示就放棄報仇了。

趕車的張大是個老實人，有些為難。

杜黃花偏生是個能忍的，當下就要拖著杜小魚往回走，村裡去鎮上每日只有兩趟牛車，這個錯過了就只能等到明天，杜小魚可不想白跑一趟，而且邱氏這囂張勁兒她一點也看不慣，當下嘿嘿一笑，搧著鼻子道：「好臭好臭，有人摔跤吃了牛屎，怎麼也不洗洗乾淨！」

邱氏跟洪娘子打架吃牛糞的事全村都曉得，立馬就有人憋不住笑起來，邱氏氣得七竅生煙，指著杜小魚罵道：「好妳個小賤人，上回沒逮著妳，妳還得勁（注）上了？」

杜小魚可不怕她，在下面扭著身子，招手道：「那妳來逮啊，來啊！」

杜黃花臉色發白，抓著杜小魚的手。「上回我跟妳怎麼說的？怎麼還惹她？」

「沒事，姊妳一會兒跟著我跑，這蠢蛋我讓她上不了車！」她語調帶著嘲諷，盈盈淺笑的眼

注：得勁，意指稱心如意、舒坦。

睛裡藏著狡黠。

杜黃花一愣，有些說不出來的感覺，但也容不得她細想，因為邱氏真的跳下車來追她們了。

杜小魚繼續笑罵著，一邊注意著腳下的路，這泥地坑坑窪窪的地方可多著呢，邱氏長得強壯可不靈活，只要摔一跤保管她好一會兒爬不起來，就只領著她轉圈圈。

邱氏不停地罵人，只恨自己沒有長四條腿。

不到一會兒，只聽撲通一聲，邱氏一隻腳踩進坑裡，由於追趕的力道過大收不回來，整個人摔了個狗啃屎。

杜小魚哈哈大笑，跟杜黃花爬上了牛車，但張大不敢走，誰讓邱氏的大表舅是村長呢，他可不想得罪，不過有些時候事情是由不得自己的，比如人有時候是控制不了牛的，杜小魚偷偷又往牛屁股上輕輕刺了下，牛車立馬就動了。

邱氏張大了嘴，臉變成豬肝色，大吼道：「姓張的，你居然敢走！我跟你沒完！還有，兩個小賤人，妳們等著！」

張大急得汗都流下來。「不是我趕的，不是我！」

杜小魚在車上直做鬼臉，氣得邱氏差點吐血。

她心情暢快極了，高興地靠在牛車上，而旁邊的杜黃花就不同了，這個妹妹完全轉了性子，教人實在沒辦法，只默默嘆口氣。

「請問，這位大姊，妳是不是杜大哥，杜文淵的姊姊？」車上忽然響起一個低低的聲音。

杜小魚轉過頭一看，是個白白淨淨的男孩，看上去比她大不了幾歲，穿著件青布衣，這種衣服雖然質料也不怎麼樣，可是比她跟杜黃花穿的要好多了，難道不是農家的孩兒？

杜黃花奇怪道：「是啊，我是他姊姊，你是？」

那男孩彎起眼笑。「我也是在劉夫子那邊唸書的，我叫章卓予，以前去過你們家裡一回，」說著看向杜小魚。「那妳是他的妹妹了？」

「是哦。」杜小魚點點頭，很好奇。「這時候你們不是應該在劉夫子那裡唸書嗎？你怎麼會在這兒？也是去飛仙縣？」

「給夫子請示過了，我要去飛仙縣大舅家，今兒他五十壽誕呢，我娘親身子不好叫我代替她去的。」他指了指身後的竹籮筐，裡面放著兩隻雞。「這是打算送過去的。那妳們是去那邊買東西嗎？」

「是啊。」杜小魚點點頭。

章卓予衝著她笑，剛才看到戲耍邱氏那一幕，覺得杜小魚很有趣，那麼瘦弱的身體竟然敢惹難纏的邱氏，而且還把她弄摔跤了，實在出乎他的意料。

一路上，他跟杜小魚說了不少話，杜小魚才知道他也只比自己大了三歲，也就是才十歲，十歲的孩子說話那麼有條理也是少見的了，不像她到底是重生過來的，可見這兒的人普遍都早熟，心理年齡估計得比他們那時代都大上五歲左右。

「到了！」張大拉住牛，停在進飛仙縣的路口。

杜小魚跳下牛車，急不可待地往裡面走去，她真的很想看看古時候的城鎮，是不是真的那樣古色古香？

遠遠地就聽到人聲喧囂，杜黃花追上去，斥責道：「跑這麼快做什麼？妳忘了娘說的，這兒人多不比村裡，小心走丟了！別給拐去賣了！」

杜小魚心想，她又不是小孩兒，哪有這麼好拐的，但也虛心地承認錯誤。

「我大舅家在這街西邊，我得去了。」章卓予過來打招呼。

杜黃花便點點頭。

章卓予看一眼杜小魚就走了。

第七章

飛仙縣相對來說還是很大的，街道修得也不錯，都鋪著青石板，看起來比較有氣勢，杜小魚心想，這地方可能也算富裕的，不像有些城鄉連地都種不起來，就連鎮上也都窮得很，根本就發展不起來，而這兒顯然不是。

店鋪一家接著一家，人也是挺多的，穿著也好。

百繡房在飛仙縣大街的東邊，是鎮上最大的繡房，而杜黃花也是憑著精湛的手藝才能接到活的，眼見她們進來，有個夥計迎上來道：「妳總算來了，正等著要呢！」又看看杜小魚。「喲，這是妳妹子？」好像跟杜黃花很熟悉似的。

「是我妹妹，叫杜小魚。」杜黃花跟著他進到裡屋，把竹籮筐放下來，從裡面捧出一疊枕頭花。

屋子裡正中間坐著個中年婦女，是百繡房的管事白氏，圓圓的臉，眼睛也很圓，看著十分喜氣，見到杜黃花笑得眼睛都瞇起來。「哎喲，妳繡的東西我最放心，個個都漂亮。」

也就是說說，杜小魚撇撇嘴，抬起頭笑道：「我姊繡得那麼好，您多出幾個錢唄，給我買點東西吃也行。」

白氏一愣，才看到杜小魚，又格格笑了。「真會說話的小姑娘啊，好好，今兒就多給妳幾個又怎麼樣。」她說著微拍了下裙子。「張二，算算，一共多少件，一會兒加兩個銅錢，給小妹妹買些吃的。」

兩個銅板！杜小魚暗自翻白眼，真好意思說得出來，聽說杜黃花也在這裡繡了四、五年了，這麼剝削她的勞動力，居然就只捨得多給兩個銅板，商人重利果然沒說錯。

「一共十二幅，二錢銀子。」夥計張二說道，二錢銀子相當於兩百文錢。

白氏點點頭，從袖子裡拿出兩吊銅錢，外加兩個單獨的銅板遞過來。「看好了，可不虧妳。」

杜黃花接過來。「謝謝白大姊了。」

「這回要不要再多繡點？妳的功夫是越來越好了。」白氏拿起那枕頭花細細地看。「要不繡個二十幅？」

「這個……」十二幅已經花了不少時間，用了大半個月，二十幅差不多相當於兩倍，杜黃花有些猶豫。

沒等她答應，杜小魚叫道：「那不行，我姊眼睛都要瞎掉了，繡不了那麼多。」

白氏瞇起眼睛盯著杜小魚看，忽地一笑。「看在這可愛的小丫頭分上，我給妳五錢銀子怎麼樣？之前十二幅二錢，現在二十幅白銀五錢，可是讓妳多賺不少呢。」

呸，也就多幾十個銅板，杜小魚眼見杜黃花有答應的趨勢，忙拉住她的手，小聲道：「姊，我又不能唸書，妳繡那麼多幹什麼？真要把眼睛弄瞎了啊？這不行的！」

聽到她提這個事，杜黃花一愣，心裡有些難受，白氏見她不說話了還以為嫌少，心想這個老實好欺的姑娘怎麼突然變了，可是自個兒又等著要枕頭花，別個人還真沒她繡的好呢，當下又說道：「妳可要好好考慮考慮，別的繡房沒有這個價錢的。」

說到別的繡房了，杜小魚哼了聲道：「那咱們就去問問，反正二十件也繡不動，大不了先休息一個月。」

才兩百文錢，杜黃花每日種田燒飯照顧家裡，多餘時間全都拿去繡花了，竟然就只換來這麼點兒收入，實在太坑人了！

杜黃花本來是想答應的，到底多了幾十文錢呢，而他們家一年除開支出總共也就只能攢到三、四兩銀子，所以她繡花得到的工錢其實並不算少，但杜小魚拽得她很緊，那股力道驅使著她退向了門口。

白氏見她們真要走就急了，她在杜黃花身上可賺了不少銀子，像這樣的廉價勞動力又有精湛繡藝的人可不多，就拿街西邊紅袖坊的繡工來說，要繡十二幅枕頭花那得要一兩銀子，而杜黃花繡出來的一點也不比她們差！

「有話好說，價錢不是還能商量的嗎，張二你傻站著幹什麼，還不把兩位姑娘請回來！」白氏笑盈盈地說道。

杜小魚挑挑眉轉過頭來。「我姊反正不能繡二十幅，十幅還差不多。」無欲則剛，她們越表現出不在乎，白氏就越不能拿捏她們，而相反，白氏現在是很需求枕頭花。

白氏看著她天真的臉很是惱火，這麼小的孩子沒想到嘴那樣厲害，跟她姊完全不是一個性子，但又捨不得放走杜黃花，她只得忍住火氣道：「十幅就十幅，黃花也確實勞累了，又要照顧家裡還得繡花，這個月就多休息休息，但是價錢……」

杜小魚沒等她說完，關切地看著杜黃花。「姊妳眼睛好點了沒？都紅了幾次，直掉眼淚呢，這繡花太傷身體了！」

這話不假，杜黃花好幾次眼睛很酸痛，都是杜小魚給她揉的，還教了一套眼保健操，讓她累了就這麼做一下，倒也是十分有效果。

見兩人一唱一和的，白氏恨得牙癢癢，但商人都有好耐心，只要能賺錢就行了，她依舊好脾氣地道：「哦，原來還傷了眼睛，怪不得妳妹子那樣心疼妳呢，這樣吧，吃些補的，多少藥錢我幫妳給了，這十幅枕頭花還是要繡的哦。」

杜小魚伸出根手指。「一百文。」

真是獅子大開口，十二幅工錢也才兩百文竟然要二分之一！

白氏瞇著眼笑。「黃花啊，妳也在我們這兒繡了幾年了，我幾時虧待過妳？妳要想想，當年要不是吳大娘介紹妳來，說妳爹看病的錢都沒有了，妳也未必能接到活，人可得有良心啊，是不是？如今不能有點手藝了就這山望著那山高了！」

杜黃花臉唰地紅了，這兒確實是吳大娘介紹過來的，以前她手藝也沒有如今那樣好，是日積月累的功勞，白氏說的也沒錯，要沒有這個機會她在這方面也不會長進的，想著她囁嚅道：「我家妹妹就喜歡胡說，白管事妳不用聽她的，我繡就是了。」

杜小魚在旁邊咬著唇，杜黃花就是人太好，太知恩圖報了，說起來她爹杜顯也是這個性子，其實杜黃花比起杜顯還是要改良一些的。

「不行，」但她可不是這樣的人，杜小魚看著白氏道：「我姊姊繡的東西可漂亮呢，見著的沒有一個說不好的，可是眼睛要不好了就再也不能繡了！」說著一拉杜黃花。「姊，咱們走吧，她一百文錢都不肯出，根本就不管妳死活，妳還理她幹什麼！」

白氏被她說得臉一陣白，這還來挑撥離間了，當下忙道：「小丫頭怎麼這麼想，我可比妳還心疼妳姊的眼睛哩！」

「那一百文錢呢？」杜小魚衝她笑。

「誰說不給。」白氏沒法，本還想拿以前的恩情說服杜黃花，誰知道杜小魚把話說絕，不給就是不管她姊死活，那哪裡還有什麼恩情可言？再說，就算多給一百文，反正比請別的繡工還是便宜了兩百文了，說什麼也不虧。

張二衝杜小魚擠擠眼睛，把一百文拿過來，這丫頭伶牙俐齒倒是開眼界了，他也是夥計，是以看到這種情況還是很高興的。

「錢我也給了，枕頭花半個月後交上來。」白氏又讓張二把布料絲線拿出來，指點了一下要的花樣。

杜黃花把東西接過來就要放進籮筐裡。

這時杜小魚又說話了。「剛才二十幅枕頭花是五百文，這十幅枕頭花是二百五十文吧？加上下個月補眼睛的一百文，得要三百五十文呢。」

一下子比之前多了一百五十文，加上此前已經給出的一百文，白氏忍不住伸手揉著心口，這杜黃花今兒怎的就帶了個這樣的妹子過來，簡直是絲毫不漏，事事算計！她還真有些應付不過來，可剛才的話柄已經被她抓住，白氏權衡再三，覺得始終還是比請紅袖坊的繡工要便宜，終究忍了下來，揮揮手讓她們走了。

杜小魚暗自好笑，她以前就是做銷售的，豈會不明白這些人的心思，只可惜工錢還是太低廉，以後等瞭解更多資訊後，她要為杜黃花爭取更大的利益！

兩個人走到外面的房間，杜黃花盯著她直瞧，也不知道怎麼繞的，白管事竟然後來都同意了，多給了幾百文錢，她想來想去，總覺得有些怪怪的感覺，可又說不出來。

「姊，這幅繡圖好漂亮啊！」杜小魚環顧著這兒的擺設。

百繡房本來就是賣繡品的，除了承接富貴人家大批量的繡活之外，也賣一些精品，比如各種名家、各種派別的刺繡，杜小魚看的就是其中一幅，掛在東邊牆壁上的百鳥朝凰圖。這圖顏色雅麗，不仔細看還以為是畫出來的，令人讚嘆。

杜黃花也抬起頭看。「這是蘇繡，飛仙縣只有一個人會繡呢！」

聽出她極為羨慕的語氣，杜小魚問道：「姊很喜歡蘇繡嗎？」她每回都是很專注的，但杜小魚一直以為是能賺錢的緣故，可現在她眼中的那種嚮往一覽無餘，分明就是對這項手藝極為喜愛，也確實是，喜歡才能做得更加優秀。

「反正也學不成。」杜黃花搖搖頭，失落地嘆息一聲，牽住她走出了門口。

兩人先是去集市把籮筐裡的雞蛋還有一些新鮮蔬菜賣了，這種價格都是沒有多少差異的，一共賣得一百三十文錢，路過一家豬肉鋪子的時候，杜小魚忍不住看了一眼，自從太婆差吳氏送來食盒那天之後，她就沒有沾過葷腥了，嘴饞得很，可也知道家裡的情況，她一個大人總要懂點事的，不能真像個孩子老是吵著要吃肉吧？

所以饞歸饞，她停下片刻還是往前走了。

誰料杜黃花卻拉住她，指了指一小塊豬肉跟賣肉的說道：「我要這塊。」

杜小魚張大了嘴。「姊妳要買肉？」實在太意外了！

「是啊，妳不是很喜歡吃嗎？」杜黃花很自然地拍拍荷包。「剛才多賺了點兒錢，小魚幫不少忙呢，妳跟二弟也還在長身子。」

「姊！」杜小魚大叫一聲，抱住她胳膊用力搖了搖，表達高興的心情。

饞嘴貓兒，杜黃花輕罵一句，心裡卻有點兒酸，吃塊肉喜成這樣，唉，要是自己學會蘇繡就好了，聽說一幅繡圖能賣好幾兩銀子呢，到時候還不讓她吃得發膩？

杜小魚見那人在切肉，就探頭探腦看，只見右邊檯板堆著些肥油，就小聲道：「老闆能不能給點兒這個啊？我們是第一次來買哩，以後多做你生意哦！」

賣肉的見小姑娘那饞樣笑了幾聲，把肉遞過來就順便割了點兒肥油進去。「看妳這瘦的，多吃點兒，以後多來買啊。」

杜小魚連連點頭。「您真是好人，好人有好報，我們家有錢了肯定天天來買。」

「好咧好咧。」賣肉的哈哈笑。「那祝你們家早點發財嘍！」

杜小魚衝他揮揮手告辭，剛才她注意了下，那塊肉用了十五文錢，大概有七兩重，看來肉也不是很貴，大概是他們家太窮了！

兩個人後來又去買了點生活用品，比如鹽，這個是官鹽必須在鎮上才買得到，接著還去看了下豆製品，杜小魚主要還在想著豆腐乾的事兒，去到那裡一看，豆腐果然是有的，但是沒有豆腐乾，她倒是很高興，回去得琢磨琢磨怎麼做出來，這也是一條致富的道路啊！

從集市出來就是兩邊一家家的商鋪了，杜黃花隨之去了賣文房四寶的鋪子。

杜小魚到處看了眼，忍不住吐舌頭，價錢都不便宜呢！

「夥計，給我這個，還有這個。」

而杜黃花已經在那裡買東西了，她湊過去一看，都是些好的紙張，還有枝看著就很漂亮的毛筆，不用說，這些一定是買給杜文淵的，他的字寫得很漂亮，看來大姊在心裡根本還是很疼二哥的，只是中間大概隔了些東西吧？

「姊，這簪子妳戴著肯定漂亮，買一個吧！」

杜小魚停在一間首飾店門口不走，杜黃花給她買肉了，給杜文淵買紙筆了，還給爹娘扯了布，可是沒給自己買一樣東西，今兒分明多賺了幾百文錢呢！

「用不著，掉地裡就可惜了。」杜黃花拖著她走。

杜小魚沒她力氣大，眼見店鋪越來越遠，眼睛就紅了，回過頭道：「姊，我以後一定給妳買飛仙縣最好看的簪子！還有最漂亮的衣服！」

杜黃花噗哧笑了，這丫頭話說得倒大，但心裡也是暖暖的，拍著她的頭道：「倒是沒白疼妳，可記著自個兒說的話啊。」

她很用力地點頭。

兩個人一路說說笑笑，剛走到街口的時候聽到一個熟悉的聲音在身後叫道：「哎呀，可巧碰到妳們兩丫頭了，早知道今兒早晨就一起來了！」

不是吳大娘又會是誰？

不過這旁邊的老婦人是哪個？杜小魚不認識，只盯著她看，這婦人有點兒胖，個子不高也不矮，臉有些長，導致脖子跟著一比都快看不見了，而臉上皮膚坑坑疤疤，五官除了鼻子長得比較直以外，其他的都不太端正。

「吳大娘好。」杜黃花衝她彎了彎腰，也不認識那人，出於禮貌叫了聲大娘。

吳大娘在那邊笑。「這朱大娘妳不認識啊？她可是劉夫子的老娘哩，以後見著可好著點兒。」

劉夫子的老娘？杜小魚又瞅了瞅她，不就是逼劉夫子找媳婦的那個嘛！

那邊杜黃花已經恭敬地重新喊了聲朱大娘了，杜小魚自然也不例外，俗話說嘴甜人不怪，到底二哥也是在劉夫子那邊學習的，總是能見著朱大娘，對她禮貌點兒沒壞處，只是她沒想到的是，這朱大娘後面的表現十分怪異。

她老盯著杜黃花瞧，還看完前面看後面。

吳大娘也發現了，笑道：「這丫頭是長得好看，不少人提親呢，她娘就是看不中。」

朱氏直點頭。「不錯不錯，真不錯。」她眼睛閃閃發亮，問杜黃花。「幾月出生的啊？」

杜黃花被她看得不好意思，往後退了幾步才答道：「六月的。」

「六月好！」朱氏又興奮地叫一聲，然後就扯到杜文淵身上去了。「我兒也常說妳家弟弟好呢，腦袋聰明，又是個能寫字能作詩的，要是一直在我兒那邊唸書，將來考個舉人不是問題，」說著眼珠子直轉，回頭看吳大娘。「今兒遇到她們也是緣分，我記得早幾年好似去過杜家一回，沒想到這丫頭就這麼大了。」

「是啊，日子過得可快呢！」吳大娘道。「妳後來又去了娘家，最近才回來，認不出黃花也是正常的。」

朱氏是因為自家兒子一直不肯娶媳婦被氣得回了娘家，現在眼看過去幾年就又跑回來逼劉夫子，她聽了直笑。「是這個理兒。」然後又看著杜黃花，時不時拉著她問兩句，比如平日裡會做什麼、或者家裡農活忙不忙之類的。

杜小魚在旁邊有些不舒服，不知怎的這個朱氏的舉動看著就是不順眼，大概討厭一個人真的是不需要理由的，她插嘴道：「吳大娘，天都要黑了，娘可等急了，我要跟姊姊回去呢！」

天色也確實不早了，吳大娘道：「是該走了，再不走可趕不上了。」

幾個人就急匆匆往鎮口走，在牛車上的時候朱氏也是嘴巴閒不住，杜小魚是越看她越不順眼了。

第八章

到家的時候已屆傍晚，趙氏見杜黃花從籮筐裡拿出塊肉就朝杜小魚看了眼。

杜黃花笑道：「今兒交枕頭花多掙了幾個錢，順便就買點肉回來，二弟也需要補補身子的，整日看書也累。」

趙氏就笑了。「說的是，留一半明兒燉著吃，晚上溜個肉片，正好妳爹摘了些青椒回來。」

杜小魚在旁邊道：「還有肥豬油呢，人家送的，熬點油出來放麵條裡，肯定好吃。」

「這小饞貓。」趙氏敲敲她腦袋。「我這就弄去，明兒早上就給妳下麵條。」

杜黃花又把紙筆等東西翻出來，杜小魚知道杜文淵在房裡看書，就抱起紙筆往那邊跑。「我給二哥送去。」

「小心點，別摔跤了。」杜黃花見她急吼吼的忙叮囑兩句。

杜小魚抱好紙筆停下來道：「要不姊送過去？」

「啊，」杜黃花一愣，頓了頓衝她揮手。「不了，妳快去。」說完低下頭繼續整理竹籮筐裡的東西。

見杜小魚來了，杜文淵放下書。「回來了？」

「是啊。」杜小魚一路小跑奔到書桌前，把手裡東西往上一放。「看，都是大姊給你買的，很貴呢！」她吐吐舌頭。「比肉還貴，看大姊對你多好，自個兒都不捨得買一點東西，我看她好像也挺喜歡那個簪子的。」

牛角的筆桿在紫紅色的桌面上泛著淡淡的微光，杜文淵目光落在上面半晌沒有移開。

「看，還有這紙，多漂亮啊，二哥在上面寫字肯定更好看呢！」她把其中一張紙鋪開，那白如雪又平滑的紙就算比起後世的宣紙來也並不遜色多少。

杜文淵微側過頭，對面妹妹可愛的笑容映入眼簾，她是故意跑來說這些的吧？那日杜黃花對他發火時杜小魚也是在的，而後來的這段時間他跟杜黃花都沒有說過幾句話，雖然他們平日裡也不太多話，但杜小魚還是注意到了。

妹妹真是變機靈了！

杜文淵伸手捏捏她臉頰。「我不生氣了，大姊疼我我也知道。」

原來是知道的，杜小魚皺皺眉，那兩人怎麼有時候還那樣生疏呢？

「正好來了，上回教妳辨認的草藥還記得嗎？」杜文淵翻開一本書，裡面畫著好多藥草，他遮住下面的字讓杜小魚辨認。

「麥冬、石菖蒲、益母草……」杜小魚一口氣就答上來了，她真花了功夫，反正多懂一點是一點。

見她全答對了，杜文淵很高興，又教起後面的來，還說了一些草藥的作用以及簡單的組合，比如麥冬、生地、梔子、竹葉是治熱病的，他自己不覺得，可杜小魚卻驚訝得很。聽他的口氣好像是學了好幾年的草藥知識，基本都能開方子了，難道他都是自學的不成？

「對了，今兒去鎮上遇到一個叫章卓予的，說也在劉夫子那裡唸書呢。」她說起這件事。

「他說是要去他大舅家，被妳們遇上了啊，真巧。」杜文淵笑起來，章卓予小他兩歲，是後來才來劉夫子那裡唸書的，兩人說話很投機，他好些書就是跟章卓予交換著看的。章卓予的大舅是飛仙縣上的有錢人家，家裡書很多，章卓予常常去借來看，杜文淵就沾光了。

杜小魚見兩人像是好朋友就也很高興，說讓杜文淵有機會帶他回來玩玩，後來又說起遇到劉夫子老娘朱氏的事情。

杜小魚很八卦，把上次探聽到朱氏逼迫劉夫子娶媳婦的事說了出來，然後問劉夫子長什麼樣，又問他的女兒幾歲了，杜文淵是在他們家小院子裡唸書的，肯定經常看得到。後來套出劉夫子今年二十九歲，有個女兒十一歲，性格很刁蠻，私塾裡的學生都怕她。

「那她欺負過你沒？」杜小魚笑問。

杜文淵看她一眼，表示懶得回答。

今兒晚上的菜很豐富，炒青蠶豆、煮南瓜、青椒肉片、油渣青菜，還有豆苗湯，杜小魚吃得很歡樂。

之後趙氏就把杜文淵叫了過去，拿出兩百二十五文錢，說是後邊兒三個月的學費，叫他明天去劉夫子那兒時順便交了。

晚上她跟杜顯在房裡點算銀子，杜顯的舊疾跟杜小魚的氣喘病好了之後，手頭明顯寬裕起來，不用每每都把錢用得精光，有時候還得問吳大娘跟老龐家借錢。

杜顯滿足地嘆一聲。「總算不用愁下頓飯了，咱們得好好謝謝老龐啊！」

趙氏是個眼尖的人，聞言回道：「每回說這個，他都搪塞過去，我看像是有什麼難處，是不是這方子來路不正？我看就算了吧，你也別提，最多以後請他多來吃吃飯就是。」

老龐的爹是小偷，被抓去衙門坐牢，後來就死在那兒了，杜顯一愣，忙搖頭。「不是吧，不會是他那爹偷來的吧？」他斷地一聲，也懷疑了。「說起來也是，這方子可神呢，指不定是哪個神醫家的祖傳秘方！他爹莫非是要拿來誆一筆錢的？」

「啥事沒可能呢，咱們就別提這個了。」

杜顯這回表示同意了，點著頭。

「孩子他爹，現在你跟小魚都好了，我也有時間下地，最好再買幾畝田回來，你看看？」趙氏說道：「咱們這些田還是開荒田，種這麼久也沒人家的好，等幾個月攢些錢了，買幾畝好田來，以後孩子用錢的地方可多呢，文淵要考上秀才了咱們也得打點打點。」

杜顯心裡頭有點悶，當年被趕出杜家是一塊田都沒有，幸好老龐跟吳大娘求了村長，才把那些開荒地給他們種，前幾年也沒有收稅，總算是活了下來。

趙氏見他不說話，冷冷道：「你可別打那邊田的主意，我們當年死都沒有回去，現在好好的更加不可能！」

「誰說要回去了，就是文淵……」杜顯忙解釋。「娘也是真喜歡他，不然這些年也不會主動找我們。」

「呸！」趙氏更加火大。「我給過你面子去賀壽了，姓杜的你也不要得寸進尺，她有多喜歡文淵，不就是看他以後能光宗耀祖嗎？我告訴你，他要光宗也是咱們家的，不是她那個杜家的！」

「好了，好了。」杜顯忙安撫她。「以後我不提娘了，妳消消氣，消消氣。」

趙氏把手裡東西往床上一撤，轉身推開門出去了。

夏天很快就要過去了，但這些天還是有些熱，杜小魚自個兒偷懶跑到趙氏那裡跟她一起睡，有人拿扇子幫著搧風還真是種享受。

迷迷糊糊中，也不知睡了多久，杜小魚忽地聽到有拉抽屜的聲音，她睜開眼一瞧，是趙氏在拿東西，可是那表情很是奇怪，她下意識地就把眼睛閉上了，只微微留出一條縫，等到趙氏徹底背對著，她才又盯著看。

趙氏的手裡此刻正攤著塊淡綠色的花布，看這顏色像是有好幾個年頭了，不過重點不在花布，而是花布上方的一塊玉！

那塊玉是方形的，最上面有個小孔，裡面穿著條紅繩子。

杜小魚瞪大了眼，她雖然不是什麼珠寶玉石鑒定專家，可這塊玉看著那麼漂亮，碧綠瑩瑩好像是用潭水凝結而成，絲毫沒有雜質，水頭這麼好，肯定是塊價值不菲的好玉，那麼趙氏為什麼不典當掉它？應該能換不少錢吧？還是這塊玉有什麼特別的意義？

她在那裡好奇地猜想，那邊趙氏看了會兒就把玉收回個小木盒裡，然後放進抽屜還上了鎖。

等她轉過頭，杜小魚趕緊又閉上了眼睛。

但她很明顯按捺不住了，下午的時候就纏著杜黃花說話。

「姊，太婆家裡那麼有錢，我上回看到好些個漂亮東西呢，咱們家是不是也有的？」她故作天真。「比如那什麼值錢的石頭，可好看呢！」

杜黃花跟趙氏一樣十分不待見地主祖母，聞言哼了聲。「不就是玉，太婆家是有很多，不過咱們家一塊也沒有。」

杜小魚追著問：「真的一塊都沒有？」

杜黃花奇怪了，怎麼好好的問什麼玉石，是不是那天去集市看到首飾店裡的眼饞了，就笑道：「好的玉是很貴的，咱們家當然沒有了，不過小魚要是喜歡，等姊以後攢到錢了給妳買一個，小魚戴著肯定漂亮的。」

哎，看來她真不知道，難道這是趙氏的秘密？

杜小魚想不通了，坐在門口絞盡腦汁地想，這玉是不是趙氏娘家的祖傳寶貝？如果是，杜顯肯定知道，總不能兩夫妻還瞞著這些吧？結果她晚上試探杜顯，這個爹居然表示也不知道，看來真是個極大的秘密啊！可惜那玉珮離得太遠了，不然指不定能瞧出什麼來。

過了些日子終於到秋天了，秋高氣爽再也不出汗了，杜小魚穿著撒花綠色長袖，下面繫了條同色的棉裙在院子裡洗蘑菇。這身衣服是杜黃花給她新做的，最近稍微有了點餘錢，家裡人都添了新衣服，而蘑菇是杜顯才從山裡挖回來的，說昨兒個下了雨冒出很多菇子，弄來燉湯喝。

蘑菇是很鮮美的，杜小魚洗得很歡快。

「小魚，過來。」

沒想到杜文淵又早回來了，還帶了個人，他笑道：「上回妳不是說叫帶卓予來玩嗎？還不去洗洗手弄杯茶來。」

「啊！」杜小魚匆忙放下蘑菇，衝章卓予一笑。「等等啊，我去倒水，」又喊。「娘，二哥帶朋友來了。」

章卓予帶了水果來，說是自家門前結的，趙氏看也是個乾乾淨淨懂禮數的孩子，就放下心，讓杜文淵好好招待，又說晚上留下吃飯。這個兒子很少帶人回來，可見兩人是極好的，這一點上面趙氏一向做得不錯，因為杜顯要是帶人回來，她總是招待得很周全，不過也必須看人來作決定。

杜小魚在廚房弄了兩碗茶，茶葉是吳大娘有次送來的，說她兒子在外面到處跑，弄這個很容易，她兒子是貨郎，常在飛仙縣走動。

「請喝。」杜小魚把茶端到章卓予面前，笑著問：「你怎麼現在才過來玩啊？是不是跟我二哥一樣天天在家唸書，閉門不出的？」

章卓予道：「那是當然，我也得考秀才啊，肯定不能偷懶。」

杜小魚心道，好用功，可她這個二哥一天到晚的看課外書，完全沒有一門心思專研，不然也不可能醫書讀得那麼精，還有些亂七八糟的知識他也懂。趙氏問起他那些雜七雜八的書，他總說是起參考作用，其實根本主要是看那些書，要是趙氏知道內情肯定氣得吐血！

幾個人說了會兒話，杜文淵被趙氏喊去有些事交代，就只留下章卓予。

「聽說你大舅家很有錢，是不是書也很多？」杜小魚問。

章卓予點點頭。「是的，妳要是想看我可以借出來，杜大哥也常常借的，說起來，我大舅家的書都要被他看遍了。」他露出佩服的神色，忽地低聲道：「我跟妳講，杜大哥在劉夫子那裡經常偷偷看別的書，奇怪的是，劉夫子問他什麼他都能答出來。」

呃，奇才！

杜小魚無語了，原來杜文淵在劉夫子那裡都不好好唸書啊！

「對了，你是不是經常去飛仙縣？」杜小魚想起一件事。「你知不知道飛仙縣上誰會蘇繡的？」

章卓予不知道她為什麼問這個，但答得很快。「當然知道了，我大舅母就會，那個紅袖坊是她開的，也收了好幾個徒弟呢。」

杜小魚興奮了，踏破鐵鞋無覓處，得來全不費功夫啊！她上去拉住章卓予的袖子。「那你大舅母還收不收弟子啊？收不收？有沒有什麼要求的？」

章卓予被她激動的舉動還有表情弄愣住了，好半晌才回道：「這我不知道，要問過大舅母才知道。」

「好，那你回去問問啊！」杜小魚搖著他袖子。「我大姊繡的東西可漂亮呢，你問問她能不能拿過去看一看，或者讓我姊當面繡的話也行。」

原來是要推薦她大姊做大舅母的弟子，章卓予看她臉紅撲撲的，眼睛裡全是期待，實在無法推卻，就點點頭。「好吧，我回去一定問一下，我大舅母人很好的，要是妳大姊繡得好，說不定真的會收做弟子呢。」

「那謝謝你啦！」杜小魚風一樣衝進廚房，把剛做好的爆米花拿過來。「請你吃，很好吃呢。」

這也是她纏著趙氏弄給她吃的，章卓予沒吃過，嚐了顆覺得挺不錯，問道：「這叫什麼？」

「不知道，不過我叫它爆米花，是用玉米粒放進油裡面爆的，你看，像不像漂亮的花？等一個個在鍋裡蹦起來的時候，再在裡面撒點糖就能吃了！」杜小魚興致勃勃地講解，又笑道：「要是你大舅母收了我姊姊，我做別的好吃的給你吃，保管你沒吃過呢。」

「哦？」杜文淵應聲走進來。「那我有沒有吃過？」

杜小魚才發覺自己得意忘形，她跟杜文淵兄妹倆，有什麼是她吃過杜文淵沒吃過的？這簡直不可能嘛！就嘿嘿一笑。「這個，我還沒有想出來呢，以後總會想出來的。」

杜文淵見章卓予吃得挺歡，也拿了幾個爆米花放嘴裡，眼睛瞅著杜小魚看。

這分明就是他沒吃過的，杜小魚怎麼想出來的？

等送走章卓予，杜小魚笑嘻嘻地跟杜文淵說：「大姊說不定能學蘇繡的。」

「學蘇繡？」杜文淵皺起眉。

「是啊，大姊可想學呢，還說肯定學不成，原來章卓予的大舅母就是會蘇繡的，我剛才拜託他回去問問，要是可以的話，大姊肯定高興壞了。」杜小魚眉開眼笑，十分幸福的樣子。

看來自己真不夠關心大姊，還沒有妹妹的一半呢，難怪剛才對章卓予那麼殷勤，比對自己這個二哥還好，他伸手拉一拉她。「那要是他大舅母同意了，問問有什麼我能幫得上忙的，」他說著頓了頓。「先別告訴娘，知道嗎？」

這是好事為什麼不告訴？杜小魚疑惑地看著他。

杜文淵嘆口氣。「別告訴就是了，妳也想大姊好的是不是？」

瞧他很認真的表情，杜小魚點點頭。「那好吧，我先不告訴，不過二哥，你也太不像話了，怎麼能在劉夫子那裡看別的書呢？要是娘知道……」

杜文淵大急，猛得捂上她嘴巴，卻見她眸子燦爛閃爍滿是狡黠的光，立時就放開了手。

杜小魚笑得直喘氣。「原來二哥也是怕的啊！」

杜文淵一個栗子彈過去，笑罵道：「死丫頭！」

杜小魚捂著額頭，眨巴著眼睛問：「二哥你幹什麼要看那麼多書啊？」實在名堂太多了，就連兵法書都有，估計他記憶力也是很好的，不然怎麼可能讀得過來。

誰料杜文淵沈默了，眼睛裡滿是她讀不懂的東西，好半天才回答：「以後總會用得上。」

但真正的原因肯定不只這個，所以杜小魚除了那塊玉以外，又多了一個疑問。

第九章

最近杜小魚開始在琢磨豆腐乾的事，眼看天氣已經轉涼，豆腐能放得住，是時候試驗一下了。

家裡也堆了不少黃豆，趙氏常拿來炒著吃，或者燉軟了跟醃包瓜放一起做鹹菜，早上加點進麵條，還有跟米粥搭配著吃也挺好的。

杜小魚有次就跟趙氏說想吃豆腐，在集市看到有得買，趙氏就拿石磨把黃豆碾碎了，在豆汁裡點了鹵水，倒也真做成了豆腐，只不過全家對這個都沒多大興趣，也只有杜小魚吃了幾塊，難怪從不見豆腐上餐桌呢，原來他們不喜歡。

看來只好她一個人偷偷弄了，反正黃豆是不值啥錢的，就是石磨有點兒重，推得累。

這日趁著趙氏在忙活，杜黃花在洗頭，她就把泡好的黃豆拿過來準備磨，誰料剛要推的時候，身後一聲笑把她嚇得整個人都要跳起來。回頭一看，卻是杜文淵，也不知道什麼時候來的，今兒私塾休假一日，本以為他在看書呢！

杜小魚撇撇嘴。「跟貓兒似的，嚇死人了！」

杜文淵見她人不過也就比石磨高一點，竟然在搗鼓這個，就笑道：「妳怕什麼呀？作賊心虛？」

「作、作什麼賊？」杜小魚有點兒慌張，又一想自個兒是個小孩子，玩玩石磨又怎麼了，立時又理直氣壯起來。「我覺著這個好玩呢，上回見娘推著就磨出白白的豆汁，好香呢，我也要試試。」說著就去推，結果石磨真的太重了，推了兩圈累得她胳膊整個發疼。

杜文淵倚在木柱子上看著她，現在跟這個妹妹講話絲毫不費力，有時候還會有令他詫異的回應，可杜小魚在此前分明是個連他說話都聽不太懂的人。而這些還不是最奇怪的，最奇怪的是他教了那麼多東西，她居然學得那樣快，他自詡聰明，可在七歲的時候卻自問沒有這種專注力。

事實證明，她整個人都變了，不過就現在來看，那肯定是好事。

「二哥，沒見我推不動啊？」杜小魚直喘氣，哀怨的看了眼杜文淵。

他忍不住笑了，伸出手幫著推石磨。

不到一會兒，豆汁就流滿一大木盆，杜小魚忙叫他停手，這些夠試驗的了。

「是要做豆腐？」杜文淵問。

杜小魚不曉得怎麼答，撓撓頭裝傻充愣，就等杜文淵走。

誰料這時候來了人，吳大娘的聲音在院門口響起來。「趙妹子在不在家啊？可有貴客來了！」

貴客？

杜小魚好奇了，蹬蹬蹬地跑過去，一看之下整個人愣住，吳大娘身後領著兩個人，其中一個正是上回在集市碰到的朱氏，另一男人她不用猜都知道是誰，那長相跟朱氏有八分相像，表情很無奈，手裡提著兩包東西。

肯定就是劉夫子！

他們怎麼會來了？杜小魚眉頭緊緊地皺著，心裡有很不好的感覺。
古代尊師重道，一般情況下夫子是不會主動上門到學生家裡來的，除非是學生相請，可劉夫子竟然還帶著禮物上門呢！這樣降低身分不是很奇怪嗎？
「小魚，妳娘呢？」吳大娘衝她招手，笑著問。
杜文淵也過來了，見劉夫子在也是很驚訝，忙躬身行了禮，迎他們進屋，一邊讓杜小魚去告訴趙氏。
趙氏差點把手裡的木桶掉地上，嘴裡喃喃道，劉夫子怎麼來了，記得四年前杜文淵去私塾第一天請過劉夫子來家裡吃了頓飯，後來再請就沒有過來了，沒想到今兒主動登門。她急忙忙擦乾手找出茶葉倒了三碗茶，吩咐杜小魚去叫杜黃花做點點心招待客人，還說叫準備飯菜，留人吃晚飯，說完就端著茶出去了。
很快就聽到她熱情的招呼。「哎喲，今兒家裡真是蓬蓽生輝……」
杜小魚抽了下嘴角，搖搖頭撒腿找大姊去了。
朱氏讓劉夫子把東西放桌上，笑著道：「上回碰見妳家黃花跟小魚了，沒想到長那麼大了，黃花也是漂亮，」她頓了頓。「想著好幾年沒見，你們家文淵又是在我們家唸書的，吳大娘也是常跟我提起，還是來往來往的好。」
趙氏看看那兩包東西，搖手道：「這怎麼使得，劉夫子已經減免文淵一半學費，咱們別提多感激了，要再收東西，臉皮子都沒有了！」
朱氏呵呵笑道：「我比妳年長，叫我聲大姊，咱們也不用那麼生疏，這東西可不是給妳的，我瞧著黃花這孩子可順眼了，遇到也是有緣分，能不送點東西嗎？妳就不要推來推去的，快收下，以後咱們兩家指不定就親近了呢。」

一席話說得趙氏心裡打起鼓來，這東西是送給黃花的？就往吳大娘看了眼。

吳大娘衝她使了個眼色。「朱大姊以前來我家也帶了東西給兩孩子，她就是大方，一片心意妳收下也無妨。」

朱氏聽了眉毛一挑，有些不悅，但也沒有立時說話。

劉夫子在這種氣氛下更加尷尬，他是被自家老娘逼著來的，又是在自己學生家裡，就推說有話跟杜文淵講，讓帶著出去。

而這時候杜小魚正拿著手巾給杜黃花弄頭髮，她剛洗完頭，濕漉漉的總不能這樣出去見客人。

「劉夫子怎麼會來的？」杜黃花也有此疑問。

杜小魚想起朱氏的舉動，忽地道：「姊一會兒別去了，那點心我來做。」不就烙點雞蛋餅什麼的嘛，她看多了也學會了。

杜黃花斜睨她一眼，比土灶都高不了多少能烙餅嗎？忍不住噗哧笑道：「那得等妳幾年，再說了，我是大姊能不出去嗎，也不像話，那可是妳二哥的老師，咱們要好好招待的。一會兒我還得去準備飯，唉，家裡也沒肉，不曉得龐大叔家有沒有醃臘肉呢。」

杜小魚沒法，知道不可能攔住她，就默默嘆口氣。

絞乾頭髮後，杜黃花覺得不能失禮於人，打算換件乾淨點的衣服，就出了小屋去院子裡拿在曬的衣裳，結果杜文淵偏就正帶著劉夫子過來。

四個人遇見，杜小魚看到劉夫子的眼睛一下子直了，忙往杜黃花看一眼。

她這會兒烏黑的長髮披在身後，上衣領子濕了，被解開了一小半露出白皙的脖頸，不過裡面是有抹胸的，倒不算什麼，可是這逼人的青春氣息難以遮掩，如同枝頭開放的潔白梨花一般，加上臉頰飛上的羞人紅雲，說不出的吸引人。

杜小魚急死了，一步跨上去擋在杜黃花身前，叫道：「非禮勿視，劉夫子您還不轉過身去！」

劉夫子臉騰地通紅，倒退兩步，低頭道：「冒犯，冒犯。」

杜黃花忙奔回房裡。

「小魚，是我領劉夫子過來的。」杜文淵知道不能怪劉夫子，他也是沒想到大姊會以這幅光景出現。

杜小魚衝他翻了個白眼轉身走了。

劉夫子見狀搓著手。「這個，這個……」

杜文淵歉意地說道：「我家小妹不懂禮貌，還請夫子別放在心裡。」

晚上吃飯的時候，杜黃花倒沒有怎麼樣，很是大方，反而劉夫子扭扭捏捏，幾句話說得斷斷續續，眼光還時不時的往杜黃花身上飄幾下，更讓杜小魚無語的是，居然還會臉紅！朱氏見此情形心花怒放，不停地誇著杜黃花，恨不得把話全挑明瞭。

還是吳大娘顧全局面，適時地攔上幾句，這才沒有造成尷尬。

送出去的時候，朱氏還在說著兩家來往的事，趙氏也沒有太明確表態，她本來對劉夫子一家定然是尊敬的，可是牽扯到杜黃花身上，那又不同了，態度也變得比較模稜兩可。

事情到這個地步，杜黃花又豈會不察覺，臉上像蒙了層灰似的。

趙氏回到屋裡把房門關好，坐到杜顯身邊道：「妳看這朱氏分明是想討咱們黃花做媳婦兒呢！」

「不是吧？」杜顯後知後覺，聽了大驚。

「哪兒不是了？唉，你這個榆木疙瘩！」趙氏一手指戳在他腦門上。「我道怎麼好好的來咱們家呢，還帶了東西來，這劉夫子可是文淵的老師，哪能這麼客氣！之前你不是探到消息說朱氏逼著劉夫子找媳婦嘛，沒想到在集市相中黃花了。」

杜顯下意識地搖著頭。「這不成，劉夫子都要三十了，比黃花大一倍歲數呢！」

「我也是覺得大了點，樣子也不太配咱們黃花。」趙氏嘆口氣。

杜顯皺著眉。「不過要是直接說不成，恐怕會得罪劉夫子的老娘，他們給了好大面子親自上門……文淵又是在劉夫子那裡唸書的，咱們北董村可沒有比劉夫子更好的老師了！」

趙氏點點頭。「是啊，還是得找吳大娘說說，朱氏跟她好似很熟，今兒要不是她插上兩句，可不是逼得咱們當眾表態？這朱氏也是性子急，兒女終身大事總要好好想想的，我看她就是仗著劉夫子的身分才過來。」

「嗯，妳明兒就去跟吳大娘說說，這事也拖不得。」

兩人話說到大半夜才睡覺，而杜小魚也沒睡好，因為杜黃花翻來翻去的讓她的心更煩了。

趙氏第二天就去找吳大娘，杜小魚纏著一塊兒去了，吳大娘知道她們來意，便說朱氏確實在集市上就相中了杜黃花，昨晚上回去時還偷偷告訴她，說找了當年給杜黃花接生的穩婆拿了生辰八字，專門去算了下，結果跟劉夫子很配，樣樣都好，旺夫得很，所以才急吼吼帶著劉夫子過來。

而劉夫子本也是不肯的，沒料到峰迴路轉，竟然一見傾心，讓朱氏更是高興得不得了。

趙氏一聽就壞了，看來朱氏結親的願望很強烈，而杜小魚暗暗叫苦，真是陰差陽錯，要不是杜文淵帶著劉夫子碰著杜黃花，指不定這事就沒那麼棘手，畢竟劉夫子抵抗他老娘這麼多年頗有成效，可這回他也點頭了，朱氏等於掃除了一個大障礙。

「大姊，妳說說，她怎麼能事先拿咱們家黃花的生辰八字去算呢！」趙氏細想之下轉而惱火了，在這之前他們家可一點沒有跟劉家結親的意圖，想都沒想過，這朱氏也太誇張，她一頭熱就私自去找算命的，把他們杜家擺在什麼地方？這要是讓旁人知曉了，還以為杜家也是答應了的。

吳大娘也搖著頭。「這人就是性子急，我著實也沒想到會這樣，昨兒個她跟劉夫子過來把我也嚇一跳，不過想著劉夫子是教你們家文淵的，也就帶他們過來了，哎，大妹子妳先別著急，他們也就探探風，真要成事還得過來幾趟。」

趙氏現在對朱氏很不滿，忙道：「妳跟他們家還有點交情，可要想法子幫我回了。」

「等我想個法子，不過明兒得去探探我弟媳，她過幾日就要生了，想捎點東西過去，這事兒等我回來再說吧，他們家也不至於急到那個程度，好歹劉夫子在村裡也有點名聲的，真要討媳婦的話總得按著步子來，是不是？」吳大娘拍著她的手讓她放心。

吳大娘娘家在中順村，跟北董村隔著兩個村子，來回得要三、四天，但她的話不無道理，趙氏便也沒有其餘話好說。

回到家裡，趙氏自收拾了衣服工具去田裡忙活，杜黃花在院子裡洗床單，差不多每個月一洗，還是算乾淨的。

見她手在大木盆都要泡得起皺，杜小魚端了個小杌子坐旁邊。「姊妳休息休息，我跟妳說說話。」

杜黃花瞧瞧她。「說啥？」

「剛才跟娘去吳大娘那裡了，」見她還在洗，杜小魚回屋拿了條手巾給她擦擦手，從懷裡掏出把炒黃豆放她手心裡。「吳大娘給的，她炒的比娘好吃呢，說裡面放了五香粉啥的，下回讓娘也放一點，香得很！」

「咱們家哪有這個，都是盧大哥弄來的。」杜黃花拿一顆放嘴裡，這妹妹最近懂事不少，真個知道疼人了。

盧大哥就是吳大娘的大兒子，是個貨郎，杜小魚哦的一聲。「那下回在盧大哥那裡買點兒。」

「就喜歡吃。」杜黃花看著她樂。「趕明兒嫁個廚子才好，天天變著花樣給妳炒菜呢。」

被她打趣，杜小魚撇嘴道：「姊也可以找個廚子，我一樣有好吃的。」

「妳這鬼丫頭！」杜黃花臉有些發紅。

杜小魚嘿嘿笑道：「不過我更喜歡姊燒的，要是姊變廚子就好了！」

「哪有那麼容易的，還得有師父教呢。」杜黃花瞥她一眼，拍拍手把碎了的黃豆皮弄掉，又彎腰洗東西了。

「姊，剛才娘跟吳大娘說什麼回了劉夫子。」杜小魚假裝不懂地說。「娘很不高興呢，氣得手都抖了，後來吳大娘說要給弟媳送東西去，好像要幾天，讓娘不要生氣，說回來就好了。」她說這些也是讓杜黃花放心，杜黃花肯定沒看上劉夫子，所以昨夜翻來翻去的都沒睡好。

誰料杜黃花卻是怔了怔，幽幽吐出一口氣。「不過劉夫子的話，小魚妳或許就能唸書呢。」

呸的，就算能考上秀才考上舉人考上進士她都不稀罕，杜小魚忙搖頭。「我不要唸書！不唸！」說完氣呼呼地站起來走了。

「這孩子。」杜黃花低聲罵了句，但一直籠在眉間的憂愁終於煙消雲散。

到了傍晚杜文淵回來了，見杜小魚守在他書房門口，笑著道：「這麼好學啊！」還以為她是來學知識的。

杜小魚走進屋裡，拉著他小聲道：「二哥，最近你有沒有看到章卓予啊？」

「哦，原來是打探消息。」杜文淵把小背簍放桌上，側頭看著她。

「二哥，快告訴我啊，這都過去多久了一直沒有消息，上回不是跟你說章卓予的大舅母是會蘇繡的嘛，他說回去就問問的，怎的就沒有回音了？」杜小魚急得很，揪著杜文淵的袖子。「你明兒去找他問，就算不願教也得說一聲，不能讓人白等。」

「他最近都沒來唸書，他娘親病重，接到飛仙縣看病去了。」他語氣有些沈重。

「啊！」杜小魚放開手，關切地道：「那他娘現在病好了沒？」

「這我不清楚。」杜文淵坐下來。「我也沒機會去縣裡。」

杜小魚就皺起眉，看來這事得耽擱一陣了，人家娘病了總不能還去催著問那事，但願早日康復就好了。

趙氏跟杜顯今天回得比較晚，但兩人的臉上都笑吟吟的，杜小魚撲過去撒嬌的時候被杜顯抱著在空中甩了幾個圈，把她嚇得心肝都要掉出來，小孩子喜歡這個，可她是個年輕人了啊！還好杜顯種地也勞累了，沒有再繼續玩空中飛人。

趙氏晚飯蒸了幾個雞蛋吃，心情那樣好，杜黃花也看出來了，問道：「爹，娘，您們在地裡遇到誰了，這麼高興？」

「遇到老李頭了。」杜顯笑呵呵的道，老李頭五十多歲，是個早就死了老婆的人，女兒也嫁到別的村裡去了，他有個愛好是下棋，而杜顯早前是地主家的，下棋也會兩招，有時候老李頭會找他過兩手，久而久之也算熟了。

「下棋贏了？」杜小魚撓撓頭問。

趙氏嗤地笑了。「這傻妞兒，是老李頭遇到喜事，他家女兒最近家裡賺了點錢想把他接過去享福。」她說著喜笑顏開。「他手裡不是有幾畝好地嘛，想過大年前賣了，正好跟你們爹有些交情，今兒就說成了，等一秋收就賣給咱們兩畝！」

還真是好事呢，杜小魚嘴角也翹起來。

「一畝地賣多少銀子啊？」杜文淵更關心這個。

「四兩銀子，可不是好事？」杜顯眉飛色舞。「他那田可是整個村都算得上好的，收成得比咱們那些開荒地多個兩成呢！」

這個價錢確實算便宜，一般的田大概就是三、四兩銀子的價，而老李頭的既然是良田，最起碼要賣到五兩銀子，看來真是賣他們人情了，難怪高興成這個樣子！杜小魚扳著手指頭在桌下面算，不過家裡估計也就存了四、五兩銀子，要是買了那兩畝田大概就空了，到時候多少要去跟吳大娘借點。

兩、三日一會兒就過去，可吳大娘還是沒有回來，趙氏估摸著可能正巧趕上她弟媳生孩子就在那兒搭把手了，這樣看的話還得拖些時日才能回呢！

也幸好朱氏沒有進一步舉動，倒也讓她放了心。

第十章

今兒太陽不錯，杜小魚把手放在陽光下曬了曬，不一會兒就覺得發燙了，這溫度還是挺合適的，她滿意地點點頭，轉身去把在鹽水裡煮過一遍的豆腐拿出來。杜黃花去田裡幫忙了，家裡除了她就只剩趙氏，趙氏此刻正在剝玉米粒，前幾天收穫了一畝地的玉米，其中大部分是要用來做玉米麵的，所以也沒空管杜小魚在幹什麼。

她煮好豆腐，從屋裡搬出兩張凳子到院子，又拿了個大竹匾往椅子上一架，就準備曬豆腐了。

豆腐很水嫩，不太方正，有些坑坑窪窪，數量也不多，但杜小魚珍惜得很，這可是她親手做的，還是纏著杜黃花給她燒火才辛苦做成的，所以格外小心的捧出來放到竹匾上，又用乾手巾把周邊的水給吸得乾乾淨淨。

這麼曬下來的話，大概要有兩、三個時辰。

她猜想著，也不太肯定，因為自個兒以前沒做過，這種方法是曾在網上看到的就拿來試一試。

院子裡飄著滿滿的玉米香，晚上可以吃煮玉米嘍，她咧嘴笑起來，拍拍手把手巾甩一邊，打算去幫趙氏剝玉米粒，誰料轉過身的時候卻見院門口站著一個中年婦人正往裡探頭探腦，又是她不認識的，杜小魚假裝沒看見，拔腳就往裡走。

那婦人卻衝上來，兩手抄起胳肢窩把她整個人都架了起來。杜小魚嚇得驚叫。「妳、妳幹什麼？」

那婦人格格一笑，雪白的臉都要掉下粉，探頭就往她臉頰親一口，發出嘖嘖的聲音。「哎喲，這小沒良心的，都不記得妳平大娘了啊？倒是越長越漂亮了，看著就討人喜歡，妳娘哩？妳姊哩？就妳一個人在家啊？」

杜小魚被她親得噁心，索性就當不認識，扯開了嗓子嚎。「娘，娘！快來啊！」

趙氏還當她摔倒了，急忙忙跑出來，看到那婦人的臉時明顯閃過絲不悅，但只是淡淡道：「原來是平大姊，有啥事啊？」

也不請她進來坐，看來兩人沒什麼交情，杜小魚立即掙扎著要下來，既然自家娘親都不給面子了，她自然更加不用給面子，這婦人濃妝豔抹，一身的刺鼻香粉味，她早就被嗆得受不了了。

平氏放下她，可另一隻手抓著胳膊不放，從懷裡掏出幾塊糖遞過來，笑咪咪道：「這東西可好吃呢，人家鎮上的娃才吃得到，喜歡不？」

不就是幾塊新式的糖？當她沒見過世面啊！杜小魚暗自好笑，看都沒看幾眼就扭過身去，嘴裡道：「吃這個牙齒會長壞的。」

平氏的手尷尬地伸在半空，她看趙氏極為冷淡，本想著若是能討杜小魚的歡心，興許可以緩和下氣氛，誰知道這小女孩竟然能抵制得了誘惑，要知道這些糖可是在飛仙縣也很少見的，換作別的農家孩子早就饞得流口水了。

趙氏露出絲笑，小魚倒是沒丟她的臉，要是急吼吼去拿糖，少不了稍後要教訓幾句。

「小魚可真乖啊，都是妳教得好，黃花也是村裡少有的賢慧姑娘。」平氏訕訕一笑把糖放回兜裡。

「村裡好的姑娘可多著呢，咱們黃花不算什麼。」趙氏依舊板著臉。「平大姊田裡不忙？家家戶戶都在收東西，妳倒是串門來了，我可還有好多玉米要剝呢！」

「我們家那幾畝地，老頭子足夠了，」平氏走進來幾步，就著小杌子就坐下來。「難得來一次，大妹子就抽點空，我平日裡也是很忙的，妳也知道，又要做針線活又要接生的，說起來，黃花這孩子可不就是我親手接出來的，這丫頭當初看著就說福氣好呢。」

聽到平氏說接生，杜小魚就想起那日在吳大娘屋裡聽到的話，說朱氏從穩婆那裡打聽到黃花的生辰八字，拿去跟劉夫子算命，那麼那穩婆就是平氏吧？也難怪趙氏看到她就不爽，誰讓她私自洩漏別人的資訊，完全沒有職業道德嘛！

果然趙氏更加火大，眉一挑道：「黃花有沒有福氣不用大姊操心，我這個做娘的自會打算！」

平氏還不曉得她的事已經被趙氏知道，聽到揮了揮手，笑道：「妳做娘的當然關心了，不過黃花是我接生的，哪裡不能有點兒感情呢，看著從娘胎裡出來，又長成這麼個俊姑娘，看著都心裡發甜，要是再嫁個好人家，哎喲，可真是十全十美嘍！」

杜小魚聽得直皺眉，真要那麼關心豈會從來沒有露過面，這回怕是得了什麼好處！

沒等趙氏說話，她神秘兮兮地低聲道：「我也是昨晚上作了個夢，夢見黃花穿金戴銀在教書哩，後來一想，可不是好兆頭？咱們村教書的劉夫子就在尋媳婦兒，又是你們家文淵的老師，真是親上加親！劉家田也多，劉夫子老娘前幾日讓我挑個好姑娘，正頭疼找哪家，村裡一提劉夫子，個個都想把女兒嫁過去，這好事我當然只能留給咱們黃花了，大妹子妳說是不是？將來文淵有這個姊夫，考個舉人、進士還不是簡單得很！」

趙氏臉色沈了又沈，卻意外地沒有發作。「劉夫子人是好的，但年紀到底大了些……」

「大點能疼人，年紀小的有什麼好？」平氏搖著頭。「村裡那些打媳婦的可不都是小的，黃花那樣老實容易被欺負，找個年紀大的正好，都說老夫少妻白頭到老，將來劉夫子可不把她當個寶似的！還有，」她頓了頓。「你們文淵唸書都不用花銀子了，一家人多好！」

這平氏嘴巴還是挺能說的，最關鍵的是抓住了趙氏的軟肋，她最疼愛的是杜文淵，而杜黃花嫁給劉夫子那是絕對對杜文淵有幫助的，杜小魚依到趙氏身邊，小聲道：「劉夫子偷看大姊洗頭呢，我不喜歡他！」

「什麼？」趙氏大驚。「真的？」

「反正那天大姊在洗頭髮，出來就看到劉夫子在外面，嚇得大姊逃回去了。」

能搗亂就搗亂，絕不能讓趙氏有一絲動搖，這劉夫子長得人模鬼樣的，年紀又那麼大，怎麼能讓杜黃花嫁過去呢？杜小魚完全無法接受！所以決定先扯個謊拖下時間再說，等吳大娘回來跟朱氏說清楚了，說不定事情就可以得到解決。

平氏瞪了杜小魚一眼，本來看趙氏猶豫了正高興著，要是說成這門親事她最少能賺一兩銀子，可不能被這個小丫頭給攪和了，當下忙道：「劉夫子的為人村裡哪個不曉得，怎麼可能偷看黃花洗頭呢？大妹子，小魚這胡話可不能聽，劉夫子肯定不會這樣的！」

趙氏狐疑的看看杜小魚，問道：「劉夫子真偷看了？妳可不要說謊！」

「小魚才不說謊呢，我跟大姊一出來就看到劉夫子了，要不是偷看怎麼會在院子裡？不是應該在屋裡喝茶嗎？」杜小魚淨瞎扯，完全不提杜文淵當時也在。

平氏就怕這事泡湯，一拍大腿斥道：「小孩子瞎說八道，劉夫子是妳可以亂說的？小心挨板子！」

杜小魚藉機就大哭起來，躲在趙氏身後嚷道：「娘，她說要打我哩，好凶啊，娘快把她趕走啊！」

趙氏也不高興，好好的嚇唬小魚，這平氏看來心急得很，她回頭安慰杜小魚幾句，對平氏說道：「這孩子膽子小嚇不得，平常我們罵幾句都要哭半天，現在被妳給嚇唬了，可不得嚎一晚上，哎，平大姊妳還是走吧，這事我再考慮考慮。」

平氏得不到肯定的回應也不想走，怕事情生變，忙站起來往杜小魚走去，嘴裡哄著道：「哎呀，大娘也是哄著妳玩的，哪裡真能打板子呢，小魚乖別哭了，這糖妳拿去吃，快別躲妳娘身後了。大娘跟妳娘還有好些話要講哩，妳不哭的話，大娘給妳好吃的……」

杜小魚被她追得到處跑，好幾次差點就被抓住了，心道這平氏也夠厚臉皮的，人家都讓她走了居然當沒聽見，真得好好教訓才是。

她引著平氏走到大竹匾那裡，趁平氏追上來抱她的時候，一個下蹲往旁邊閃了去，而平氏抱了個空，身子收不住，加上杜小魚暗地裡推了下大竹匾，於是她整個人摔倒在竹匾上，豆腐糊得一身都是，臉也結結實實壓著塊豆腐，抬頭的時候，碎末沿著臉直往下流，杜小魚笑得肚子疼，可也心疼得很，哎，可惜了那些豆腐了。

趙氏也忍不住好笑，出於禮貌還是拿了塊手巾給她擦。

平氏窩了一肚子的火，覺得自個兒真是倒楣透頂了！這樣邋裡邋遢的肯定不能再說下去，她只好告辭回家換衣服，估摸著等下回再來。

杜小魚做了個勝利的姿勢，然後可憐巴巴地看著趙氏。「娘，豆腐都被她壓壞了，您再給我做一點嘛。」還是讓趙氏做比較快，她也算立功了，總能要點獎賞吧？

這鬼丫頭，趙氏笑著搖搖頭，但也早就習慣了她的機靈勁兒，領著就給做豆腐去了。

晚上吃了飯，誰料趙氏把他們三個人叫了過去，表情變得十分的嚴肅。

「黃花，聽小魚說劉夫子偷看妳洗頭，真有這回事？」趙氏問。

杜小魚立馬傻眼了，沒想到趙氏還真來問，就低頭扳著手指。

杜黃花顯然很驚訝，因為根本就沒這事，可看到杜小魚的樣兒也猜到了她的想法，低聲道：「也不算偷看，就是洗頭出來遇到劉夫子，他正好在院子裡。」

趙氏目光落到杜文淵身上。「那日你跟劉夫子出去的，這事怎麼說？」

「不關劉夫子的事。」杜文淵倒是答得很快。「是我帶劉夫子到院子裡走走的，可巧正好大姊洗頭出來，而劉夫子也是嚇一跳，所以表情有點奇怪，難怪小魚以為劉夫子偷看呢，其實不是的，就是誤會而已，劉夫子不會做這樣的事情。」

杜小魚抬頭衝他翻了翻眼睛，要不要這麼肯定劉夫子啊？撇清就行了，說什麼廢話！

「看來真是誤會。」趙氏點點頭。「若劉夫子真做這種齷齪事，可不能讓你跟著他唸書了。」

原來是這個想法，杜小魚咬了下唇，轉頭看一眼杜黃花，見她面色微白，恐怕也是心裡有些涼了。

從屋裡出來，杜小魚拉住杜黃花道：「今兒平大娘來了，把劉夫子誇得好得不得了，還說到姊是她接生的，不過娘沒搭理她，都沒有請進來坐，還是她厚著臉皮非要找娘說話的。」她嘻嘻一笑。「後來摔到豆腐上去了，氣得很呢。」

杜黃花摸摸她的臉。「我曉得了。」

兩人說著就進了屋，杜黃花點上油燈把繡花繃子拿出來。

雖然不知道章卓予那邊行不行得通，杜小魚仍問道：「姊妳真想學蘇繡啊？」

「那當然，學會蘇繡可了不得呢！」杜黃花穿了根粉色的絲線在繡著富麗堂皇的牡丹花，她唸書是不成了，可是針線活已經有自己的心得，若是遇到名師指點，以後大有作為，這樣的話，家裡也不會愁那點錢，生活都會好起來的。

「要是真有師父肯收徒弟，那姊準備拿什麼給人家看呢？」雖說有伯樂識千里馬，可總得有東西證明，可據她觀察，杜黃花並沒有代表作品，至少她穿越來的這段時間沒有出現過，杜黃花只是在繡著一些很普通的東西。

杜黃花聽了微微一愣，她還真沒想過這些。

「姊什麼時候給我繡條帕子吧，要最漂亮的哦！」杜小魚給她找了個事情做，她想讓杜黃花把所有會的針線技術都用在上面，將來好給識貨的人看。

杜黃花向來疼她，哪有不肯的？輕笑道：「倒也知道要好看了。」

杜小魚嘿嘿一笑，爬到她身邊挨著睡覺去了。

大早上起來，杜小魚繼續琢磨豆腐乾的做法。

她發現太陽要是好的話，連著曬兩天就差不多了，現在問題是怎麼炮製豆腐乾，得要有好的香料，可家裡除了生薑、蔥、油鹽醬醋外，別的啥都沒有，比如花椒啊、茴香等。

是不是要去找吳大娘的那個貨郎兒子問問看？或者飛仙縣上可能有，可惜那會兒忘了看了，這次等杜黃花去鎮裡，她得再纏著跟去一次才行。

趙氏一會兒就回來了，可沒等板凳坐暖，就有客人上門。

是朱氏。

吳大娘回來後已經給她暗示過杜家的意思，分明就是推掉了，可是朱氏居然還跑來，杜小魚不免擔心，看來這個人真是難纏得很！

趙氏還是依舊同往日的態度，請著她進了屋。

朱氏臉上帶著冷笑，一進門就沒好話。「有些人就是被狗吃了良心，我兒好心好意待你們，減免一半的學費，真是瞎了眼睛了！」

趙氏按捺著沒有發脾氣，低聲道：「朱大姊，實在是我們家黃花配不上劉夫子，她大字不識一個的，劉夫子那樣有才學，黃花怎麼會有這種福氣呢？實在太埋汰（注）劉夫子了！朱大姊妳別動氣，北董村的好閨女多著呢，總有合適劉夫子的，是不是？」

朱氏啪的一拍桌子。「女人要識什麼字？生兒子就是大事！黃花那身段可不就是最好的，不然我會看得上？」

杜小魚本以為她是來說服的，結果沒想到態度這麼惡劣，她在門外聽得火大，不過一個秀才的娘算哪根蔥，也在別人家作威作福？她推開虛掩的門，大踏步走進去，好像才知道朱氏來，衝她笑道：「朱大娘來了啊，啊，不對，是不是要叫……」她抬頭看看趙氏。「娘，聽說劉夫子的女兒比我還大哩，那我是不是該叫她朱婆婆？」言下之意，劉夫子都算杜黃花的叔叔，大一個輩分了！

朱氏冷不丁被她這句話嗆到，半晌說不出話，好半天才道：「好好好，原來是嫌我兒老，也不看看你們家那丫頭的名聲！先是被王家給甩了，又被邱氏的兒子摸過，哪有什麼乾淨的？我不嫌棄這些，你們倒還來挑三揀四！」

趙氏氣紅了臉。「朱大娘，說話要有根據，我們家黃花清清白白的，妳別壞人名聲！」

「名聲是自己弄出來的，不然王家那會兒為什麼不要她？」朱氏格格笑。「裝什麼清高，真清高就別省那點兒學費，我兒又不是開救濟堂的，什麼乞丐討飯的都要教！算算看，這四年來每個月你們都少給七十五文錢，加起來也得幾兩銀子，既然不肯嫁，明兒就把銀子給我送過來，不然可別怪我不客氣！」

看她囂張跋扈的離去，趙氏身子直抖。

杜小魚鬱悶了，沒想到朱氏還有這一招，真是人至賤則無敵啊！

注：埋汰，意指寒磣、侮辱。

一年十二個月，共有四年，那加起來得要差不多四兩銀子，家裡就算有這麼多錢，可還過去就等於空了。

就在她想的這個當兒，趙氏去了裡屋砰地把門關上了，一直到午時才出來。

見趙氏跟杜小魚的神色都有些古怪，從田裡回來的父女倆互相看了看，杜顯問道：「娘子，出啥事了？」

趙氏抹抹眼睛，微側過身。「沒事，正想著一會兒吃什麼，黃花妳去外邊拔些青菜，把小魚也帶去。」說完招呼杜顯進了裡屋。

杜黃花不明所以，帶著杜小魚去了菜田。

杜顯見趙氏接著就紅了眼睛，忙問怎麼回事，趙氏就把事情說了，杜顯聽了大怒，罵道：「這朱氏太不像話，都減去的學費還能要回來？不行，我得去跟她說說理！」

趙氏拉住他。「能怎麼說理？這學費是劉夫子減的，劉夫子一向聽他老娘的話，這次也相中黃花了，指不定也在惱咱們呢，要是去不是自個兒討罵？再說，把事情鬧大了，被村裡其他人曉得也不是好事，不如想想法子把銀子還了去，幸好最近也攢了點。」

杜顯長嘆一口氣，心疼地道：「那銀子可是要買好田的。」

這是趙氏一直以來的心願，她哪裡能不難受，眼淚都要滴下來了。「那也不能讓黃花嫁過去，這朱氏就不像是個會待媳婦好的，黃花肯定受苦。」

「那是，咱們閨女也不能這麼被糟蹋了。」杜顯站起來。「我去老龐家看看，能不能湊一點，總不能把家底全掏了，總得留點買東西。」

晚上杜黃花在油燈下繡著花，杜小魚爬過來把繡花繃子拿走了。「對眼睛不好，還是白天繡吧。」

杜黃花沒回應，只呆呆地坐著。

見杜小魚就要睡下了，她才問道：「白天是不是朱氏來過了？我看爹跟娘好像很不高興。」

高興才怪呢，幾兩銀子逼死人，杜小魚心想，杜顯晚上那麼晚回來估計是去湊錢了，早知道如此她或許不該刺激朱氏，可朱氏那個樣子實在太氣人，劉夫子不就會讀點書嘛，憑什麼非要娶杜黃花？人家不願意居然還來威脅還銀子！

無恥到這個分上，誰家瞎了眼睛才願意把閨女嫁過去呢！

「這回要拖累咱們家了。」杜黃花微微嘆口氣。

杜小魚翻過身正對著杜黃花。「什麼拖累？劉夫子那麼老才是拖累大姊呢，姊放心，我絕對不會讓妳嫁給劉夫子的！」朱氏這種卑鄙的人，這招不成肯定還有下招，跟邱氏一樣！

杜黃花笑了，眼睛裡卻藏著苦澀。

知道她沒有把自個兒的話放心裡，杜小魚也不在意，只抱住她胳膊進入了夢鄉。

第十一章

這日等杜文淵回來後，杜小魚拉著他溜進房裡。

「劉夫子今兒有沒有為難你啊？」她關切地問，銀子雖然湊著還了，可杜文淵每日面對劉夫子，誰知道會不會被懲罰什麼的，以公報私。

杜文淵摸摸她的頭。「妳怎麼跟娘一樣，劉夫子豈會是這樣的人，也就是他老娘壞了點。」

「哦，那看來劉夫子還是好的。」杜小魚放下心，又抬頭瞅著他。「你總說劉夫子好，難道也覺得姊嫁給他不錯？」她是沒見著杜文淵有明顯的反應，似乎不管遇到什麼事他總能平靜的面對，至於有沒有想著解決也只有他自個兒知道。

「那當然不行，劉夫子的女兒比大姊小不了幾歲。」他說著頓了頓，一拍杜小魚。「妳小小年紀懂什麼，少摻和在裡面，爹跟娘總會想辦法的。」

「那要是想不出辦法呢？」杜小魚問。「就還那點兒學費都把銀子花光了，昨兒個我還見娘傷心呢，劉夫子的老娘實在太可恨了！」

「有什麼好恨的？」杜文淵微微眯了眼。「本來就是應該給的，就當不欠劉夫子了吧。」說著頓了頓，看著杜小魚。「妳那豆腐乾做得怎麼樣了？」成天見她搗鼓豆腐，還說要曬成乾。

說這些是太沈重了點，他好似也不想繼續，杜小魚就道：「差不多了，就少了點香料，要是東西齊全，做出來肯定好吃！」

「香料？」杜文淵思索了下。「我給妳想想辦法，真做出來了，下回去飛仙縣咱們賣豆腐乾去，這點還劉夫子的銀子不算什麼。」

真是英雄所見略同！杜小魚興奮地點著頭，好似看到銀子滾滾而來。

還是個小財迷，杜文淵看著她笑了。

隔了一日，杜文淵帶來好消息，說弄到幾種香料，讓杜小魚看看合不合適。

淡黃色的粗紙裡包著些褐色、暗紅色的東西，她細細辨別了下，發現是桂皮還有花椒，正想高興地拍手呢，結果看到杜文淵的眼神她立馬收回手，只伸手點點，問道：「這就是香料啊？這叫啥？」她拿起一顆花椒假裝好奇的樣子。

對杜文淵她本是提防的，雖說是家人，可是懂太多不應該懂的東西，若是被問起來，恐怕自己答不好。

「不是妳說要香料的嘛，怎麼問起我來了？」杜文淵奇怪道。

杜小魚撓撓頭。「這個，吳大娘上回給我吃炒黃豆，裡面放著啥五香粉，她說有香料可好吃呢，我就想要是這曬乾的豆腐用香料煮煮肯定也好吃。」

沒有絲毫漏洞，杜文淵就不再反問了。「這是桂皮、花椒，走，現在拿去煮吧。」

兩人興奮地從屋裡跑出來，杜小魚走了兩步忽地停下腳步。「二哥，你這些東西從哪兒弄來的？」

「一個同窗那裡，他姊夫是開香料鋪的，所以家裡也有些。」

原來是問人要的，杜小魚最怕他做出什麼不利於學業的事情，要是被趙氏知道了，肯定要連累自個兒被罵，畢竟煮豆腐乾是她提出來的，但現在不存在這個事兒，她就高高興興地跑到院子裡把一個小竹匾端過來，豆腐一曬縮得不成樣子，幾大塊就成那麼小點兒了。

「姊，煮豆腐乾啦！」她高喊一聲，拿起幾根柴添火。

杜黃花已經抬腳進屋，見狀忙把她手裡的柴搶下來。「現在別放，會堵著的，要等裡面空了些才行。」說著擼了下她頭髮。「裡面太熱，一會妳準得出汗，還是我來吧。」

其實燒火也是要學問的，杜小魚沒學好，嘿嘿笑了兩聲。「那我跟二哥負責煮東西。」

熱水一直就在鍋裡存著，稍許加加溫就行了，因為豆腐乾很少，杜文淵就拿瓢把大部分水都舀了出去，杜小魚看著灶檯上的幾個小罐子，有糖有鹽有大醬，就依次點了點，讓杜文淵放進熱水裡。她常看趙氏跟杜黃花煮飯燒菜，懂得這些倒是極為正常的。

等鹽跟糖徹底融化後，就放香料了，也添了點水。

這次只有桂皮跟花椒兩種，真是可惜了，要是再加上八角、丁香、茴香的話，就能做正宗的五香豆腐乾呢！

水再次沸騰，杜小魚把豆腐乾一股腦兒地倒進滷汁裡。

香味很快就飄散開來，杜黃花笑道：「聞著還真不錯，就是不知道吃起來怎樣。」

「那肯定好吃的！」杜小魚很自信，這豆腐乾向來是她喜愛的零食之一，不過少了紅辣椒估計要遜色一點，但他們看起來也吃不了辣，入鄉隨俗嘍。

大約煮了半炷香的時間，她揭開鍋蓋看了看，發現滷汁也濃了，豆腐乾已經是暗紅的色澤，十分誘人。

「好了，好了，能吃啦！」她蹦跳了兩下表達極度高興的心情，親手製作而成的豆腐乾終於橫空出世，這讓她很有成就感。「二哥，快撈起來，快嚐嚐，味道怎麼樣？」她抽了一雙筷子出來，杜文淵剛盛上來一塊就被她挾起來送到嘴邊，而後兩隻眼睛盯住他不放。

不吃都不行，杜文淵一口咬了上去，目中一亮。「好吃。」

「真的？」杜小魚喜道，又挾了塊餵杜黃花。「真的好吃嗎？」

比起豆腐要有嚼頭，但又很嫩，味道也是剛剛好，有點甜有點鹹，又散發著一股香味，杜黃花連連點頭。「真的好吃呢！」

「啊，成了！」杜小魚幾步又奔回去，自個兒也品嚐了一回。

這豆腐乾要是跟以前的那些比自然是不行的，可是這兒並沒有其他豆腐乾來競爭，那就是獨一份，有這樣子的味道已經足夠吸引人的了，她摸摸下頷，抑制不住地想要大笑出來，看來明兒去飛仙縣掙幾個銀子應該是沒有問題的！

趙氏跟杜顯回來的時候見三個孩子圍著一個大碗，也不知道在幹什麼，表情都是喜孜孜的，像是有什麼好事。

「娘，快來嚐嚐小魚做的好東西！」杜黃花拿了個小碗盛了兩塊遞過去。

「啥好東西啊？」趙氏忍不住嘀咕兩聲，這小女兒才多大點，真能折騰出好吃的來？她看著那些豆腐都要被杜小魚放臭了，正想著一會兒讓她把豆腐扔了，以後也打算再不給玩豆子，雖說不得幾個錢，但杜黃花偏巧喜歡寵著妹妹，每回也跟著一起瘋，可不是浪費時間嘛。

倒是杜顯很有興趣，家裡大女兒沈悶，兒子又是個常在屋裡看書的，只有杜小魚常陪著他說話撒嬌，便越發疼愛，彎腰抱起杜小魚問道：「可是真的？咱們小魚果然厲害，快給爹弄一塊嚐嚐。」說完張開了嘴等著。

杜小魚立馬挾了塊送過去。

「嗯，不錯，不錯，比妳娘醃的茄子還好吃哩。」杜顯一邊說一邊瞟著趙氏。

趙氏有點不相信，但也挾起一塊嚐了，半晌沒有說話。

「看把妳娘都吃呆了。」杜顯哈哈大笑，平日裡總看娘子眼色行事，但這會兒也揶揄起趙氏來。

杜文淵見狀說道：「明兒姊要去飛仙縣，我們正商量著把這東西賣點錢，娘看如何？」

趙氏放下筷子，看看杜小魚，嗔道：「這丫頭，真是啥東西都能折騰出來。」

「娘覺得好吃就行，以後小魚經常做給您吃哦。」杜小魚賣乖，搖著她袖子。「之前的豆腐都是娘幫著做的，娘快給取個名字吧，萬一去鎮上賣，別人問起來也不曉得怎麼說，豆腐乾聽起來不好聽，而且他們聽到豆腐兩字也會問東問西的，煩著呢。」

趙氏笑笑，一點杜小魚腦袋。「還真當回事呢，鎮上啥東西沒有，能賣幾個錢呀？你們自個兒想吧！」

她還是只當作是小孩子的把戲，轉身就去準備晚飯了。

杜顯把杜小魚放下來，笑道：「要取名字不去問妳二哥，唸那麼多書白唸嘍！」

還不是想討趙氏歡心，不過討錯了地方，杜小魚撅起嘴。

「要不就叫香乾。」杜文淵忽地說道。「容易記，而且香料所製也名副其實，怎麼樣？」

繞來繞去還是後世常用的名字，杜小魚感慨一聲，冥冥中自有注定啊，好吧，她接受了，說實話，香乾確實也是最符合的。

「姊，明兒啥時候去鎮上？要不早點去吧？」飛仙縣離得有點遠，來回得兩個時辰了，而她還有好些事情要做，時間覺得不夠，而賣香乾這事指不定需要多久，實在難以預料。她剛才自信滿滿的，可趙氏的話多少打擊到她了，萬一真賣不到幾個錢那怎麼辦？她的一番心血不能扔水裡啊！

「好，天一亮咱們就走。」杜黃花同意。「我現在去收拾收拾。」

等杜黃花走後，她問杜文淵。「二哥你明天好像沒空啊，怎的也要跟我們一起去？娘會同意才怪。」好好的無故曠課一天，趙氏肯定不會答應。

「我現在去跟娘說。」他站起來往廚房而去。

結果趙氏當然不同意，說去鎮上杜黃花跟杜小魚兩個人足夠，而杜文淵藉口東西多，要跟著去幫杜黃花分擔，誰料趙氏竟說自個兒去或者讓杜顯去，反正就是死活不同意，眼看兩人就要橫鼻子瞪眼的，杜小魚見杜文淵這回態度堅決，忙走了進去。

「娘，就讓二哥一起去嘛！」緊要關頭肯定是要撒嬌的，她又是抱大腿又是哀求。「我跟二哥都沒一起去過鎮上，娘讓他去嘛！我要二哥一起去嘛！」

趙氏沈下臉。「胡說什麼，妳二哥要唸書的，馬上就要入縣試了！」

「要過年以後呢，娘，二哥天天唸書準要發膩，看著書都要吐呢，怎麼能不休息休息！」杜小魚繼續耍賴。「娘天天吃土豆也要吐的，二哥也是人，怎就不能去鎮上玩？娘要是還不准，二哥要傷心呢，剛才都跟我們說了半天怎麼賣豆腐乾，要是二哥不去，我們算銀子都算不來，可不是要被人騙了？娘，就一天好不好？」

趙氏聽著不由想起剛到家時三個孩子圍在一起笑得很開心的樣子，看得出來兒子是真想去，她嘆口氣，終於嘴巴鬆了，把就要滾到地上的杜小魚拉起來。「哎，妳個小祖宗，依了妳，依了妳，明兒就跟著一起去吧，劉夫子那裡我讓人帶個信。」

杜文淵臉色由陰轉晴，瞥了眼杜小魚，後者衝他做了個鬼臉。

兩人高高興興手拉手離開了廚房。

天剛濛濛亮，杜小魚就被杜黃花給叫醒了，她昨兒為了賣香乾的事興奮得很晚才睡著，不由呵欠連天。

杜黃花見狀道：「叫妳早點睡，偏纏著我，看現在眼睛都睜不開了。」

「在車上還可以睡嘛。」杜小魚揉著眼睛，拿梳子給杜黃花。「姊給我梳梳。」

杜黃花麻利地給她弄了兩個圓包頂頭上，還翻了兩條藍布條繫在上面，倒是顯得很可愛。一番梳理下來，杜小魚舒服得不得了，差點又睡著了，還是趙氏在外面喊著吃早飯她才又清醒過來。

「快點吃，早去早回。」趙氏給三個孩子下了麵條。

澆頭是鹹菜炒毛豆，鹹菜是自個兒醃的，有點酸，鹹味也不太濃，不像杜小魚以前吃的那種雪裡蕻，比這更加下飯，配麵條是一絕，讓她這個本不喜歡吃麵食的南方人也改了習慣。

三個人低頭吃得唏哩嘩啦的，吃完杜黃花拎著個包裹，杜文淵揹了籮筐，告別爹娘就出門去了。

這次趕車的不是張大，而是一個姓曲的老頭，車上早坐了幾個人，也有認識杜黃花的，就閒聊起來，有人說這閨女俊，有人八卦問地主祖母家的事，還有人也不知道是有意無意，總提起劉夫子，讓杜黃花有些招架不住，杜文淵便拉她坐遠些，自己則坐到那幾人旁邊，隔開一道距離，這才清靜了點。

村裡大多數人是淳樸的，不過閒言閒語特別多，尤其是冬季，除了聚一起嘮嗑外沒啥事可做，所以杜小魚是很討厭這一點的。

一旦有壞事發生，真是能傳千里！

「睡會兒吧，到鎮上還早。」杜黃花伸手把她攬過來，用背部擋住迎面而來的風。「沒精神可賣不了東西呢。」

杜小魚也確實睏，聞言就挨著她睡了。

夢裡是綿長的顛簸，但總有雙手溫柔地拍著後背，讓她覺得很踏實。

一覺醒來時，牛車已經停在飛仙縣縣城門口。

杜小魚正要往裡走，卻聽杜文淵說道：「姊，我要去看一個同窗，咱們等會兒在集市會合，大概一個時辰後。」說完又看向杜小魚。「妳跟姊把其他東西先賣了，百繡房也先去了，香乾等我回來再說，知道不？」

應該是去看章卓予的，原來他早有目的，杜小魚提醒道：「要是他娘病好了，記得問下我拜託他的事。」

「那是自然。」杜文淵笑道。

杜黃花聽到說病了什麼，就拿出些雞蛋、白菜等自家出的。「帶點東西去吧，空手也不像樣。」

杜文淵想想也是，就提了菜籃子轉身走了。

杜黃花本來要先去百繡房，不過杜小魚說東西重，先去集市賣掉，其實她心裡另有打算，上回雖說在百繡房給爭取到了一部分人工費，可看這管事白氏那麼摳門，要想再提高的話恐怕不太容易，或許應該看看其他繡房的情況再說，那章卓予不是說他舅母開了家紅袖坊嘛，一會兒就找機會去瞭解下。

兩人把帶來的雜七雜八的東西賣了，便去買了些生活用品，當然杜小魚是不會忘了買豬油的，至於豬肉的話，得看她後面能掙幾個錢，真要有錢了肯定得提個四、五斤回去，讓趙氏拿一部分醃成臘肉，憑她的手藝肯定好吃。

杜小魚想著要流口水了，忙拿袖子擦擦嘴。

之後她就吵著要四處逛逛，說上回沒有把整條大街都走遍，杜黃花一向拗不過她只得任著去。

她記得有一些地段是沒去過的，最後憑著印象果然在其中一個地方，也就是街西邊找到了紅袖坊。

這鋪子門面不大，比起百繡房來小了不少，可卻有些奇怪。

杜小魚只在門前站了一會兒工夫，就有四頂轎子先後在這裡停過，出來的太太、小姐穿著光鮮亮麗，身上配戴的首飾在陽光下閃著美麗的光，後邊兒還跟著好些下人，這派頭絕不像是暴發戶商人或者地主那種，倒有點兒官家的感覺。

飛仙縣最大的官就是縣令，不曉得他們之間有沒有啥關係？

「姊去過裡面嗎？」杜小魚回頭問，卻見杜黃花臉上滿是羨慕的表情，看來她知道這是會蘇繡的那個人開的。

杜黃花搖搖頭。「我哪兒能進去？」她一拉杜小魚。「咱們走吧，看天色也不早了，指不定二弟正在集市等咱們呢！」

「為什麼不能進去？」杜小魚奇怪了。「不就是一個繡房嗎，要是想買繡件當然要進去看看才行的。」

「看了也買不起。」杜黃花皺眉，不知道妹妹為什麼要來這兒，她自己每次看到這個紅袖坊只會失落，這不是一般人可以去的，能買得起裡面繡件的人都是非富即貴，而她要是想拜那個人做師父更是白日作夢，村裡那個白家就曾想讓小女兒去紅袖坊拜師，帶了幾十兩銀子去的，結果人家看都沒看一眼就轟了出來。

可杜小魚哪裡知道這些，甩開杜黃花的手幾步就走入大門。

杜黃花肯定不會扔下她自個兒走的，忙忙地跟進去。

夥計正要迎上來，抬眼見兩個這般穿著的人，明顯愣了下才問道：「可是要買什麼？」

這裡的夥計是女的，穿的衣服很漂亮，跟裡面的擺設很搭，看得出來這鋪子的主人是個很有心思的人，杜小魚沒有回答，只顧抬頭看壁上掛著的各色繡件，真是精緻得無以復加，百繡房裡那幾件特別突出的繡品，在這兒的話也只能算得上普通。

她終於明白兩家鋪子之間的區別，百繡房是大而雜，而紅袖坊是小而精，且貴！

那夥計見她們不說話，心想這樣的穿著打扮不會是買得起的人，也便不理了，自顧自地端茶喝。

這顯然是怠慢的舉動，杜黃花臉色發紅，拽著杜小魚就要走，但杜小魚卻覺得這女夥計人不錯，狗眼看人低的到處都是，而這紅袖坊慣來接待富貴之人，要是換個不好的，肯定嫌棄她們窮，也許早就趕著走人了呢。

她想著瞟了眼後門厚重華麗的簾子，裡面估計坐著剛才的太太、小姐，正被當貴客在招待著呢，就衝夥計問道：「你們這兒招繡工嗎？有沒有什麼要求啊？」她是想先試試，萬一章卓予那裡不成，最後總是要靠自己的，還不如先行一步。

「繡工？」女夥計抬起頭，上上下下打量她們。「妳們會繡東西？」

「當然會繡了，我姊繡工可好呢。」

杜小魚拿出幅枕頭花給她看，正當那夥計要說話，那邊門簾一挑，露出張豔麗的臉來。「把昨兒進的那幾疋布拿過來，田夫人想挑挑。」

頤指氣使，都沒有叫女夥計的名字，看來在紅袖坊的地位挺高，杜小魚不免仔細瞧了瞧她。

誰料那人也注意到這姊妹倆了，立馬皺起眉，斥責女夥計道：「什麼人都敢放進來，別侮了咱們坊！一會兒馬太太還要帶著三小姐、四小姐來，看見她們可不是晦氣？以為咱們跟百繡房一樣呢，還不快趕她們走。」她滿臉嫌棄，鮮紅的唇抿成一條直線往下彎，顯得很生氣。

女夥計倒沒有趕，拿著枕頭花道：「容姊，咱們坊裡不是少幾個繡工嗎，我看她繡得很不錯……」

話沒說完，容姊怒道：「妳不過是師父身邊的丫鬟，懂什麼刺繡？還自作主張起來了！這麼難看的東西，還不拿走！」她趾高氣揚。「玉娘，別怪我醜話說在前頭，師父可是把這兒交給我管的，妳再胡亂放這種人進來，以後也別來紅袖坊了！」

玉娘臉色發白，枕頭花在手中微微顫抖，回過身還給杜小魚道：「妳們聽到了，快走吧，省得要人趕。」

杜黃花神色也好看不到哪兒去，一針一線繡出來的東西換來「難看」二字，別人甚至連第二眼都不想看，哪還有臉呆著，趕緊拽著杜小魚往外走。

杜小魚氣得牙癢癢，這叫容姊的就是典型的狗眼看人低，女夥計跟她比起來簡直就是好得不能再好了，可惜卻也被踩在腳底下，唉，這世上，總有太多讓人不平的事情！

「姊，妳別難過，剛才那人是胡說八道，夥計明明說妳繡得不錯的，」她安慰著杜黃花，本以為可以找到一絲機會，結果卻因為自己而讓杜黃花受到這種侮辱，她心裡非常過意不去。「我看她就是嫉妒姊，怕姊進去了越過她，臉就丟大了！」

杜黃花還在傷心，但被她後面那句話逗樂了，一時哭笑不得。

「反正姊繡的東西在我眼裡是最好看的！」杜小魚啥肉麻的話都往外掏，只希望她不要難過。

杜黃花自然看得出來，拍拍她的頭。「我也不稀罕去紅袖坊，快走吧，得把枕頭花送去，一會兒還要去等文淵呢。」

這當然不是她的真心話，杜小魚默默地跟在後面，暗暗發誓一定要讓杜黃花學到蘇繡，到時候再進去紅袖坊讓那個叫容姊的看看，什麼才叫好的繡藝，讓她自愧不如，最好讓她滾蛋！

第十二章

因為沒有瞭解到足夠的行情，自然沒能在白氏面前把工錢再提高，只按之前來算共得了三百五十文錢，但杜小魚還是想辦法從白氏那裡取了些補償，後來得了半疋布加一些零碎的邊角。

繡房要做衣服裙子乃至帕子荷包等，裁下來的碎布很多，一般都是拿去賣錢的，商人絕不會浪費任何東西。

而杜小魚的辦法只不過是隨便提了下紅袖坊，說那裡的夥計看了杜黃花繡的枕頭花，誇她繡得好，這話含有威脅之意，可不能攤開來講，因為紅袖坊要挖人簡單得很，只要工錢給得多，相信任何人都會去的，畢竟服務的都是達官貴人。

所以杜小魚不敢誇大其詞，真要惹怒了白氏，只怕雞飛蛋打，啥都撈不到，她點到即止，只暗示了一些要求，白氏就很爽快地答應了。

布雖不是好的緞子，但比起平常她們穿的已經很好，那些零碎的邊角其中也有很好的料子，總體來講，她已經很滿足。

「這個留著過年做新衣服。」顏色是喜氣洋洋的大紅，上有大朵的牡丹圖案，杜小魚問：「能做幾套？」

「兩套。」杜黃花很有經驗，隨便看一下就知道了。

杜小魚嘿嘿笑。「正好咱們一人一套，到時候一起穿出去可好看呢，姊妹花！」

杜黃花噗地笑了。「真不害臊，哪有自個兒說自己是花的。」

「這有什麼？」杜小魚昂起頭，女人要自愛，說自己是花又怎麼樣，她還想說自個兒是美女呢！她想著翻著籃子裡的邊角，有些是挺大塊的，顏色很正，要是做成布花指不定能賣點兒錢，戴在頭上肯定漂亮，就興奮道：「姊，妳回去教我針線活吧！」

「怎麼突然想學了？」每日都看她繡花，也不見她有興趣的，杜黃花奇怪的問道。

「總看姊繡沒勁，我閒著也慌。」

杜黃花道：「那好，我回去問問娘，要是娘也同意，我就教妳。」

兩人說話間就往集市去了，此刻時間也差不多。

杜文淵正等在那裡，見兩人過來了，就去接杜黃花手裡的東西。

「怎麼樣？」杜小魚見到他迫不及待的問。

「他娘病好了，不過那小子正巧不在家，他娘說後日就去劉夫子那裡，我到時候再問。」他又道：「妳們剛才去哪兒了，我繞了一條街都沒找到。」因為提前來的關係，正好跟她們錯開，他在找的時候，那姊妹倆正在紅袖坊裡呢，杜文淵當然想不到這點。

杜小魚撓撓頭。「能去哪裡，剛從百繡房出來，快擺攤吧，天色都晚了。」

三個人就找了塊乾淨的地兒，把香乾拿出來擺在一個大木盒裡，杜小魚為了招攬客人，專門帶了個小碗出來，拿小刀把兩塊香乾切成小塊裝在碗裡給人品嚐。

「快吆喝幾聲。」杜文淵衝她笑。

杜小魚擰起眉，幹啥要她吆喝，他一個男人不是嗓子更響嗎？可上下打量他一眼，她不這麼想了。

杜文淵今兒穿了身淡紫色的長袍，雖說不是什麼貴重的料子，但看起來就有那麼一股子的清貴氣，而他的容貌其實是極為顯眼的，想當初她也曾驚訝農家居然能出這樣的少年，可後來看著看著就習慣了，如今在這人來人往的集市，在眾人的襯托之下，她卻再也無法忽略。

罷了，她喊就她喊唄！

「看一看，瞧一瞧，天上有地上無啊，美味香乾，只此一家啊！走過路過不要錯過啊！」杜小魚挽起袖子，扯開了喉嚨喊。「好吃的香乾啊，別家沒有的香乾啊，免費品嚐，大家不要錯過啊！看一看，瞧一瞧啊，不吃不知道，一吃嚇一跳啊！」

杜文淵在旁邊差點被自己的口水嗆到，接著就笑得停不下來了。

而杜黃花整個呆住，眼睛瞪大，都不知道這些稀奇古怪的詞杜小魚是打哪兒想出來的！

先不論古怪不古怪，這樣的吆喝反正集市上從沒有人這麼喊過，立時引來眾人圍觀，七嘴八舌起來。

「這什麼東西，多少錢？」

「小姑娘，這能吃嗎？這叫啥，香乾？」

「什麼做的啊，來，拿一個嚐嚐……」

杜小魚一一回答。「這叫香乾，當然能吃了，可好吃了！不過什麼做的我暫時不告訴你們，嚐嚐你們自個兒猜，十文一片，買五送一。」她不是論斤算的，而是一片一片賣，價格貴得離譜，一片香乾抵得上半斤肉。

但有免費品嚐的別人豈會不吃，膽大的就扔嘴裡了，其他人又紛紛問什麼味道。一時集市熱鬧得很，不過東西實在太貴，品嚐圍觀的人多，買的人沒有，杜小魚也不急，物以稀為貴，這飛仙縣總有有錢的人，也有喜歡擺闊的，就等著魚上鈎呢！

香乾的美味短短時間就傳遍了集市，富裕的人家也要派下人出來買菜的，自然也傳到了各個府中，很快魚兒就來了。

「給爺秤一片……」一個油頭粉面的年輕公子走上前來，頓了頓改口道：「拿兩片這什麼，哦，香乾，聽說味道不錯，爺山珍海味也吃膩了，正想換換口味。」

杜小魚聽得好笑，不就是二十文嘛，這也來顯擺？面上卻笑容滿面，拉著杜黃花道：「姊，快給他拿啊，這公子真有錢哦，咱們賣了半天都沒有人敢買，可是這公子一來就買了兩片，還是這個公子厲害呀！」

一番話捧得那年輕公子飄飄然，滿足了他的虛榮心，他朝身後的圍觀群眾笑笑道：「這香乾看著挺小，估計也吃不過癮，還是來三片吧，快給爺包起來。」

杜小魚笑得都要打顫，忍得辛苦。

「姊，一會兒別全賣光了，我來之前劉公子說要五片，他說他爹娘沒嚐過，自個兒哪怕不吃總要孝敬孝敬他們的。」杜文淵這時說話了，他聲音果然很清亮。

人群中立刻發出稱讚聲，紛紛誇那劉公子孝順。

年輕公子臉上不好看了，他一來就是要買給自己吃的，哪兒曾想到自個兒爹娘，可萬事孝為先，他馬上喊道：「我也要五片，看你們吵得我都忘了給爹娘買了，快，拿五片包起來。」又不忘添加一句。「買五片送一片的，是不是啊？」

又上鈎了，杜小魚暗自衡杜文淵翹了下大拇指，他真是樣樣都耍得來啊！

這麼一下工夫就賺了五十文，杜黃花拿到錢的時候覺得心都要蹦出來，笑容跟蜜糖一樣甜。

「一會兒再扯點布去，咱們過年一起出去，一家子都是花呢！」杜小魚湊過來講。

杜黃花笑得差點把銅錢撒地上。

「爹跟二哥可不能穿這樣，要被人笑的。」

杜文淵一頭霧水。「穿什麼？」

杜小魚眨眨眼睛。「紅衣服你穿不穿，還帶花的哦。」

「穿啊，姊做的我就穿。」杜文淵一本正經回道。

杜黃花又一次愣住了，她看向杜文淵，心裡也不知道是什麼滋味。

「姊，看二哥多敬愛妳啊！」杜小魚笑道，她是明白這兩人的矛盾的，其實不過是因為趙氏，就算她是穿越來的人，有時候也難免對這個娘生出怨念，她實在太過關注杜文淵了，而對兩個女兒絕對沒有做到公平，不過重男輕女也許是很正常的，就算在未來，這也是經常出現的一個話題。

三個人正說話間，一個夥計打扮的人走過來，示意有話講。

杜文淵就讓杜黃花看著香乾，自己跟杜小魚往後退了一段距離，夥計也跟了過來。

「咱們望月樓的掌櫃想見見你們。」他低聲說道，舉止很謹慎。

終於釣到大魚了！

杜文淵跟杜小魚互看一眼，杜文淵說道：「不知道掌櫃見我們有什麼事？我們可忙著呢，把這些香乾賣了還得趕回去。」

「去了就知道了。」夥計道。「咱們望月樓可是飛仙縣數一數二的酒樓，想必你們也曉得的。」

「我不曉得。」杜小魚搖著頭，看看杜文淵。「二哥去過嗎？」

這種酒樓去一次花費都不少，杜文淵豈會去過。

夥計有點不耐煩，平常這種窮苦老百姓他才懶得搭理，望月樓跟紅袖坊一樣都是接待富貴客人的，但掌櫃交代的任務他必須得辦成，就忍著耐心道：「反正你們去一趟吧，少不了你們的好處，這香乾不是現在也沒人買嗎？」

「怎麼沒人買？」杜小魚切了一聲。「剛才一個公子才買了五片呢，說不定一會兒買的人更多，要是跟你走了，那不是虧了？」

「這點錢算什麼，大不了我們酒樓買下來。」夥計看出來了，這種窮人果然在乎的就是銀子，一開始就應該直接這麼說的，省了那麼多廢話。

「這樣的話倒也可以，那你現在就全買了，」杜文淵這時說道。「不然誰知道你會不會騙咱們。」

夥計皺了皺眉，真是兩個沒見過世面的，這點錢望月樓還會坑他們不成？他不耐煩的道：「我身上也沒帶那麼多錢，去了掌櫃自會給你們的。」

杜文淵擺臉色。「要嘛現在買，要嘛就算了。」說罷拉著杜小魚又回到原處，把夥計一個人晾在那兒。

夥計氣得一甩袖子走了，看樣子這兩人是見不到銀子絕不會走的，只得回去跟掌櫃再商量。

見夥計沒蹤影了，杜小魚低頭拿筷子扒拉著香乾。

一、二、三、四……總共還有四十五片，每片十文錢，算上之前每買五片送一片的承諾，還是能賣四百文錢的，收益跟杜黃花繡一個月東西差不多，對此杜小魚還是挺滿意，畢竟香乾這種東西成本低，以後再做再賣，更何況，望月樓那邊還有一筆生意在等著呢！

「一會兒要是那掌櫃想要做法，該怎麼辦？」杜小魚小聲問杜文淵。

「看情況。」杜文淵言簡意賅。

等於沒說，杜小魚自個兒估算了下，要是掌櫃非要方子而不是只進貨的話，那價錢可得提高點兒，這相當於買斷別人的財路，不知道要五十兩合不合適？她想著心怦怦直跳，五十兩啊！那絕對是一筆鉅款，要是爹跟娘看見了不得笑得嘴巴都合不攏！

哼，還劉夫子的那點錢還算什麼？良田也能買下十畝了！

她越想越高興，嘴角翹得老高。

那夥計果然又來了，這會兒沒講廢話，直接拿出四百文錢買下剩下的全部香乾。

望月樓在飛仙縣最熱鬧的中心地段，杜小魚之前也見識過，確實是氣派，足足有兩層高，每層都在簷下掛著金紅燈籠，想不讓人看到都難。進進出出的食客也都穿著綾羅綢緞，像他們這樣打扮的一個都沒有，所以也招惹了些目光。

夥計也不想讓人見到他們，領著從側門去了裡間。

「老爺，人帶來了。」他態度恭敬。

屋裡只坐著個半百老頭，方臉、短鬚，長了個酒糟鼻，紅通通的，看著本來很嚴肅，但見到他們立時就笑起來。「請坐，請坐，」說著一瞪夥計。「還不給搬椅子？一會兒出去讓人上茶來，要好茶，別怠慢了客人！」

夥計自然聽從，稍後就出去喊茶了。

「你們是姊弟三個吧？」那人笑咪咪道：「別客氣，坐。」

三人施禮後方才坐下。

杜小魚仗著自個兒是小孩，開口就道：「掌櫃您姓什麼啊？」

「老夫姓毛。」那人全名毛綜，笑著道：「小丫頭倒是活潑，喜歡吃糖嗎？」說著指了指旁邊兩個小碟，裡面裝著瓜果點心，五顏六色的很是誘人。

怎麼都喜歡拿糖哄小孩？杜小魚本不想理的，後來一想知己知彼，百戰百勝，得瞭解瞭解這時代到底有些啥小吃玩意兒，就跑上去抓了幾把放自個兒兜裡，留著等回去慢慢研究。

杜文淵瞟她一眼，衝毛綜歉意道：「我家妹妹不懂禮數，毛掌櫃見笑了。」

毛綜撫著短鬚。「沒事，是老夫叫她拿的，真喜歡全拿去也成。」

杜小魚還真想拿了去，指不定能在村子裡賣些錢呢，但想想賺那些小屁娃的口水錢也就拉倒了。

「毛掌櫃這次叫咱們來想必是關於香乾的。」杜文淵起了話頭。

「好，快言快語，老夫就喜歡你這樣的。」毛綜正想著怎麼開口，沒料到對方先提了出來，想著也就是三個小毛孩子，要把香乾的做法套出來還不是簡單得很？大不了花些銀子買了，就這樣的窮人，估計給個五兩銀子就高興地找不到東南西北了。

「毛掌櫃嚐過這些香乾嗎？」杜文淵問。

毛綜笑了笑。「倒是嚐過一塊，剛才我那表侄在你們那兒買了五塊。」

原來那年輕公子是這人的表侄啊，杜小魚無語，說買去孝敬爹娘的，結果原來並非是這樣啊！

「那毛掌櫃是不是想在咱們這兒進貨？」杜文淵挑眉道：「咱們這香乾確實也適合在酒樓用，不只可以滷著吃，還能搭配各種菜炒著吃，若是毛掌櫃買了，相當於可以推出多種新的菜譜，讓食客嚐嚐鮮，那是別的館子絕沒有的。」

毛綜臉色稍變，這少年一語中的，把他的想法絲毫不漏說了出來，他確實在吃過香乾後讚嘆不已，也想到可以用於多種菜餚。有些商人之所以能成功全在於眼光獨到，他就是看到了香乾的價值，可這少年也一樣看出來了！

「雖然是這樣想過，可這香乾到底普通了點，也就是靠著香料提味，要不是在我這望月樓，恐怕這價格也沒什麼人願意吃。」

杜文淵聽了一笑。「飛仙縣可不止望月樓一家酒樓，聽說百福樓的生意也是很好的。」

百福樓是望月樓最強勁的對手，毛綜聞言頰邊肌肉跳了跳，最近那邊出了新的菜式已經拉去一些客人，所以他才對香乾有那麼濃厚的興趣，而這個若也被百福樓搶走，那麼他的生意指不定又要受到影響，但這些臉上可不能表現出來，他微微哼了聲。「百福樓算什麼，老夫這酒樓開了五十年了，它不過才一、二十年。」

說到根基，確實望月樓要穩固些，達官貴人多半還是願意來這裡。

杜小魚聽他們二人唇槍舌劍，插嘴道：「二哥，天都晚了，掌櫃到底買不買啊，不買的話咱們回家了！」

杜黃花一直沈默著，有這兩個能言善道的弟弟妹妹，根本就輪不到她發揮作用，只笑著看杜小魚，這鬼靈精啊，以前真看不出能變成這樣。

毛綜見他們要走，忙道：「小丫頭急什麼？」又喊。「怎麼還不上茶！」

夥計應聲進來，給四人上了茶。

很香，杜小魚端了喝一口，還真是好茶呢，平日裡可絕對喝不到。

「我也知道望月樓是最好的，不然也不會跟夥計來。」杜文淵決定不再繞圈子，反正能點到的都已經點了。「掌櫃要是想進香乾的話，咱們賣給別人是十文錢一片，買五送一，不過賣給毛掌櫃的話肯定是要便宜點的，您看六文錢一片怎麼樣？」

這也叫便宜？毛綜眉毛抖了下，咳嗽幾聲道：「你們小家小戶的做這些東西也不容易，別說田裡也常常要忙，不如這樣，把這香乾的做法賣給我如何？也省得你們一趟一趟跑了，這到底也不是肉，總歸價錢會下來的，」他伸出五個手指，輕描淡寫地像在打發叫花子。「就五兩銀子吧。」

五兩？杜小魚差點把茶碗砸地上！

她可是想過賣五十兩銀子的好不好？五兩也太廉價了吧？這可是買斷財路啊！

「那不行，不賣！」她拍著桌子叫道。

這小丫頭脾氣不小，毛綜心想。

杜文淵解釋道：「妹妹也是看我們做這些香乾辛苦，所以才這樣的。」

杜小魚順杆子往上爬，點頭道：「是啊，掌櫃，我姊跟二哥多累啊才做了那麼點出來，你居然才出五兩銀子，我們今兒才賣了那麼一會兒就賺了四百五十文錢呢，要是天天出來那五兩銀子還不是一會兒就賺到了，誰稀罕你那點兒銀子！不賣了，姊，二哥，咱們走！」

杜文淵一把拉住她。「小魚，掌櫃說的也不錯，咱們田裡要忙，哪有那麼多工夫做香乾再來鎮上賣……」

「誰讓他不誠心。」杜小魚打斷他，撅起嘴道：「他不要，別個要的人多著呢。」

「掌櫃您看，咱們家小妹不肯賣，我也拗不過她。」杜文淵頗為無奈的語氣。

毛綜嘆口氣。「看你們也不容易，我再加二兩，怎麼樣？」

「加二兩？」杜小魚哼了聲道：「五十兩，不買拉倒！」

真是獅子大開口！毛綜才發現這三姊弟中間，這個小毛丫頭居然也不能小看！他搖著頭，低笑幾聲。「五十兩？小丫頭，妳可知道五十兩能做什麼啊？良田都能買個七、八畝！妳這點東西能值五十兩？我出這麼多銀子還不如買別的呢！」

「是我家妹妹胡亂說話，掌櫃您別介意。」杜文淵打圓場。「但七兩也確實太少了。」

毛綜又抬頭仔細打量他們一眼，看來初開始真估計錯了，這三個孩子根本不好對付，就想了想道：「看你們也確實想賣，這樣吧，十兩銀子，不能再多了。」

「二十兩。」杜文淵這次明確地說了價格，又回頭看杜小魚。「這樣行不行，小魚？」

比她預想的還是差了三十兩，杜小魚不滿，可看到他眼中的暗示，她還是決定相信杜文淵的判斷，便很是不高興地扭了扭身子，配合他道：「二哥說賣就賣吧，反正我覺得還是少，他要是不買咱們就回家去，趕明兒做了再來鎮上賣。」

見毛掌櫃不表態，杜文淵提起包裹，拉著杜小魚跟杜黃花就要走。

毛綜知道這是他們的底線，他算來算去，二十兩雖說比他想的要多，但也著實不貴，而香乾這新東西放酒樓賣的話，這點錢很快就能賺回來，應該說這價錢出得恰到好處。他反覆思量，終於在杜小魚他們要跨出門口的時候喊道：「好，我買了！」

四錠五兩重的銀子很快就捧到杜小魚面前，她愛不釋手地摸了會兒。往常都是一串串銅錢，哪裡有這實打實的銀子可愛！

而收了銀子自然就要把做香乾的方法說出來，杜文淵告訴毛綜後三人就歡喜地離開酒樓了。出去後杜小魚便嚷著要扯好看的布，又要去買豬肉，三個人這邊買買，那邊買買，很快手裡就提滿了。

路過一家攤子的時候，她又挑了幾支漂亮的簪子，貴重的暫時買不起，可至少不用再戴木簪子，她自己選了支黃玉的戴，還有一支銀蝴蝶簪子當場就給杜黃花戴上，把她喜得眼睛都紅了，最後還剩一支碧玉簪子當然是要給趙氏的。

第十三章

太陽已經西沈，牛車慢悠悠地在往回趕。

杜小魚低聲問杜文淵。「你為什麼不要五十兩銀子啊？」她還在為這事耿耿於懷。

杜文淵輕笑道：「說妳變聰明，這會兒怎麼又變笨了？」

「哪兒笨？」杜小魚不明所以。

「我問妳，妳那豆腐乾好不好做？」

杜小魚撓撓頭，想了會兒道：「好做，就把豆腐先在鹽水裡煮一遍，曬曬乾，然後用香料滷了。」

「這麼好做的東西，別人自然也做得出來，」杜文淵道。「妳若是不把香乾盡快脫手，早晚會被人知道是用豆腐做的，而一旦出現其他香乾，妳的也就不值錢了，還想賣十文一片呢，到時候十文一斤恐怕都沒人買。」他敲敲她腦袋。「五十兩太貴了，毛掌櫃不會冒險買的，二十兩嘛，他總歸不虧。」

杜小魚聽得一愣一愣，這二哥還真是心思縝密，說實話她可沒有考慮到這些東西。

「二哥好厲害哦！」她撲上去把頭蹭了蹭，表達下敬仰之情。

像隻小貓似的，杜文淵笑起來，眸色如同夕陽般溫柔。

回到家裡，趙氏見三人大包小包的，還看到一大堆的豬肉，正要發作，杜黃花忙道：「娘，咱們賣香乾掙了二十兩銀子哩，您看。」
趙氏以為自己聽錯，側頭問：「啥，多少？」
「二十兩。」杜黃花把銀子拿出來放在桌子上。
那白亮白亮的銀子在光下泛著微光，趙氏眼睛都直了，伸手摸著銀子，嘴裡也不知道在念叨什麼，杜顯這會兒正從後院出來，笑道：「都回來了啊，喲，買這麼多東西，跟大過年似的，我看看都是啥，」一邊說一邊翻著看。「這個布好看，給你們娘穿正好，這個……」
「孩子他爹！」趙氏終於發出聲音。「看這些銀子！」
杜顯這才發現，忙揉了揉眼睛。「哪兒來的？」
「孩子掙的，說是賣香乾掙的！」趙氏到現在還不可置信，那東西竟然能賣這麼多銀子！
「哎喲！」杜顯轉身抱起杜小魚。「咱們家小魚可了不得啊，她娘，我沒說錯吧，小魚這孩子是有後福啊！那回喘得都不行了，大夫也說治不好，後來可不是自己就好了，妳看看，心也變大了！哎喲，這孩子，都能掙大錢啦！」
杜小魚只嘿嘿傻笑。「都是姊跟二哥賣的，我可啥都不會。」
趙氏喜得不知道怎麼才好，二十兩銀子對家裡可算是鉅款，她在衣服上反覆擦著手，後來說道：「買這麼多肉，我去切點晚上燒了。」
「現在可不用再擔心買良田的事了，我趕明兒就去跟老李頭講，買個四畝。」杜顯笑呵呵道。
趙氏連連點頭，又道：「別再帶小魚轉圈了，孩子頭得暈了。」說著就進廚房去了。

杜小魚正暈得想吐，誰叫杜顯高興起來就喜歡玩空中飛人，她站地上歇了會兒才舒服點，從懷裡掏出那支簪子給杜顯。「這送娘的，爹一會兒給娘戴上，保管娘喜歡呢，爹就說是去之前叮囑咱們挑了帶回來的。」

「這……」杜顯拿著簪子有些木。

「爹難道不想讓娘高興高興？」杜小魚眨眨眼。

杜顯總算明白過來，喜孜孜地就進去了。

晚上趙氏準備了好幾道菜，出來的時候笑容滿面，髮上赫然多了根漂亮的碧玉簪子。

一家人說說笑笑，都歡喜得很。

第二日杜文淵中午從私塾回來帶來消息，說章卓予的舅母正打算收一、兩個徒弟，暫時還沒有定下，讓杜小魚趕緊讓杜黃花準備準備，到時候章卓予會帶繡件去給他舅母看，還叮囑一定要繡好看點，他舅母的眼光很高。

杜小魚聽完從那些邊角裡面找出塊合適做帕子的布料，咚咚咚地就去找杜黃花了。「姊，快給我繡條好看的帕子！」她揚著手裡的布。「要最好看的哦，妳先畫個圖樣出來。」

杜黃花正在切大白菜，煮完飯得給田裡的杜顯跟趙氏送過去，隨便點了點頭。「好，等有空就做。」

「不行，我現在就要！」杜小魚衝上去抱著她腿。「姊早就答應了的，但現在還沒做，那枕頭花什麼的不急，得把我這個先做好了。」

「胡說八道什麼？」杜黃花皺起眉。「妳那帕子又不急，過些天田裡更忙了，等以後再做，反正冬天閒的時候多。」

可冬天就晚了啊！

杜小魚急了，使勁地扭。「不行，我就要，別家娃都有的，妳可是我姊啊！都知道妳繡東西好看，別人都笑我沒條帕子呢！」

「把手放了！」杜黃花正忙，怒道：「妳還不講理了？別耽擱我做飯，一會兒把爹娘餓著了，快給我出去！」

杜小魚癟了癟嘴，看來這招行不通，杜黃花有時候很講原則的，沒得商量。

杜文淵在外面看得直笑，杜小魚翻翻白眼。「還笑，也不給想想辦法！」

「有什麼辦法，姊不肯總不能強迫她繡的。」杜文淵拉她進了堂屋，想了想道：「要不索性告訴大姊？」

「不行！」杜小魚一口否決。「萬一繡了那邊看不上怎麼辦，我可不想姊受到打擊，雖說對她的手藝還是很相信的，可什麼都有意外，咱們對章卓予那舅母又不熟，誰曉得什麼性子，是不是？還是哄著姊繡條帕子的好，到時候真被看上，姊知道自己能學蘇繡了，可不是一個驚喜嗎？」

「妳想得也對。」杜文淵輕呼一口氣。

兩人一時都想不出好的辦法，但他們不知道的是，此刻杜黃花正在屋外。

先前說不給杜小魚繡帕子，見她委屈地走出去，杜黃花覺得自個兒可能話重了，就追了出來，結果就聽到杜文淵說什麼「告訴大姊」的話，她起了疑心跟過去，誰料卻聽到這樣的對話，一時就怔住了。

原來杜小魚任性的要帕子卻是為了能讓她拜師學蘇繡，偏偏自個兒剛才還吼她了，杜黃花嗓子眼堵得慌，難為杜小魚還怕她受到打擊，什麼都想得那麼周到！

她撫了下胸口，靜悄悄地離開了。

晚上杜小魚還在絞盡腦汁地想法子，杜黃花伸出手道：「那塊布呢？」

「啥布？」她沒領會過來。

「不是要帕子嗎？」杜黃花皺皺眉。「不要算了，我忙著呢。」

「姊妳肯繡了？」杜小魚大喜，忙忙地把那塊淡黃色的布料拿出來，但又有疑問：「怎地突然有空了？」

「妳不是急吼吼要嘛，說別的娃笑妳呢。」杜黃花隨意回道，指指布料。「想繡個什麼東西在上面？花、山水，還是鳥兒？」

杜小魚對繡花這東西真不清楚，也沒啥概念，就道：「姊覺得哪個好看就繡哪個，不過不是要先畫個圖樣的嗎？」

「不用。」杜黃花就不說話了，像是在構思什麼。

原來她還有這樣的本事，那不是有畫畫的天賦了？直接繡可不是一般人做得到的，杜小魚更加相信她的技藝，也不打擾她，自個兒趴在那邊看書。

不知不覺夜已經深，她探頭看去，帕子上赫然多出了三朵含苞欲放的白色荷花，在碧綠葉子的襯托下，能讓人想起那句詩——「小荷才露尖尖角，早有蜻蜓立上頭。」

「哎，姊，在上面繡隻蜻蜓吧！」她點著其中一朵荷花。「最好是紅色的蜻蜓，顏色看起來也好看，這個圖樣也有意境，是不？」

在田裡，蜻蜓是常見的，杜黃花想都不用想一會兒就繡了隻紅蜻蜓出來，翅膀微微張開，彷彿剛落到小荷上還沒來得及收起。

「就先這樣吧，很晚了，明兒還要早起。」杜黃花給她拉好被窩，催著上床睡覺。

杜小魚脫衣爬進被子，從裡面探出頭來。「那明兒要繼續給我繡哦，可不能再拖到後面了。」

「好。」杜黃花揉揉她的頭髮，撲地一聲把油燈熄了。

黑暗中，杜小魚想著在帕子上添點什麼好看，比如魚戲水，或者抓魚的鸕鶿，但都覺得不太滿意，就這樣慢慢地睡著了。

杜小魚後來把帕子給杜文淵看了，兩人商量後一致決定啥都不要再添加，現在這個意境正好，加什麼都是多餘。

反正杜黃花本來就是去拜師的，要的是基本功踏實，這小小一方帕子能讓她發揮得如此出色已經很不容易了，杜小魚雖然對刺繡一竅不通，可好不好看總是能看出來的，這小荷亭亭玉立，蜻蜓栩栩如生，都像活的在眼前一樣，她就不信還入不了那人的眼了！

當天她就讓杜文淵第二日把帕子帶去給章卓予。

過了些時日，終於到秋天最忙的時候，這幾天杜顯夫婦跟杜黃花都是早出晚歸，院子裡堆了大捆大捆的稻子，摔打出來就是白花花香噴噴的大米，這些除留下一部分自家人吃以外，其他都是要拿去鎮上賣錢的，是一年中最主要的收入來源，其他還有高粱、玉米等等也能賣點錢。

老李頭那邊杜顯已經說好，總共買四畝地，也就是十六兩銀子，訂金都付好了，就等著田裡處理妥當再接過來。

於是，一家人心情都很好，而杜小魚最近也在學刺繡，但這玩意兒她實在沒多大興趣，要不是想著做些布花出來才懶得學呢。

「小心戳到手了！」見她頭越來越低，杜黃花忙提醒。

杜小魚嚇一跳，原來差點睡著了，可手上還捏著繡花針，真是好險。

「妳出去玩吧，省得真給弄傷了。」杜黃花看她也沒學多久，小孩子到底沒啥耐心，學刺繡本來就得長時間坐著，她可能得再長幾歲才能定性。

杜小魚搖搖頭。「出去也沒啥玩的。」早前因為身體的關係，她幾乎不出門，所以也沒有交到什麼小夥伴，一個人有什麼好玩的？還不如蹲家裡呢！再說，就算真有小夥伴，跟七、八歲的小孩兒也沒有共同語言，指不定拉著她玩泥巴，這也沒啥興趣。

杜黃花就不說話了，她也發現杜小魚確實不喜歡玩那些一般小孩子玩的花樣。

兩人便各自繡著手頭的東西，只聽風呼拉拉的從窗口吹過。

怕是要到冬天了，杜小魚緊了緊衣服，發覺手都有點發冷，北方的冬天果然來得早。

透過這段時間的觀察跟看書，她已經確定這兒是北方，隸屬於濟南府，比起北京、瀋陽什麼的還是暖和一點的，但跟南方比，顯然又冷得多，大概不用多久就有熱炕頭睡了。

「妳做的這啥東西？」冷不丁的，杜黃花忽然問。

杜小魚手裡拿著個粉色的蝴蝶花，是剛剛做好的，她嘿嘿一笑，放頭髮上比一比。「好看不？姊，妳看這個跟妳那蝴蝶簪子上的蝴蝶是不是很像？」

「不像。」杜黃花搖著頭，感覺很怪。

杜小魚有點洩氣，頓了頓道：「那漂亮不？」

杜黃花沒回答，只皺著眉。

看來不符合這兒的審美觀啊，杜小魚嘆口氣，得改良改良才行。

卻說章卓予拿帕子給他舅母看了，聽說評價不錯，但後面就沒什麼音訊，說可能是這段時間忙，等稍定下就會給明確的答案。

這事是完全掌握在別人手心裡的，除了等別無他法。

這天杜顯跟趙氏僱車去鎮上把糧食賣了，杜小魚就算撒嬌也沒轍，他們最終還是沒有帶她去，說買賣糧食的時候鎮上人太多，小孩子擠在裡面危險，她就只好乖乖留在家裡，直到天都要黑了兩人才回來。

「怎麼樣，賣到多少銀子啊？」杜小魚特別關心這個，聽說古代農民很慘的，苛捐雜稅多，真正的收益少得可憐。

杜顯卻很高興。「賣到六兩銀子呢，比往常還少收了田稅，這個皇上真是好啊，個個都在誇，說皇上才減的稅，體恤咱們種田苦，哎喲，咱們真是有福氣啊，攤上這樣的皇上！」說著竟然眼睛都紅了，十分感恩，趙氏也是同樣如此。

杜小魚看得直咧嘴，這個感情她真無法融入，這本來就是皇帝應該做的事情好不好，用得著如此感恩戴德？但能減免賦稅總是好的，她默默祈禱了一下，希望這個皇帝可以活長久一點，或者一直能保持這種仁慈的心腸。

天氣漸漸就轉冷了，杜小魚也穿上了花棉衣，都是杜黃花一針一線縫的，暖和得很，至於那方帕子，她也沒問起，杜小魚倒是鬆口氣，省得到時候再說謊騙人。

最近杜文淵總是得空在家，因為劉夫子病了，對此杜小魚隱隱有些不安，主要還是因為那個朱氏的關係。

事實證明，她的擔憂是對的。

這日中午杜家正在吃飯呢，門口就傳來敲門聲。

杜顯出去看的時候，嚇一大跳，沒想到竟然是村長來了，後面還跟著邱氏，兩人大搖大擺走進來。

杜顯忙端了椅子過去。「請坐，請坐，不知道村長您老來是有什麼事？」

村長點著旱菸吸了幾口。「劉夫子生病了，你們居然也吃得下飯？」

這話一出，一家子都愣住了，倒是杜文淵答道：「夫子生病，學生自然是擔心的。」

邱氏呸了一口。「擔心還吃飯？劉夫子真教了個白眼狼了！」

杜小魚真覺得他們像精神錯亂的，劉夫子生病他們怎的就不能吃飯了，不吃飯等著餓死不成？

但接下來邱氏就解答了她的疑惑。「要不是我遇到朱氏，真不知道你們沒良心到這種地步！劉夫子念你們過日子苦特地減免了一半的學費，結果你們就是這樣報答人家恩情的？呸，真是不要臉到極點了，還點銀子過去就當不欠人家了？」

村長見她話沒說到重點，咳嗽一聲道：「聽說劉夫子本來有意於你們家大女兒的，是不是？你們竟不肯？」

都傳到村長耳朵裡了，杜顯有點尷尬不知道怎麼說，倒是趙氏接了口。「是我們家黃花配不上人家，哪有拒絕不拒絕的，劉夫子這樣的好人，北董村多得是合適的閨女嫁過去，黃花這種粗野丫頭實在是上不了檯面。」

邱氏冷笑幾聲。「倒是有自知之明，不過劉夫子還就看上粗野丫頭了！聽說這些天病了，都沒教成書，咱們北董村可指望著他多教出幾個秀才跟舉人呢！」

杜小魚聽得心裡一緊，情況貌似不太好，果然就扯到這方面去了！

杜顯搓了搓手。「這個，不是也請了大夫了嘛？」

「請大夫有什麼用，還不是你們家黃花害的？」邱氏什麼話都說得出口。「引得別人丟了魂就扔一邊了，真個是下賤！要我有個……」

話還沒說完，趙氏已經火噴到頭上，衝上去就給邱氏一巴掌。「妳說哪個賤？」

邱氏被打得傻眼了，沒想到在村長面前趙氏也敢打人，當下怒吼一聲就撲過去，兩個人立時揪在一處。杜顯大急，忙上去拉開她們倆，杜小魚也是急得不行，可她人小哪派得上用場，還好有杜文淵，跟杜顯合力才把兩人拉開來。

邱氏理著亂掉的頭髮，叫道：「大表舅，你得給我作主啊，你看到了，是她先動手的！」

趙氏瞪著她。「妳再敢說我們家黃花一句，我搧死妳！」

杜小魚暗自拍著手，這個娘還是有膽子的，在外人面前保護孩子不含糊。

村長拿煙斗磕了下桌面。「打打鬧鬧像什麼話！我沒那麼多工夫，還有其他事呢！」說著瞟了眼邱氏，示意她不要激動，邱氏想到今天的來意又興奮起來，哼哼笑了幾聲。「先不說那賤……不說黃花了，反正劉夫子是因為你們家才生病的。」

「胡言亂語！」趙氏怒道。

村長不給反駁的機會，厲聲道：「給我閉嘴，你們杜家就是以怨報德！當年劉夫子看你們窮困減免一半學費，悉心教導你們兒子，誰料到頭來好心沒好報，你們就是這麼回報劉夫子的恩情的？我當初也是因為龐勇等人說你們老實、知恩圖報才把那些荒田給你們種，沒想到卻是給錯人了！這次來就是說田的事情，要是你們執意不肯把杜黃花嫁給劉夫子，那麼那十畝地就交出來，我給你們五天時間考慮！」

這話不亞於晴天霹靂，杜小魚都懵了。

之前朱氏要的幾兩銀子還不算什麼，畢竟只要有田還能賺，可田沒有了他們還能靠什麼吃飯呢？就算之前賣香乾賺了二十兩，可也只能買五畝地，再說，那十畝田他們家辛辛苦苦種了好多年，豈不是一番心血付諸流水！

杜顯大叫道：「不行啊，村長，這田我們都種了十幾年了，怎麼能收回去呢？」

「怎麼不行？既然是我給的，就能收回來！」村長冷哼一聲。「你好好看看當年的契約，若是違反規定，我是有這個權利的，你們好自為之。」說完就出了門去。

邱氏得意極了，指了指杜黃花跟杜小魚道：「讓妳們得罪我，現在知道後悔了吧？」

看她幸災樂禍、小人得志的模樣，杜小魚火冒三丈，眼見手邊有個簸箕，裡面還鋪著層玉米粉，當即就拿起來往邱氏身上扔過去。

那粉撒了她一身，邱氏正張著嘴，便有好些吃到嘴裡，嗆到喉嚨裡，噴一口氣出來都是粉。她怒極，邊咳嗽邊指著杜小魚罵。「妳，妳這小賤人，敢對我，咳咳，這樣，看，看我不打死……」

「滾，給我滾！」趙氏哪裡再容得了她，抄起牆角一根棍子就掄過去。

邱氏幸好躲得及時，不然腿就結結實實挨一棍子，看她氣勢洶洶，大表舅又先走一步，這屋裡的人明顯都恨死她，想著也是勢單力薄，便撒腿就走，嘴裡還在罵著不三不四的話。

杜黃花彷彿此刻才醒過神，面如土色，身子微微搖晃起來。

杜小魚見狀忙扶住她，小聲道：「姊，咱們一定有辦法的。」

杜顯在屋子裡團團轉，完全不知道該怎麼辦，忽地一拍腦袋衝到房裡翻找起契約來，趙氏也忙幫著找，好不容易翻出來，兩人仔細看了會兒，發出啊的一聲驚呼，指著其中一個很不顯眼的地方。

「果真寫著違反就收回，可不嫁女兒算哪門子規定啊？」兩人後悔死了，只恨當初走投無路也沒有認認真真看這份契約。

趙氏恨得咬牙。「這什麼規定還不是村長說了算，他們早就想找機會了，哎，咱們是白給別人種田了！」她真沒想到，朱氏恬不知恥竟然跟邱氏聯合起來對付他們家，真是小人難防！

「不行，咱們得告他去！」杜顯罵道，荒田一開始收成是很低的，經過他們一家子的努力總算有點起色，這時卻要被人奪走，實在忍無可忍！

「去哪兒告？」趙氏恨聲道：「村長就是咱們這兒的官，聽說他每年還去飛仙縣給縣令送禮呢！」

杜顯沈默了一會兒，半晌抬起頭。「要不……」

「想也不要想！」趙氏高聲道。

她知道杜顯又想去求他娘李氏了，那邊有銀子，事情會好辦得多，可如果真求了欠下人情，以後難免糾葛不清，她可不想這樣。

當初李氏為趕走她這個不順眼的兒媳婦，不惜設下毒計誣陷她與人偷情，杜顯信任她，結果也被李氏一起趕了出來，她再也不想與李氏有任何聯繫了！

聽到裡面的聲音，杜黃花默默地站起來去洗碗，杜小魚則想著怎麼辦。

這下子事情棘手了，田是絕對不能被搶走的，這件事不知道是邱氏一手促成，還是朱氏跟邱氏聯合起來的？但不管怎麼樣，明顯是個殺招，他們根本就很難承受，田沒有了，人就不能活，這種時候大概多數人都會選擇妥協吧？

杜小魚見四下無人，拉著杜文淵道：「二哥，你說現在怎麼辦？姊肯定是不能嫁給劉夫子的。」她也有些亂了方寸，官字兩個口，村長就是所謂的里長，可那麼小的一個官，原來他們也是無可奈何。

杜文淵只看看她。「妳別擔心，總有辦法的。」

杜小魚咬著嘴。「唉，真不知道有什麼辦法呢，這種事就算找吳大娘跟龐大叔也沒有用的。」這村長真是個壞東西，跟邱氏蛇鼠一窩，這種荒田本來就很難種，給了他們家好像還是天大的恩惠似的，如今卻想來坐享其成，實在卑鄙！

「妳多看著大姊，」杜文淵答非所問。「她肯定比誰都難受。」

杜小魚自然也知道，她其實最擔心的就是杜黃花，她一向隱忍，又樂於奉獻，看到現在家裡陷入這樣一個情況，不用想都知道她會作出什麼決定。「我是得去勸勸姊讓她不要做傻事，唉，二哥，你快想想有什麼辦法吧，村長只給五天時間。」

杜文淵點點頭。「好。」

杜小魚剛想轉身走，卻猛地想起杜文淵的反應實在是太過冷靜，他好像是有什麼把握似的，可他們家能有什麼靠山呢？她使勁想了想，除了地主祖母外根本就沒有別的出路了，他該不會是想……

杜小魚忙道：「二哥，你不能去找太婆！娘會傷心的！」

「妳……」杜文淵眼裡閃過一絲驚訝。

杜小魚解釋道：「有回我聽見你跟大姊說話，大姊說你偷偷去過太婆那裡。」

原來如此，杜文淵挑挑眉。「就算我真去，妳當作不知道就行了。」

「那怎麼行，這麼大的事紙包不住火，太婆要出面瞞不住的，娘知道了肯定不開心，她最介意的就是你去親近太婆了！」杜小魚搖了搖他的袖子，認真的道：「雖然那邊有錢，地也多，可是我們一家子得一條心，不是嗎？不管怎樣，咱也不能讓家裡的人傷心呀！」

沒料到她說出這樣的話來，杜文淵直直的看著她，好一會兒才點點頭。「好，我答應妳，我不去找太婆。」

「真的？」杜小魚笑道：「那太好了，咱們一定能想到好法子的。」

杜文淵伸手摸摸她的頭，轉身走了。

第十四章

這個時候，杜小魚終於又不驚慌了，也許剛才只是太過突然，現在想想，不就是十畝開荒田，前些日子賣了糧食共有六兩銀子，加上賣香乾得的，除去買老李頭家良田的費用，一共還有十兩銀子。

十兩銀子，足夠開個小賣鋪了，有什麼好怕的呢？

一旦有底氣，事情就好辦得多，劉夫子既然是個怕老娘的，那要村長收回之前說過的話，便只要讓朱氏改變主意就行。

倘若朱氏看不上杜黃花，那也就沒有所謂的忘恩負義。

可雖這麼想，但要有個萬全之策仍是要費不少腦筋，杜小魚這日想得心煩，便一個人跑出來散散心，家裡氣氛實在沈重，在那裡難以安靜下來。

十月的風吹在臉上帶有刺痛之感，剛到初冬，卻已經像是南方的大雪天氣了。

她用手揉著臉頰，沿著田埂儘量在陽光下行走。

秋收過後，田間已經沒有早先忙碌的景象，農民們也累了，趁著這段時間在家裡休息。

走了不到半炷香的工夫，她忽然看見前頭蹲著個小娃，因為背對著，也分不清男女，只看得見被風吹得亂七八糟發黃的頭髮還有一身破爛衣服。那衣服也是看不清顏色，她走近幾步，又聽見低低的啜泣聲，原來那娃是在哭，也不知道誰家的孩子。

的樣子。

「妳哭啥呢？」杜小魚走過去問。

那娃慢慢抬起頭，只見一張瘦瘦的小臉滿是淚水，因為瘦，那眼睛就顯得特別大，楚楚可憐的樣子。

她不說話，又低下頭，顯得有點害怕。

這時，「咕」的一聲從她身上響起來，杜小魚噗哧笑了。「妳是餓哭了呀？妳娘哩？家住哪兒啊？怎不回去吃飯？」這小女娃仔細看看應該比她還小上一歲吧。

小女娃低聲回道：「我，我，我……」說著又嗚咽起來。「我把鑰匙弄丟了，娘不在家，姊也不知道哪兒去了，說要晚上才回來。」

「哦，是這樣，鑰匙丟了沒事的，找鎖匠開一下就行啦。」杜小魚安慰她，伸手從兜裡掏了幾塊糖果出來，還是上回在望月樓拿的，也就是些芝麻糖、核桃糖，在她看來很一般，但也知道對村裡孩子來說還是很少見的，就留下來打算以後收攏人心。「給妳填填肚子。」

「給、給我的？」小女娃睜大了眼睛，不相信地問。

「是啊，拿去吃。」見她都不敢伸手拿，杜小魚剝了塊放她嘴裡。「好吃吧？這些也收著。」又問：「妳叫啥啊？」

香甜的味道在口裡蔓延開來，小女娃這輩子都沒吃過這麼好吃的糖，但是她見過，想著就眼睛紅了，小聲道：「我叫周二丫。」

杜小魚一聽挑了挑眉，又是個隨便給女娃起名字的，她對這點很是憤恨！見周二丫還是不伸手拿糖，就一股腦兒放進她兜裡道：「我叫杜小魚，這兒風大，既然妳姊要晚上才回來，要不去我家吧，我讓我娘煮碗麵給妳吃，我娘擀的麵可好吃呢！」

周二丫又用驚呆的目光看著她。

唉，這孩子是不是這輩子沒人對她好過啊？杜小魚暗自慨嘆，看這衣服破破爛爛的，又或許是家裡真的很窮很窮。

「去不去呀，真的很好吃哦。」杜小魚笑咪咪地道，對這個女娃她起了惻隱之心，老老實實的，一看就是個乖孩子。

周二丫癟癟嘴，發現鑰匙丟了之後她在這一溜地方找了半天，肚子真的很餓，而杜小魚看起來那麼親切，可她還是沒有點頭，耷拉著腦袋道：「找不著鑰匙，娘要打的，姊也會罵的，我、我還要再找找。」說著就站起來。

看樣子是找了好久了，不就一把鑰匙，但看她那個著急的樣子，看來剛才哭可能不是因為肚子餓而是鑰匙的緣故。

「我幫妳找會兒吧。」杜小魚說道：「是在哪兒發現不見的？」

「那邊。」周二丫指指前面。

兩個人就往前走了，沒走幾步，迎面走過來三個人，當先的是個少婦，穿著身嶄新的玫瑰紫繡花襖子，頭上插著金步搖，右手牽著個胖胖的小男孩，手裡正拿著根冰糖葫蘆在吃著，母子倆身後跟著一個強壯的婆子，手裡拎著包東西。

是她小嬸包氏，杜小魚心想，出來走走竟走到祖母這邊的田裡來了，一會兒是假裝沒看見還是怎麼的？她正當猶豫，卻見包氏在前頭不屑地哼了聲。「碰到兩花子，晦氣！」

花子？杜小魚低頭看看自己這一身，很乾淨很漂亮的好不好，哪兒像花子？她敢打賭包氏肯定認出她是誰了，可偏偏還要藉機辱罵一個小孩子，真是太噁心了！

周二丫也聽到了，只低下頭，微微讓過一邊。

眼見包氏就要走過去，杜小魚對周二丫道：「二丫，剛才妳不是說要跟我姊學繡花嗎，可學不了多久了，我姊馬上就要嫁人了呢。」她頓了頓，聲音拔高些。「我姊嫁人後，咱們家就要有錢了，我二哥以後也能做大官，到時候請妳吃好吃的！」

包氏聽得分明，那些事兒她也是知道的，杜小魚說的有錢不過是杜黃花要嫁給劉夫子，一個窮教書的能有多少錢？她覺得可笑，但聽到說杜文淵要做大官時卻忍不住停下腳步。

她最忌憚的無非是這個侄子！

周二丫哪裡知道杜小魚想幹麼，只是一頭霧水的聽著。

包氏這時轉過頭，驚訝道：「哎呀，原來是小魚啊，小嬸都沒看到。」

呸，現在又來搭話了，杜小魚也裝作才看到，但並不喊她小嬸，只斜著眼睛一瞥，然後目光就落到小男孩的冰糖葫蘆上面去了。

包氏皺皺眉，暗罵一句沒娘教的，面上卻笑著掏把糖出來，讓那婆子送過去，一邊道：「這小嬸送妳吃的，剛才聽妳說妳二哥要當大官？」

「是啊。」杜小魚喜孜孜地接過糖吃起來，一臉天真爛漫。「我姊說的，她說本來不想嫁給劉夫子的，不過劉夫子說……」她歪著頭好似在想，一時不說話。

「說啥啊？妳快想想！」包氏急了，看來這杜黃花嫁給劉夫子還真有點蹊蹺，早前就聽說劉家看上杜黃花，可是那邊不肯，回掉了，而現在這事兒好像又要成了，她哪裡知道這都是朱氏跟邱氏惡意傳播，分明是村長用田在逼迫杜顯一家就範，哪裡是杜黃花真肯了。

「哦，我想起來了，劉夫子說要是姊嫁給他，他保管我二哥能考上秀才，還要考上什麼、什麼舉人。」杜小魚皺著眉，很費力地說道：「他還說認識什麼京、京城裡的貴人，讓二哥當官呢！」

包氏聽得柳眉豎起，好你個劉夫子，原來是個色中餓鬼！她那會兒讓杜章好好巴結劉夫子，請著又吃又喝的，就想看看有沒有什麼辦法讓杜章考上秀才，結果劉夫子每回都回絕了，說只能靠自己用功唸書，可現在卻在給杜黃花打包票呢！

這不要臉的，真藏著東西！

她一心要當官夫人，又想著杜章將來若能走上仕途，杜家還不都是囊中之物，可杜章偏生不是會唸書的，這些年她也絕望了，上回才死心讓他滾回家管田，哪裡知道劉夫子是藏著不肯教！

「妳大姊啥時候嫁給劉夫子啊？」包氏笑著問。「我可等著喝喜酒呢！」

杜小魚答道：「聽我娘說，這兩天就要定下了，因為二哥過完年要考秀才。」

這麼急！看來真是圖劉夫子能幫上杜文淵，包氏暗自咬牙，該套到的話都套到了，她轉身就走。

杜小魚見她走遠，把嘴裡的糖「噗」的一口吐在地上。

周二丫茫然地看著她，半晌道：「妳姊姊要嫁人了啊？」

「才怪！」杜小魚冷哼一聲，把手裡的糖都放入周二丫口袋裡，包氏給的糖她才不要吃！

兩人找了會兒還真找著鑰匙了，周二丫總算放下心，不再哭哭啼啼，杜小魚見離晚上還早著呢，就拉著周二丫去她家裡吃點東西。

她此刻心情也沒輕鬆多少，剛才見著包氏靈機一動想了個法子出來，把劉夫子刻劃成一個色鬼，用幫助杜文淵這種手段引得杜黃花嫁給他。對這一點，她並不覺得有什麼歉意，誰讓劉夫子好不好的要生病，讓朱氏跟村長有機可乘！她只擔心的是，不知道包氏會不會上鈎。

到了院子裡，見到杜黃花在洗衣服，她把周二丫拉進來，說道：「姊，娘哩？」

「在跟吳大娘說話。」杜黃花聲音悶悶的，這兩天她的日子不好過，每晚都作噩夢，醒來時只覺周身都在發冷，白日裡也都沒有力氣。

杜小魚看看她。「姊，妳臉色怎那麼白？」又介紹道：「她叫二丫，我答應給她吃頓飯的哦。」

「在院子裡久了，風吹的，妳帶人來也不進屋去。」杜黃花笑著看看周二丫。「二丫啊，我們家小魚可是頭一次帶人回來，一會兒我給妳下碗麵條吃。」

周二丫低頭道：「謝、謝謝大姊。」

杜小魚帶她進了堂屋，見她臉上全是眼淚跟灰，就洗了手巾給她擦臉。

杜黃花洗完衣服去廚房下了麵條。「小魚，麵好了，在桌上。」她又忙別的活去了。

周二丫看著滿滿一大碗麵條，香噴噴得很，上頭又堆著好些菜，有豆子、鹹菜，還有些碎鹹肉，鼻子就開始抽了。

杜小魚忙道：「妳怎麼了，哭什麼？不喜歡吃這個？」裡面有肉欸，估計杜黃花看她難得一次帶小夥伴回來，才捨得放肉的，不然他們自個兒也很少吃。上回在飛仙縣買的幾斤肉大部分都做成鹹肉了，偶爾才切一點下來解解饞，他們離想吃肉就吃肉的富裕程度還早得很。

周二丫搖著頭，淚水在眼睛裡打轉兒，她不知道該怎麼說，只覺得心裡酸脹酸脹的，自家爹娘跟大姊都從沒有對她那樣好過。

「既然不是不喜歡，那快吃吧，一會兒麵糊了不好吃的。」杜小魚拍拍她肩頭。

周二丫終於開口吃了，也露出了笑容。

杜小魚站在門口往趙氏那屋看著，大姊說吳大娘在這兒，那兩人是不是說了好久的話了？她估摸著大概也是關於村長拿田逼婚的事。

卻說包氏那裡，她心急火燎地回到家就讓人去找杜章，結果人影兒也找不見，把她氣得夠嗆。

李氏那裡她是絕不會去說的，一直以來李氏都嫌棄她那個小兒子不如孫子杜文淵唸書好，只要提到「唸書」二字，都是要拿孫子出來比的，還每每想著能讓杜顯一家子回頭，這一點就足夠包氏怨的了，而杜文淵真要藉了這勢，以後青雲直上，那在杜家還有他們立足之地嗎？

她越想越怕，心道，一定不能讓杜黃花嫁給劉夫子！

「還沒找著？」包氏見兩個婆子又回來了，啪地把桌上茶碗掀了。「再去找，找不到小心打板子！」

見婆子慌慌張張奔出門，她心神不寧，在屋裡再也坐不住，便走到外邊透透氣。

「喲，這不是弟妹嗎？」杜堂從拐彎角出來，手裡提著個鳥籠，笑嘻嘻道：「聽說去鎮上了，怎麼還在這兒？」

「別提了。」包氏本來是要去飛仙縣的，結果路上遇到杜小魚聽到那事，哪裡還有心情去買東西。

見她很是煩躁，杜堂來了興致，走到對面石凳坐下問：「遇到啥事了？」

包氏瞧瞧他，兩人向來井水不犯河水，這杜家老二成日的吃喝玩樂，死了老婆又沒孩子，還不管家事，所以對她構不成威脅，平日裡反而有說有笑，不像老三杜翼，雖說娶了個沒用的媳婦，但除了拈花惹草這點破事外，卻是得李氏重用的，家裡很多事情都會交給他去處理。

「你可知道大哥那女兒要嫁劉夫子了？」她想了想還是說了，杜堂歪點子多，指不定有什麼法子，而且關於杜顯一家，他們顯然是站在同一條陣線。

杜堂嗤地一聲。「就這事？」

看他不太關心，包氏壓低聲音道：「劉夫子說保管杜文淵那小子考上秀才、舉人，還說做官呢！」

「喲，他口氣倒大。」杜堂嘿嘿笑，極為猥瑣。「我那大侄女是長得不錯，看那身段好的，只沒想到劉夫子也好這一口……」他頓了頓。「不過劉夫子是有點本事的，不然村裡也不會搶著要他教書了，倒也不是虛言。」

包氏心頭一沈。「所以可不能讓這事成了，你想想，娘就指望著那小子光宗耀祖，唉，當年怎麼不把他們除去族譜的！」

杜堂目光閃了閃，嘿地一笑。「去了還能加進來。」

「倒也是。」包氏皺著眉，又嘖的一聲。「不過劉夫子自個兒也是秀才，哪裡能保管別人考上舉人，還做官呢，他還不是縮在村子裡頭。」

「他不成，他教的學生成。」杜堂手指在石桌上叩著。「不是陸陸續續出過幾個舉人嘛，有些就做官了，再說，那小子聰明得很，真能考上舉人也不一定，到時候再有人舉薦的話……」

包氏徹底消除了疑心，愈加覺得杜小魚說的是事實，就有些方寸大亂。「二哥，你倒是說說該怎麼辦？那小子真要以後當上官了，咱們的日子可不好過，指不定這杜家還得被他們奪走，你看看娘，就想著讓那小子來杜家住呢，等著吧，等中了秀才，她什麼手段都使得出來！」

杜堂低頭逗著籠子裡的畫眉，輕描淡寫地說：「那還不容易，給劉夫子再找個好媳婦唄。」真是好辦法！包氏大喜，朱氏這種人還不是給點好處就能軟的，杜黃花算什麼東西，比她好的可多得是！

杜堂又道：「妳不是想讓四弟也考個秀才嗎？現在可是個機會。」

這句話又深得包氏的心，肥水不流外人田，若是把劉夫子拉攏過來，杜章便能得到他的幫助，可到哪兒去找合適的姑娘？

「上回來咱們家的，哦，是不是妳表妹啊？」杜堂不經意地提道，從懷裡拿出個耳環來。「掉在地上的，妳見著幫我還了吧。」

包氏接過來後杜堂就走了。

表妹？她眼前浮現出一個漂亮的身影，那是個遠房表妹，上回跟她娘過來是想借點銀子，樣子倒是長得好，身段也是好的，包氏想著格格一笑，可不是一個好人選！如今還沒說親呢，她娘就想找個有學問的人，劉夫子不是正合適？

聽到身後的笑聲，杜堂睇起眼，包氏那個表妹可傲氣得很，他不過是想接近接近就被刮了耳光，正好，送去給人當後娘，叫她知道厲害！

李氏此刻在屋裡聽鍾婆子稟告，說的也正好是杜顯家的事，聽到杜黃花像是要嫁給劉夫子，倒是愣了下才道：「黃花都要嫁人了。」

聽著沒有一點不高興的意思，鍾婆子身子往前趨了趨道：「是啊，劉夫子人是好的，就是年紀大了點……」

李氏沒耐心細聽這些，擺擺手。「文淵怎麼樣，看著精神頭可好？過完年就要考秀才了。」

「好得很，個兒又拔高了些，私塾裡的人都說他一定能考上。」鍾婆子回道：「讓老奴去訂做的衣服也做好了，到時候給文淵少爺穿了肯定好看。」

李氏哼了聲。「可惜那女人不識抬舉，當年是這樣，現在也是這樣，顯兒就是被迷了魂，樣樣都聽她！」她手掌按在桌面上都鼓了青筋。

鍾婆子忙道：「太太可別生氣，文淵少爺可是很孝順的，還會來瞧瞧您，就算看在他的分上，您也不能氣壞了身子。」

「文淵是好的。」李氏緩緩呼出一口氣。「倒是沒料到這女人還能生出這樣一個聰慧的孩子，老爺以前就想著咱們家裡能出個舉人，出個當官的，了卻他的心願，」她抬頭看著牆上一張畫像，那人清瘦的臉，五官跟杜顯很像。「可惜四個兒子沒一個會唸書的，也只有文淵了。」

「還有小少爺呢。」鍾婆子笑道，指的是杜章的兒子。

李氏端起茶來喝。「才這麼小哪裡料得到。」想著吩咐道：「真要定了，準備些東西，到時候送那邊去。」

鍾婆子了然，杜黃花嫁人，老太太是想送賀禮給杜顯家，她暗自一嘆，那姑娘是可惜了，劉夫子那樣貌年紀哪裡配得上她呢，也不知道是不是真的會成。

第十五章

這頭吳大娘終於從屋裡出來了，杜小魚倒了碗水給周二丫喝，自個兒就貼在牆後偷聽。

趙氏不好意思地說道：「煩了妳半天。」

「咱們還說這些？」吳大娘安慰她。「妳寬寬心，船到橋頭自然直，朱氏好歹跟我也有些交情，我去找她說說。這也太不像話了！你們家既然不肯，哪裡就能來逼著了？村長那頭我找老龐一起去，這算哪門子忘恩負義？還有沒有天理了！」

趙氏忙攔著她。「村長那邊先別去，省得連累你們。」

吳大娘道：「好吧，我先去找朱氏，妳回屋吧，看晚上都沒睡好，多歇歇。」

趙氏就轉身進屋了。

杜小魚忙從裡面奔出來。

「小魚在家啊，剛才出去玩了？」吳大娘慈愛地摸摸她的頭。

杜小魚拉著她到一個僻靜的地方，躲開杜黃花才說道：「大娘，您別去劉夫子家，過兩天再去。」

吳大娘皺起眉頭。「小孩子家家說什麼呀？」

「朱氏她不會放過我姊的！」杜小魚開門見山道。「大娘其實您也知道，朱氏哪裡不曉得您跟我們家的關係，可她照樣這樣對咱們家，可見是沒有一點良心，也完全沒有把大娘放在眼裡！

大娘又何必要給我娘假的希望呢，到頭來不過更傷心罷了。」

吳大娘愣愣地聽著，這孩子的話一針見血，說到底自己確實是在自欺欺人，但她也不過是想安慰趙氏，她能為這個朋友做的也只有這些。

「小魚啊，大娘是真心想幫你們的。」她嘆息一聲。

杜小魚認真道：「大娘想幫我們就只要做一件事。」

「什麼事？」吳大娘訝然。

杜小魚小聲說了幾句話，其中包括遇上包氏也提了下，吳大娘眼睛瞪得老大。「這、這真能幫上忙？」

「大娘，您相信我這一回好不好？」杜小魚緊緊抓著她袖子。「我比任何人都不想大姊嫁給劉夫子，我最喜歡大姊了，大娘，您相信我！就兩天，兩天後您再去劉夫子家好不好？反正是沒有其他辦法的，難道您真不清楚朱氏那個人嗎？」她都要急哭了，自己到底是小孩，大人總是難以信任，而做這事吳大娘是最合適的人選，非她莫屬，因為其他人更不可能聽她的了。

見她眼睛發紅，裡面閃著淚光，是這樣誠懇，吳大娘心軟下來，終於答應。「好，我就試試。」

「謝謝大娘！」眼前那方方的臉此刻像凝聚了光，杜小魚撲到她懷裡，差點流下淚來。

吳大娘願意信任她，那是多麼可貴！

送走吳大娘後，周二丫的姊姊周大丫居然找了來，看起來凶巴巴的，把周二丫給領走了。

杜文淵回來後，拉著杜小魚去了他那屋。

「可想到法子了？」他關上門便是問這個。「想不到的話，我去找劉夫子。」

「找劉夫子？」杜小魚切了一聲。「那麼怕他老娘的人，找他有什麼用？真喜歡我姊，就不該縱容他老娘使那些手段！要我說，他指不定就是故意的，還夫子呢，就那點德行能教出什麼……」她說著閉了嘴，杜文淵就是劉夫子教的，那不是罵到他身上去了？

「怎麼不繼續說？」杜文淵瞇了眼，沒想到她罵起人來還挺毒。

杜小魚撇撇嘴，不想就這個問題再繼續討論了，成不成也就這兩天的工夫，若是包氏上鈎，那麼自然危機解除，但若不成呢？她眉頭慢慢鎖緊，不成的話，只怕要傷害到杜黃花了，朱氏不過是想她兒子有後，給杜黃花算命跟劉夫子很配，這才死活要娶這個媳婦的。

如果杜黃花根本命就不好，或者完全生不出兒子，朱氏也肯定不會要。

這是杜小魚的第二個計劃，其實她哪裡知道她二叔杜堂在包氏跟前的一些話也是在推波助瀾，只是目的略有不同而已。

「看來妳已經都想好了。」杜文淵看她自信的神色，笑道：「果然沒有令二哥失望啊！」

杜小魚無語了，要是她沒想到，難道這事情就不好解決了嗎？

看她走了出去，杜文淵收斂了笑容，要真沒辦法，他也必是要出手的，又豈會眼睜睜看大姊嫁給劉夫子那樣的人？那是絕不可能的！

第二日早上，杜小魚迷迷糊糊聽到趙氏的聲音，她揉揉眼睛，打了個呵欠，覺得沒有睡夠。到底是小孩子的身體，每日她都是比杜黃花多睡好久的，而平常時候也不會被人吵醒，今兒娘怎麼回事，嚷嚷著喊啥呢？杜小魚奇怪了，仔細一聽，卻是在喊她姊杜黃花。

「黃花，黃花，還不起來，這都什麼時候了！」

杜小魚忙往旁邊一看，杜黃花真的還在睡，被子裹得緊緊的，連臉都沒有露出來。

「姊！」她叫了一聲，推推杜黃花。「娘在喊妳起床哩！」

可是杜黃花毫無動靜。

她心裡一慌，印象中，杜黃花是個很容易驚醒的人，這會兒怎麼睡得跟隻豬似的？便趕緊爬起來到她姊那一頭掀開被子看。

杜黃花的眼睛閉著，眉頭緊鎖，臉上慘白慘白的，全是汗。

杜小魚手一摸她額頭，滾燙滾燙，肯定是生病了，就大叫起來。「娘，娘，姊病了！」她跳下床便撲到門口。

趙氏聽到裡面在嚎，忙衝進來。「說什麼，黃花病了？」

「是啊，在冒冷汗呢，娘快去請大夫。」杜小魚想起她昨兒就見杜黃花有點不對勁，結果愣是到後來忘掉了，唉，要是那會兒就給服了藥，指不定就不會發出來了，看那樣子應該是發高燒，出那麼多汗，也不知道嚴不嚴重。

「把衣服穿好，小心著涼，別兩個都病了，」趙氏看她一眼。「妳在家看著妳姊，我這就去找大夫。」

杜小魚把衣服穿上，到廚房那兒找手巾。

以前發燒的時候都是用冷毛巾降溫的，她出去院子吊了半桶井水上來，進到臥房的時候手裡已經拿了兩條手巾，一條熱的，一條冷的。先用熱手巾給杜黃花把汗擦掉，這汗都要把枕巾弄濕了，脖子上都是，她小心翼翼地擦好，才把冷毛巾端端正正敷在杜黃花的額頭上。

在這過程中，杜黃花一直沒醒，有時候牙齒還在打顫，把她嚇得心驚膽顫。

小孩子發高燒有時候在後世都會有危險，何況是在古代呢，也幸好杜黃花不是小孩子了，但嚴重的話真不曉得會不會有什麼問題。

她如坐針氈。

而杜黃花卻像是沈浸在夢裡，偶爾囈語幾句，都是令人難過的話。

她果然是想犧牲自己的，杜小魚心疼地摸著她的臉，這短短幾天對杜黃花來說也許就像幾年那樣長，哪怕不甘願嫁給劉夫子，可為了家人，她什麼都願意去做，這些矛盾與難受憋在心裡，終於讓她病了吧？

杜小魚嘆口氣，把手巾拿下來，放井水裡又洗了遍，重新放上她額頭。

大夫終於來了，給杜黃花看了脈，說是染上風寒，寫了藥方說先用著，不好的話再來。

趙氏送走大夫後就跟著去抓藥了。

說實話，杜小魚對這個大夫很不信任，當初就是他給杜顯治腰疼的，銀子花了不少卻完全沒有治本，這不是跟中醫背道而馳了嘛？中醫可不就是宣揚要根除病症的？可她又不是學醫的，而從醫書跟杜文淵身上學到的那點兒知識，根本不可能開藥方，便也只能接受。

趙氏稍後就熬了藥端過來。

杜小魚幫著把杜黃花扶起來，這會兒她有點兒清醒了，趙氏就說生病了讓她把藥喝下去。

等到午時的時候杜文淵也回來了，之前喝完藥就一直讓杜黃花休息著，這會兒杜小魚跟杜文淵進去看她，結果病情沒一點好，杜小魚就忍不住發牢騷了。「看那大夫就是庸醫，還說不好的話再重新寫方子，哪有這樣的！二哥，你快給姊瞧瞧。」

「我瞧有什麼用，又不會把脈。」杜文淵實話實說。

杜小魚不信。「別以為我不知道，爹那腰疼可是你治好的，只不過讓龐大叔給你當幌子罷了。」

被她猜到，杜文淵並不驚訝，還認真解釋道：「爹那腰疼是外傷所致，我也是研究了一些古方才試試的，不過『望聞問切』四個字可沒那麼容易，我去哪兒學啊？只看書不可能會的。」

這些東西需要實習，杜小魚明白了，但也更鬱悶了。

「我看姊心病多一些。」她想了想道：「姊身體多好啊，連個噴嚏也不見她打的。」

杜文淵聽了伸出手。「那方子呢？」

「我都記得呢。」杜小魚背出來。「柴胡、甘草、虎杖、大青葉……」她也是學了點的，對杜黃花的病尤其看重，自然要好好看看方子。

「確實是對風寒很有效的。」杜文淵點點頭。「不過也許加些消鬱的更好些，像陳皮之類。」

「要是錯了有沒有事？」杜小魚忙問：「可不能吃了讓姊病得更重哦。」

「沒事，陳皮做成糖平常吃著玩都行。」杜文淵說著拿了幾個銅板出來。「妳一會兒去抓一些回來，跟糖攪和了給姊吃。」

杜小魚瞪起眼。「你身上居然有錢？」

「娘給的，怎麼了？」杜文淵莫名其妙。

「沒什麼！」杜小魚咬牙切齒，她身上可一個銅板都沒有欸，賺的錢全讓趙氏拿得乾乾淨淨的，壓根兒就沒想過哪怕留一個銅板給她，本來還以為三個孩子都這樣，一點零花錢都沒有的，結果杜文淵居然有，真真是重男輕女！

杜文淵看她憤怒的樣兒，笑起來，掏出半吊銅錢放她手裡。「可收好別掉了，就這點兒家當，趕明兒我要用還得來拿。」

那銅錢帶著體溫，杜小魚像根木頭似的杵在那裡，半晌才道：「真放我這兒啊，不怕我占為己有？」

杜文淵一捏她臉。「人在這兒怕什麼。」說完就出去了。

半吊銅錢五十文，沈甸甸的，好一個偏心的娘，給杜文淵帶去幹啥的啊？怕他餓路上買東西吃？杜小魚嘀咕一陣，出門抓陳皮去了。

村裡就一個藥鋪子，熱鬧得很，看來這時段生病的人挺多。

她站在那裡等夥計抓藥，就聽到旁邊兩個婦女嚼舌根。

「……劉家門檻都要被踩破了，先前劉夫子老娘還怕找不到好媳婦呢，現在得挑花眼。」

「怎回事？」另一個顯然不知情，追著問：「劉夫子雖說有點學問，可到底都三十了，還有個女兒，想找人家黃花閨女，又得端正清白的，哪有那麼容易！怎麼就還挑花眼了？人家好好的女兒就非得往他們家送啊？」

「妳還沒聽說啊？」先前那個神秘兮兮道：「哎喲，劉夫子一個學生都當上那什麼三品大官了，聽說常常都看得到皇上的……都親自來看劉夫子呢，這可是多大的官啊，劉夫子要再考個舉人什麼的，弄個官做做還不是容易得很？」

「喲，有這回事！」另一個驚道：「那杜家的黃花可不是揀著便宜了，以後當官太太呢。」

杜小魚聽到這裡忙把臉撇過去，省得她們認出來，她沒想到這謠言居然傳得那麼快！吳大娘真不是蓋的！

不過這三品官，也太扯了吧？

劉夫子才三十歲，他那些學生也大不了哪兒去，能當上三品官不知道得有多奇才呢！不過誇張點也好，傳到包氏那裡可不得把她急死，不只杜文淵以後當官，劉夫子都當官呢，一家子都是官，還會怕他們小小一個地主？家產早晚都得被奪走！

她想著憋不住地笑，朱氏不曉得現在什麼心情，她那麼虛榮大概會默認的，然後就膨脹起來了，人都貪心得很。

但趙氏可不知道這些事，杜小魚回來的時候見她在臥房裡看那塊玉珮，敢情是迫不得已想典當了？

正想著，吳大娘來了，應該是來說去見朱氏的事情的，倒是為難吳大娘要撒謊。

見趙氏忙把玉珮放枕頭底下，杜小魚心頭一動，趁著趙氏在院子裡說話的當下飛快地跑進去，把玉珮摸出來看。

好奇心殺死貓，她對這東西一直存有疑心，可偏偏家裡誰也不曉得，她想著忽地皺眉，也不一定，倒是沒有問過杜文淵，可她爹杜顯都不知情，他又豈會曉得呢？

她把玉珮翻來覆去的檢查，才發現遠看如碧水般的玉，原來紋理那樣奇特，像無數的小冰花凝結在裡面，根本就不需要再雕刻圖案，單單這樣就妙趣橫生，不過用精湛技藝雕刻了瑞獸，更加讓人愛不釋手。而玉珮摸上去的手感也是相當的好，溫溫的，讓她不由自主想起那句詩——

「滄海月明珠有淚，藍田日暖玉生煙。」

所以，憑著以前接觸過玉的經驗來看，她推斷這玉珮少不得要值幾百兩銀子，絕不是趙氏能買得起的，哪怕是地主祖母家恐怕也拿不出一件。

他們千畝地一年也就賺幾百兩，還有那麼些人要養著呢，哪裡就能拿出一年全部賺到的錢去買東西？那豈不是瘋了！

所以，杜小魚越發疑惑，這玉珮到底是哪兒來的？又藏著什麼秘密呢？

第十六章

杜黃花服了藥，又加上杜小魚做的陳皮糖倒是退燒了不少，但額頭還是有些熱。

杜小魚想寬她心，就告訴她吳大娘來過說有辦法，讓她不要再憂慮，可她自個兒倒是忐忑不安的，這麼一會兒工夫五天就要過去了，可朱氏那邊到底什麼情況她一無所知，到了下午，這才徹底放下心，因為吳大娘這回真帶來了好消息。

但這事出乎杜小魚意料，本以為包氏只會想盡辦法拆散這樁婚事，原來還不只，她竟把自己的遠房表妹給犧牲出去了！

吳大娘說，朱氏現在可樂著呢，包氏那遠房表妹不只模樣好身段佳，跟劉夫子八字合，陪嫁都是很豐厚的。再有，包氏是李氏的媳婦，也算跟地主婆攀上關係了。說到底，她那會兒挑杜黃花多少還有這點念頭，但杜顯是被趕出來的，要回去可不容易，她自然要抓住眼前看得見的利益。

真是皆大歡喜！

杜顯一家總算鬆口氣，杜黃花也覺得自個兒終於可以從懸崖邊走回來了。

「村長那邊我讓她去說了。」吳大娘繼續道：「既然討了包氏的表妹做媳婦，總歸跟你們也有點親戚關係的，她如今飄飄然一口就答應了，我是跟著一起去的，村長也無話可說。」

「哎喲，真是謝天謝地！」趙氏拉著吳大娘的手。「也真是要謝謝妳，大姊，妳真是咱們家的大恩人那！」

吳大娘拍拍她的手背，紅了眼睛。「說的什麼話，那年我摔進河裡，要不是妳路過撲下水救我，哪兒還有命在，瞧瞧，這滿嘴恩人恩人的，現在可是提醒著要我喊妳恩人呢？」

趙氏就笑了。「好，好，我不說了。」

杜小魚了悟，原來她們之間還有這樣的事，難怪兩人那麼好，友情確實也是需要相互付出的。

包氏的表妹跟劉夫子的婚事聽說定在十月十八日，倒是很急，看來真相信了那番說辭，她是急著要讓杜章考上秀才呢！杜小魚每每想到這個就忍不住地想狂笑，但笑過後又覺得不太舒服，不曉得包氏那表妹是怎麼回事，若也是跟杜黃花一樣的情況那就可惜了。

但這些實在輪不到她來操心，有這工夫還不如想想怎麼賺銀子。

市面上的香乾如今已經不值錢了，杜文淵的判斷相當準確，而且更為殘酷，因為不是十文錢一斤香乾，而是五文錢一斤！要是杜小魚那會兒堅持自己曬香乾去賣的話，恐怕賣到現在也最多只能賺到十兩銀子。

看來，這個二哥的生意頭腦真的不錯啊！

這日傍晚時分，杜文淵帶了個人來，正是多日不見的章卓予。

杜小魚見到他很高興，笑容滿面，殷勤地端茶倒水，還把剩下的從望月樓裡拿的糖果，一股腦兒地放碟子裡裝上來。

這態度有點兒近似諂媚了，杜文淵微微皺下眉道：「他大舅家就是飛仙縣的，哪沒得吃這些，就妳還當寶似的拿出來。」

杜小魚被他說得一愣，都不明白自個兒哪兒做錯了。

「挺好吃的，謝謝妳啊，小魚。」章卓予卻給她解圍，拿了顆糖放嘴裡。

杜小魚衝杜文淵翻了個白眼，有時候這個二哥真的讓她覺得有種說不出來的奇怪，她笑咪咪地拖了張椅子，坐在章卓予旁邊道：「你喜歡吃就好，反正我二哥不稀罕的。」說著把本來放中間的碟子挪到一邊，不讓杜文淵吃。

這舉動讓杜文淵挑了挑眉，但終究沒有再冒出令她不高興的話。

「你大舅母怎麼說啊？」言歸正傳，她最關心的就是這個。

章卓予道：「我大舅母說跟其他繡件比了比，這個繡得最好，想過完年見見妳姊。」

啊！杜小魚差點跳起來，喜道：「真的嗎？」

「當然是真的，不然我來幹什麼？」章卓予笑道。

「沒事也可以來玩玩嘛，你反正是二哥的朋友。」杜小魚覺得自己不能太功利，雖說對章卓予殷勤是為了杜黃花，可這少年看著人挺好的，做做朋友也不錯。「對了，你不是說你大舅家書很多嘛，那借我一本看看可以嗎？」

「妳真會看書啊？」章卓予驚訝道，上回是客氣提一下的，一般農家姑娘識字的很少，寫個名字就不錯了，沒想到杜小魚還真能看書呢。

杜小魚瞟杜文淵一眼道：「看書又不難，我姊也會一點的。」

這話把杜文淵氣得夠嗆，本以為她會提是他教的，結果卻故意讓人誤解是杜黃花教的了，這丫頭還真記仇！

章卓予好奇道：「那妳想借什麼書看？」

「有沒有關於種田的書，比如春天種什麼，夏天種什麼，還有怎麼種等等的那種書？」杜小魚決定現在開始要好好做個小農女，把基礎打牢，將來才能種好田，才能大豐收，才能種千畝地乃至萬頃地！

章卓予想了想道：「倒是有，《齊民要術》，要不要看？」他頓一頓。「不過不太好看懂，若是妳二哥指點的話，興許行。」

好好的又提杜文淵，杜小魚還沒出完氣呢，她最不喜歡被人無緣無故的挑刺，而剛才杜文淵顯然是故意的，就沒接話。

晚上杜小魚留章卓予吃飯，吃完飯還親自送出門去。

「借到書我會再來的。」章卓予走之前道。

杜小魚又是道謝幾句。

等人走了，她才轉過頭，回去就見杜文淵正立在院子裡，她也不說話。

「小魚。」杜文淵喊住她。

「什麼事？」

「妳還真不理我了？」

「是你先說我的。」杜小魚哼了一聲。「我拿些吃的給他，怎的了，你要說我，我也不想理你！」

杜文淵到底大了，豈會還像個小孩子般一直鬥氣，不由得噗哧笑了起來。「好吧，是我說錯了，妳心眼比豆子還小。」

「你的也不大！」杜小魚回敬一句。

他又笑了，妹妹現在伶牙俐齒的也好，將來總不會被人欺負的。

兩人又說笑著走了，兄妹倆哪有什麼隔夜仇呢！

十月十八日到了，劉家張燈結綵，劉夫子成親了！

但是事情的發展出乎任何人的意料，打死朱氏也不會想到在這一日，喜事竟然會變成喪事！

而包氏也沒有想到，自己費了九牛二虎之力，拿銀子出來辦事，說服表姨把表妹嫁給劉夫子，到最後竟然是竹籃打水一場空，不只得罪朱氏不成，還差點讓發瘋的表姨扯掉了頭髮！

是啊，誰也沒有想到，劉夫子的新娘捅了他一刀，然後抹脖子上吊了！

消息傳來，杜小魚晚飯都沒有怎麼吃，怎麼能不內疚呢？說到底，這計劃出自於她的手，那個小姑娘成替代品，她有不可推卸的責任，但也是為了挽救杜黃花。

誰想到那姑娘那麼剛烈，不肯讓劉夫子碰她，拿了刀防衛，結果把劉夫子砍傷，她犯了罪，也許又念起家人對她的無情，再無留戀，結束了自己的生命。

倘若事先杜小魚就知道這種結局，也許會換個方式，但一切都已經來不及了，她惋惜又愧疚，好一段時間心裡都不安樂。

杜文淵最近都在家自學，劉夫子受傷，雖然只是被捅在大腿上，沒有致命，但這回臉丟那麼大，教書暫時是不可能的，更何況就算可以，只怕朱氏也會把帳算他們頭上，照樣不會給他來唸書。

對此趙氏極為擔憂，她看重兒子的學業勝過一切，還想急著再找一家私塾，後來是被杜文淵說服的，都要過年了，就算重新找也學不了多久，再說，夫子重新換一個，學的也許就不一樣，指不定對他還不好，最後便決定等過完年再說，反正也就只有一個多月。

而私塾本來就會提前放假，這麼算算，也差不了多少時間，趙氏便就此作罷。

這日，杜小魚正跟杜文淵在院子裡處理曬了好幾日太陽的大白菜，把不好的葉子剝掉，旁邊放了個大缸，是用來醃酸菜吃的。方法很簡單，把白菜在缸裡鋪一層，再在上面撒一層鹽，然後再鋪一層白菜，一個大缸大概能裝二十棵的樣子，接著再放水進去，隔個個把月就能吃到好吃的酸菜了。

他們家已經醃過一回，杜小魚也學會了，就自告奮勇跟杜文淵來接手這件事。

兩人正忙乎呢，只見包氏氣沖沖走進來，身後還跟著個婆子。

「妳娘呢，叫她出來！」她一來就氣焰囂張。

杜小魚理也不理，杜文淵冷聲道：「我娘是您大嫂，您沒個規矩還想見人？」

包氏被他斥責，一愣，隨即格格笑道：「哎喲，真不愧是劉夫子的好學生啊，嘴巴倒厲害得緊，不過你祖母不在，還想對我耀武揚威的，你算什麼東西！」

杜小魚抬頭道：「咱們不是東西，妳是東西，好吧？還是個壞東西！」

「妳！」包氏被她說得噎住，又想到表妹的事就是聽了這死丫頭的話才造成的，更是火上心頭，衝上來就要抽杜小魚耳刮子，一邊惡狠狠道：「我是妳小嬸，妳也敢這麼說我，死丫頭，妳娘不教妳，我就代她來好好教教！給妳長點記性！」

杜文淵就在旁邊，哪會讓人傷到妹妹，伸手抓住她胳膊用力一扭。

包氏雖然凶悍，可長得嬌嬌弱弱的，比杜文淵矮了一個半頭，哪裡是他對手，立時疼得「哎喲哎喲」叫喚起來。

那婆子見主子被欺了，就要上來幫忙。

杜小魚看這婆子虎背熊腰的，心想杜文淵雖然高，但並不壯，又是個唸書的書生，都說書生手無縛雞之力，指不定就打不過那婆子，便大聲叫起來。「娘、大姊，小嬸嬸打人啦！快來啊！」

趙氏跟杜黃花正要過來呢，聽到喊就跑了起來，果然見那婆子要伸手打杜文淵，趙氏高聲喝道：「妳給我住手，還敢在咱們家撒野了？」

包氏揉著自個兒胳膊。「是你們家小子先打人的！」

「明明是妳要打我，說話跟個屁似的，逮哪兒都胡放！」杜小魚張口就罵。

杜文淵聽得差點笑出聲，這丫頭罵人越來越有水準了！

包氏氣得身子都抖了，指著杜小魚衝趙氏嚷道：「妳看看，你們家小魚還像點話嗎？這麼粗野，就這樣罵長輩的？妳可親眼瞧見了吧？」

趙氏淡淡地回道：「我們家小魚向來有禮貌，左鄰右舍哪個不知道的？她要罵也只會罵罵惡狗。」

包氏瞪大了眼，一時都說不出話，但見這一家子橫眉冷對的，才意識到畢竟是在別人的地盤上，她讓婆子把手裡東西拿出來猛地往地上一摔。「是娘讓我送來的，妳可算稱心了！前前後後也不知道送了幾回，嘴裡說啥都不要，可心裡怎麼想哪個不曉得？妳也就是裝裝樣子，我看妳裝到什麼時候！拿去，賣賣也得值個幾十兩呢！」

「妳說什麼？」杜黃花氣道：「咱們不稀罕你們家東西！」

「喲，明眼人不說瞎話，」包氏看一眼杜文淵。「不稀罕妳娘幹什麼表面一套背地裡又一套？沒事讓兒子來看看娘，可不就是想撈點好處！」她不屑地看著趙氏。「我說，妳也是聰明得很，自個兒裝清高，讓別人都以為妳不貪錢，可整日還不是想著讓兒子當誘餌，有種的就別讓他再來杜家！」

趙氏聽得臉色大變，瞪著杜文淵道：「她說的是不是真的？」

杜文淵板著臉不說話。

「別裝了。」包氏呸地一聲，輕蔑道：「當婊子還想立牌坊呢，我算看透了！」說完帶著婆子就走了。

趙氏只覺一股火在胸口亂竄，李氏最近幾年主動來跟他們示好也就是看杜文淵有出息，他九歲就通過縣試、府試，成為村裡年紀最小的童生，當年公公的願望就是希望家裡能出個讀書人，如今幾個兒子不行，就看上這個孫子了！要是杜文淵也不是讀書的料，李氏只怕是瞧都不瞧他們一眼的！趙氏越想越是火大，那會兒就不應該聽杜顯的話去拜壽，他倒是盡到孝道了，而她這個兒媳卻被人說成不懷好意！

「你到底去沒去過那邊？」趙氏拿起牆角一把掃帚喝道。

這次真惹惱娘了，杜小魚忙扯了扯杜黃花的袖子，示意她去勸解兩句。

但杜黃花還沒做出反應，只聽杜文淵沈聲道：「兒子是去過幾回。」

「好，好得很！」趙氏胸口起伏不定，這兒子一向聰明，豈會不瞭解他們跟李氏的關係，居然還真偷偷去了。「你給我跪下！」她厲聲道。

杜文淵也不辯解，立時就跪在地上。

趙氏把掃帚掉了個頭，掄起來就往杜文淵背上打。

「啪啪啪」的聲音很刺耳，杜小魚瞪大了眼，呆了會兒立馬撲上去，攔在跟前道：「娘，是我叫二哥去的，您別打他！」

「妳給我讓開！」趙氏臉色青白，嘴唇也在發抖。

「我不讓開，娘，是我叫二哥去的，我貪太婆那邊的點心好吃，叫二哥拿點過來給我解解饞的！娘，您別打他，二哥那麼大個人了，明年還要考秀才，要是打傷了怎麼辦！」她上去抱住趙氏的腿，心裡也是難過得很，其實趙氏又怎麼捨得打杜文淵呢，她只是被包氏侮辱，又被杜文淵背叛，因而傷心過了頭，自己現在要做的就是給趙氏一個臺階下。

「是啊，二弟沒別的意思，娘就原諒他一回吧！」杜黃花也上來勸。「小嬸就是想讓娘生氣呢，可不能上了她的當！」

杜小魚見機把趙氏手裡的掃帚搶下來。「娘，就算二哥犯了錯，也不能打人啊，哪怕罰別的也好，打傷了身子，到時候還不是您心疼？」

趙氏看看她，沈著臉道：「就是妳貪吃惹的，跟文淵跪一起去！」說完轉身就進了屋。還真把她也罰了，杜小魚嘟著嘴在杜文淵旁邊跪下來。

杜黃花小聲道：「娘消消氣也就好了，你們忍著點。」

誰料這一跪就跪了一下午，杜顯回來見兩個孩子跪地上心疼得不得了，就要拉著起來，結果被趙氏一通罵，杜顯也沒轍只得作罷。吃晚飯的時候又勸解，但趙氏沒有鬆口，可見這回真是氣極了，而杜顯也是因素之一，又怎麼可能勸得了，杜黃花就偷偷拿幾個饅頭給他們充充飢。

天一黑更加冷了，杜小魚連著打了好幾個噴嚏，手凍得跟冰似的。

「妳別跪了，進去吧，娘不會責怪的。」杜文淵這時說道。

罪魁禍首還好意思開口！杜小魚瞅他一眼。「那你以後還去不去太婆那裡了？」

杜文淵沈默。

「你還要去啊？」上回竟是敷衍她的，杜小魚急道：「娘都氣成這樣了，要是被她曉得你再去，可真會打傷你的。」

「小魚，知道爹的腰疼是怎麼回事嗎？」杜文淵說話了，聲音沈而緩慢。「是二叔他們打的，他們本來是想打死娘。」

「什麼！」杜小魚大驚。「他們為什麼要……」

杜文淵握住她冰冷的右手，打斷道：「那會兒發生了很多事，我還沒有出生呢，都是後來陸陸續續瞭解到的。小魚，現在妳也知道了，妳會怎麼做？」

杜小魚心裡一團亂麻，沒有想到跟祖母那邊的矛盾竟那樣尖銳，可見趙氏在那邊受的委屈不少，所以一提到祖母反應都會很激烈，可她那會兒竟還去拜壽了！她輕嘆一聲，是為成全杜顯的孝心吧。

「我不知道。」半晌，她輕聲道：「可是，我至少不會再讓娘傷心。」

杜文淵怔了怔。「我會好好想想。」說著把她攬過來。「別著涼了，不然病了，娘又得自責了。」

他的懷裡是溫熱的，可是才十二歲的人卻有這麼重的心思，杜小魚心想，他到底見祖母是為什麼呢？又為何要告訴她那些事？

趙氏到底還是捨不得孩子的，後來就叫杜黃花喊兩人進去了，杜顯為表明立場，少不得裝腔作勢訓了兒子、女兒一頓，這才叫回去休息。

第十七章

天越來越冷，北風颳得呼呼的，一到外面，臉凍得跟刺著了一樣。

這些天杜家都在往家裡屯東西，杜小魚才發現原來堂屋的角落居然還有一個地窖，大概有半丈深，杜顯在裡面塞各種東西，有土豆、蘿蔔、還有大白菜，都是平日裡吃得最多的蔬菜。至於米麵，幾個大缸也都是裝得滿滿的。這讓杜小魚生出一個錯覺，好像他們家要冬眠似的，把一整個冬天的東西都貯存好了。

其實她是南方人不瞭解，在北方這是很正常的事。

身上的襖子也穿得更加厚了，她長得矮，真裹成了一個球。

幸好還有炕頭這種東西，所以除了吃喝拉撒，她幾乎整天的窩在炕頭上。

趙氏進屋就看見她縮在被窩裡，皺眉道：「這一冬天過去，得長好幾斤肉！」

「長胖點好！」杜小魚反正死不下床，而且這是實話，看自己瘦得像個什麼樣了，下頷都能把木板戳個洞。

杜黃花在旁邊直笑。「娘，讓她待著吧，反正下來也沒有事情做。」

「就是嘛。」杜小魚撒嬌地在她身上蹭了蹭。「有姊在，哪用得著我啊！」

「也只有妳姊慣著。」趙氏搖頭。「過完年也八歲了，好歹學點東西，上回不是說學刺繡的，也沒見妳繡個像樣的出來。」說著把手裡東西遞給杜黃花。「這鞋底我都納好了，鞋面妳來繡，大過年穿穿。我一會兒得去老龐家一趟，他們家那頭牛落了兩頭小牛，叫我去挑一隻，我得去回了。」

杜小魚騰地從炕上跳起來。「幹什麼回啊，這可是牛啊！」有頭牛多省力氣啊，他們家種田就輕鬆得很了！

趙氏皺眉道：「哪好意思欠人家這麼大人情，一頭牛得幾兩銀子呢，咱們也買不起。」

「不是還有十兩銀子的？」杜小魚問。

這孩子還會算帳，趙氏看她一眼，要擱在平時可能解釋都不解釋，但這回倒認真答了。「哪能全花了，過年得用掉些，以後要花的還更多。」

杜小魚就不說話了，忙著穿衣服，等到趙氏要出門的時候，就跟著要一起去，說還沒見過小牛呢，要去見識見識。趙氏就帶著去了，看她一天到晚窩炕上，走走路消消食也好。

老龐家離得也不遠，本來一盞茶的工夫，但因為風實在大，杜小魚氣都喘不過來，磨磨蹭蹭愣是用了一倍的時間。

「哎喲，小魚也來了啊。」老龐的娘子秦氏忙倒了熱水來，招呼兩人坐下。「咱們家這頭牛這次真爭氣呢，一下子落了兩頭出來，在村裡也是頭一回，等會兒去看看，可精神得很。」她頓了頓道：「相公說怎麼也得送你們一頭，反正從來也沒指望有兩頭的，你們家文淵要唸書，種那麼多田是費力氣。」

秦氏長得很矮小，臉上要不是有好幾顆痣的話，還算清秀，她話說得客氣，可趙氏是聰明人哪裡聽不出來，她是捨不得那頭小牛呢，其實也就是龐勇想送牛，並不是秦氏的意思。

「咱們哪好意思要，龐大哥已經幫了咱們家不少忙，那牛是萬萬要不得的，我來也是想說這個事。」趙氏忙表明態度。

秦氏就放心了，說道：「其實咱們家的牛你們隨時都能借去用，反正我兒那一身蠻力，跟頭牛也差不了多少。」龐勇跟兒子不在家，秦氏就想乘機把這事說說清楚，到時候他們回來了也能推說是趙氏死活不要，但客氣話總要說的。

杜小魚心道，本來也就不想占他們家便宜，龐大叔是個仗義大度的人，他娘子明顯就不是了，生怕他們要牛呢。

趙氏說清楚這事就要走，誰料人算不如天算，龐勇這時回來了，見趙氏在就笑道：「大妹子去看牛沒有，可挑好了？」

「那牛不能要，老大哥的心意咱們領了。」趙氏有些尷尬，實在不想牽扯在他們夫妻之間，急著就要出去。

龐勇自是瞭解他娘子的，回頭就瞪了秦氏一眼，喝道：「可是妳說什麼了？本來就講好給他們一頭牛的，人都來了，妳還把人給趕走？大妹子，妳快進來，總不能白來一趟，我娘子不懂事，妳也不要跟她計較。」

秦氏委屈得很，氣道：「我哪有趕她們，是她們自個兒要走，大姊，妳得說說清楚，那牛可不是我不願給！」

趙氏進退兩難，都不曉得怎麼說了。

杜小魚這時道：「龐大叔，您那小牛賣多少錢啊？」

龐勇一愣，沒明白她的意思。

見杜小魚胡亂說話，趙氏拽著她就要走。

「娘，咱們最近又買了幾畝地，沒有牛種起來很累的，總不能老是麻煩人家龐大叔吧？」杜小魚賴著不走，繼續道：「龐大叔，那小牛我娘是絕對不會要的，不能欠這麼大份人情，所以不如把牠賣給咱們家好不好？」她又看看秦氏。「秦大嬸也沒有趕咱們走，是咱們自個兒不要的，但是確實是想買一頭牛。」

「你可聽到了？」有人給她澄清，秦氏委屈消了一半，嗔道：「都是經常來往的，我怎麼會趕大姊跟小魚出去呢？」

「哎，是我錯怪妳了。」龐勇不好意思地撓撓頭。

杜小魚瞄準目標進攻。「大嬸，就把牛賣給咱們吧，稍微便宜點兒就行了，成不？」

龐勇是一根筋的，要不是這娃攪和了指不定就要硬送呢，秦氏心想還不如順了杜小魚的話，就道：「小魚說得也是，相公，既然大姊死活不肯要，就賣給他們家好了，我看一般一頭小牛的話要四兩銀子，就賣他們三兩吧。」

差不多相當於半年的收入了，難怪他們家以前買不起牛呢！

雖減了一兩，但仍然很貴，趙氏猶豫不決，買了牛還餘七兩銀子，這些銀子除了要買明年需要的東西外，得留著應應急，加上要是杜文淵考不上秀才進不了官辦的書館，那麼還必須找家私塾，她覺得不太夠用，畢竟考秀才不是件容易的事，劉夫子當年也都是二十歲才考上的。

杜小魚才不會真占龐家便宜，龐勇是真心實意對他們家的，所以來之前她就已經想好辦法，便說道：「龐大叔，你看這樣行不行？銀子我們也不少給，但是得分批給，這個月就先給五百文，以後每個月給一百五十文，給足你們四兩銀子，反正要寫文書契約、按手印的，絕不會耍賴。」

這個法子很新穎，秦氏第一個說同意，這其實變相地幫了杜家的忙，而且自個兒一點不虧，到最後還是拿到四兩銀子。

「小魚真聰明啊！」龐勇屬於腦筋轉得慢的，在秦氏的解釋下想了會兒才明白，又見趙氏堅決不要牛，就答應把牛賣給他們家。

秦氏瞧瞧杜小魚，這個小心眼的倒是會算帳，看來真是個精明的，她娘趙氏在這方面明顯比不過。

而趙氏被杜小魚一連串的舉動都給弄懵了，這孩子真是不知道有多少主意，可怎麼想覺得怎麼好，他們家確實應該買頭牛，黃花到底是姑娘家，年紀也不小了，指不定明年就要嫁出去，到時候田還不是不夠人手，要是有頭牛就能解決所有的問題，所以最後她也同意。

秦氏之後便找了個公證人來，寫了份文書，雙方按手印，這事就算辦成了，接下來當然是去看牛了。

牛很壯實，大黃牛，比邱氏家的牛還要長得再高一點，此刻正站著餵奶呢，杜小魚指著正在喝奶的那頭小牛道：「娘，咱們要這一頭好不好？」明顯看著力氣大，奶也喝得多，大自然優勝劣汰，從生下來的那一刻起，兩頭小牛就得遵從這個守則。

趙氏在這上面當然也有經驗，所以沒什麼好爭議的，就選了那頭眼睛圓溜溜，看起來脖子也長的小牛。

龐勇叫他們過段時間再來拿，牛還得喝奶，不然到時候體質不行。

兩人就回家了，家裡人聽到這事當然也很高興，而且給杜小魚分配了任務，以後這頭小牛就交給她管了。

倒是正中下懷，她反正也沒啥優點好展示，繡花繡不好，燒火也燒不好，洗衣服太累，養養牛多好，沒事帶牠去山上溜溜，還能騎在背上玩呢，小孩子心性冒出來，她想著在夢裡都笑出聲，覺著突然多了一個小夥伴出來似的。

一眨眼就到十一月了，過年的氣氛越來越濃。

昨個兒姊弟三個去飛仙縣一趟採購了大量東西，趙氏也捨得了，讓買了好幾斤豬肉，杜小魚順便就拎了兩根大骨頭回來，還沒有喝過骨頭湯呢，正在長身體，可得需要這些，她以後可是想長高一點的，至少不能比杜黃花矮。

同時還買了寫對聯的大紅紙和鞭炮等等。

對聯嘛，自然是由杜文淵來寫，反正看看鎮上那些，也沒有寫得比他更漂亮的。

雖然是冬季，可她爹杜顯還是挺忙，一會兒存糧食，一會兒修田埂，一會兒又要給小麥施肥，好便利來年的春天。

「爹，您快去洗洗，臭死了。」一見杜顯回來不洗手就要來抱她，杜小魚趕緊讓過一邊，這兒的肥料還是經常會用到糞便，有時候吹得滿院子都是那種味兒，真是讓人受不了。說起這個，就不得不提廁所了，以後有時間她一定得改良改良，現在暫且湊合著吧。

「還嫌棄起爹來了。」杜顯點點她，但也聽話的去打水了。

杜小魚跑到灶邊。「姊，骨頭湯熬好沒啊？」

「就惦念著吃，這會兒都捨得下炕了。」杜黃花少不得嘲笑她，這段時間一直窩著，買了肉就知道下來了。

杜小魚只嘿嘿笑，聞著香味想流口水。

「就好了，妳快去整妳那什麼蘸料吧。」

所謂蘸料也就是大蒜末、香菜末、碎花生、醬油、鹽、還有麻油混合而成，還有幾種料不足，比如辣椒麵、花椒麵、高湯等等，不然可以弄得更好吃。杜小魚以前就喜歡燉肉湯，然後用肉蘸著這個吃，那叫一個下飯！她興沖沖地跑到砧板那邊，拿刀哐噹哐噹地剁起來。

等到她弄好的時候，杜黃花已經把飯菜都擺好。

杜小魚做的蘸水很受歡迎，都說肉變得有滋味多了，她自然很高興。

「姊，過幾天咱們去龐大叔家牽牛吧？」杜小魚喝著肉湯興致勃勃道。「我割了好幾捆草存著呢，現在就少個牛棚。」

「等妳爹有空搭個出來，要是明年收成好的話，再買幾頭羊養著。」趙氏接話，又問自個兒相公。「麥地裡都放了稻草沒，來不及的話下午我跟著一塊兒去，瞧這天冷的，我看就要下雪了，苗可凍不得。」他們家今年種了不少麥子，田地用麥子、水稻交替種的話可以變得肥沃點兒，提高收成，而這邊天氣也合適，不乾不旱的。

「倒用不著，就差一畝地了。」杜顯拍拍杜小魚的頭。「爹明兒給妳搭牛棚，」又道：「黃花，下午把後院那些木頭收拾收拾，看合適的堆到前面來，再搬些稻草備著。」

杜黃花應了聲，幫杜顯又盛了半碗飯，他吃完就出門去了。

下午趙氏去了吳大娘那邊，聽說她媳婦有喜了，馬上就得去飛仙縣。吳大娘的兒子做貨郎存了不少錢，去年在鎮上買了房子，本來也是要接吳大娘夫婦一起去的，結果他們捨不得家裡十幾畝地，也習慣村裡的生活就沒有肯，但這一去怕得要過完年才回來，所以兩個人少不得要多說會兒話。

杜小魚看杜黃花一個人忙得慌就主動負責刷碗，農村裡這點還是好的，柴火多，灶上一直捂著熱水，所以大冬天的洗碗也不覺得冷。

而杜文淵一般情況自然是不用幹活的，他主要任務就是唸書，趙氏心疼他房間離廚房遠，炕頭不夠熱，還專門給他屋裡添了個炭盆，說也方便下炕練練字。

杜小魚對此早就習慣了，在他們家，唸書大過天啊！

她刷完碗就去院子裡幫杜黃花搬稻草，估摸著杜顯是怕小牛冷，給拿來鋪棚子裡的。想想也是，這小牛也就一個多月就要離開自個兒娘了，大冬天的沒個依靠確實冷，就道：「姊，要不給小牛也弄件衣服穿穿？凍病了可不好了。」

杜黃花一聽就笑了。「妳當牠是個人啊，還穿衣服？」

「牠可是才生下來沒多久的小牛啊，姊，花了四兩銀子呢！妳就不怕真凍壞了？」杜小魚看看地上的稻草。「妳教教我怎麼把這些弄成衣服吧，鋪地上還不是遮不到牛身上。」家裡也是有幾件蓑衣的，下雨颳風的穿著可安全呢，要是小牛穿上件稻草衣服，估計也不會受凍了。

杜黃花想想也是，反正這妹妹成日的窩炕上，活動活動也好，就仔細教了會兒。見她學得差不多了，杜黃花就去後院整理木頭，等明兒給爹搭牛棚。

今兒還有些太陽，風也難得不大，杜小魚搬了張小凳子坐外面，一邊曬太陽一邊編衣服，正得趣的時候，聽到兩聲敲門聲，接著是磕磕巴巴的小女孩的聲音——

「小、小魚姊。」

不用猜就知道是周二丫了，聲音都那樣怯懦的。

杜小魚倒沒有想到她會來，這個怕生的性格，還以為得自個兒主動去她家找呢。

杜黃花在裡面聽到聲音，不知道來了什麼人便出來瞧瞧，見是周二丫，忙招呼她進來坐。

「還想不想吃麵啊？」杜小魚衝二丫笑。

周二丫下意識地嚥了下口水，頭卻搖著。「不，不用，吃好飯來的。」其實也就是水泡飯就著兩口鹹菜，好吃的全是家裡弟弟的，現在過了兩個多時辰早就餓了。

「不管，一起去吃吧，我正好也有點餓。」杜小魚拉她起來。「會燒火吧？今兒我煮麵。」

周二丫自是會燒火的，從四歲起就開始做家務，燒火是經常做的事。

兩人忙活了會兒，熱騰騰的肉湯麵出鍋了，杜小魚叫上杜黃花跟杜文淵，四個人都分吃了一點暖暖身子，之後周二丫就紅著臉結結巴巴說要刷碗。

知道她是想回報這頓飯，杜小魚就讓她洗了。

時間過得很快，眼看天慢慢黑了，周二丫也要回去了，杜小魚有點戀戀不捨，這個小女孩雖然話少，可人是極好的，假使每天都在一起，總有一日她也能活潑開心起來。

送她到門口，杜小魚道：「妳要閒著就經常來玩，我再煮麵給妳吃。」

周二丫不曉得說什麼好，她見著杜小魚姊弟三個其樂融融很是羨慕，可是在他們家，那是永遠都沒有出現過的畫面。她在身上摸索一陣，掏出個東西遞過來。「小魚姊，這個，送給妳。」

一顆豌豆般大小的橢圓形石頭躺在她手心裡，泛著微微的光，若是沒有看錯的話，那是顆紅寶石，杜小魚驚訝道：「妳怎麼會有這個？」

「我在田裡撿到的。」周二丫看她眼睛睜得老大，以為她喜歡，心裡也就高興了。

杜小魚沒有接，反問道：「妳沒給妳家裡人看嗎？」

周二丫搖搖頭，當時她撿到這顆石頭的時候可高興呢，正想要拿給她娘看，哪知剛進門就被狠狠罵了通，說她偷懶出去玩，說她不好好看著弟弟，劈頭就拍過來一巴掌，那巴掌打得好疼。可是那會兒她就是去追弟弟的，弟弟調皮到處亂跑，結果追著追著就不見了，誰料到回來他卻已經在家裡。

「小魚姊……」她吸吸鼻子，把手抬了抬。

是要她收下，杜小魚擺擺手。「這看著很值錢呢，我不能要。」

周二丫聽了，眼淚唰地一下就落下來了。

「妳別哭啊。」這孩子真能掉淚！杜小魚慌了手腳。「不要哭，這有啥好哭的，是不是……」

周二丫只管抹著眼睛，要多可憐有多可憐。

「唉，那我收下行了吧？快別哭了。」杜小魚忙把紅寶石接過來。「就當放我這兒了，妳什麼時候想要都可以拿回去。對了，妳家住哪兒啊，我也可以找妳去玩。」

周二丫指了指南邊。「我爹叫周大山，妳問人就知道了。」說完就高興地回去了。

田裡居然還能撿到這種值錢東西，杜小魚把紅寶石反覆地看了看，確信應是從哪個物件上掉下來的，也許是鑲得不牢，而寶石在這個時代很稀有，北董村隨便哪一家都不像買得起的，真是奇怪。

她想了會兒，然後小心翼翼放進荷包裡，存這兒也好，周二丫看著在家裡不受寵，指不定交到她父母手裡也沒她的好處，還不如給她保管著，這寶石用來做戒指應該很漂亮的，以後留著給二丫當嫁妝吧。

第十八章

晚上杜黃花在那邊繡鞋面，她則繼續研究布花。

經過一次次的試驗，發現蝴蝶花他們家的人都欣賞不了，後來就決定用比較具體形象化的布花，比如這朵玫瑰花，花了幾晚上的時間才做成的。布料是繪有梅花的粉紫色邊角，共有五十二片花瓣，全是她一手剪裁而成，真可謂嘔心瀝血之作！可還是有些歪扭歪扭的，要是杜黃花來做的話一定更加好。

「姊，這個怎麼樣？」她把花戴在頭上，露出個自以為千嬌百媚的笑。

杜黃花仔細看了看，反應很不熱烈。「還行。」

杜小魚一下子洩了氣，怎麼看這花還是可以的嘛，要知道冬天是沒有鮮花的，弄朵布花戴戴不也挺好。

也許是她姊不懂得欣賞，杜小魚自我鼓勵。

所以等到要去龐大叔家牽牛時，她毅然決然把那朵花戴上了。

小牛已經長得挺大，看到她們時哞哞的叫，杜小魚高興地走上幾步，才發現牠鼻子上已經被穿了個洞，牛都是要被穿鼻子的，不然不好控制。可她向來喜愛動物，仍不免有點心疼，輕輕摸摸小牛的頭表示了下安慰，至少在她手裡，小牛以後的日子會比別的牛好過一點。

兩個人牽著牛就要告別秦氏，秦氏卻盯著杜小魚看。「小魚，妳這頭上的花哪兒買的啊，咱村裡頭可沒見過。」

說到這個，杜小魚就來勁了，得意道：「是我自己做的，怎麼樣，好看不？」

「嗯，挺好的。」秦氏道。

得到別人肯定，杜小魚高興極了，衝著杜黃花道：「姊，妳看大嬸說好看呢，就妳不懂得欣賞！」

秦氏聽了抿著嘴笑，說道：「妳要多做些出來，趕明兒拿去我那小雜貨鋪裡去賣，那些婦人應該會喜歡的。」

原來秦氏還開了家雜貨鋪，難怪家裡環境不錯，杜小魚忙點頭。「好的，我回去就做，」她頓一頓又問：「大嬸，那妳預計這一朵能賣多少錢啊？」

這丫頭果然跟別的孩子不一樣，秦氏那會兒見識到她買牛的方法就已經發現了，笑著道：「這個可不好說，得賣了才知道，不過看妳布料挺漂亮的，一般能賣個兩文錢吧。」

杜小魚擰起了眉，辛辛苦苦幾晚上就只能得兩文錢？她有點兒不高興，不過想想等熟練了也許一晚上就能做出三、四朵，那麼一個月也能掙個兩百文左右。

這是純收入，秦氏這種精明的人肯定早就想好自個兒要收取的費用，所以才說兩文錢的，實質上該能賣個三文錢吧，杜小魚心想，這也罷了，到底秦氏是開鋪子的，每天上她那兒買東西的人多，這一點可比她自個兒擺攤有利得多了。

她就沒再說什麼，跟秦氏道別後跟著杜黃花回去了。

「小魚，這花還是別賣了，妳年紀小，小心弄壞了眼睛。」杜黃花在路上說道：「等二弟考上秀才了，我再跟娘說說，讓妳去唸書。」考上秀才就能上官辦的書館，而且聽說考得好每個月還發錢呢，那麼家裡就寬裕多了，給妹妹唸書應該不成問題。

看來她還沒有打消這個念頭，可杜小魚實在對唸書不感興趣，只要杜文淵隨便給她講解講解，什麼書她看不懂？根本不需要專門去學的，就說道：「我會小心保護眼睛的，姊自己也注意著點兒，沒事揉揉。」

每回提唸書她總是迴避，杜黃花有些生氣。「人家娃都想著唸書，偏妳不肯！」

「我沒二哥聰明嘛，姊，看我燒火都學不來呢，怎麼好唸書啊，我可不要去私塾被夫子罵！」杜小魚可憐兮兮的拉著杜黃花的衣角。「聽說有些夫子凶起來還要打人，姊，妳真捨得我被打罵啊？」

杜黃花好氣又好笑，她可看不出來這個妹妹哪兒不聽明了，反正說到唸書總能想各種各樣的理由出來，上回是說唸書累，這次又拿自個兒笨當藉口了。可被她拽著撒嬌實在無可奈何，也就沒再提了，反正二弟還沒考上呢，娘現在說什麼也不會同意的，就到時候再說吧。

剛把牛牽回家，杜小魚就急不可耐地抱著捆草出來放在棚子裡，見小牛低頭吃起來才放心，倒是真斷奶了，看起來也吃得香，她回頭又把那件編好的稻草衣服披在牛身上。

趙氏在旁邊哎喲一聲。「看這寶貝的，到時候捨得拿去耕地？」

「怎麼不捨得，別打牠就是了。」杜小魚拍拍牛背。「娘看牠多乖的，以後肯定聽話。」

趙氏聽著好笑，到底是小孩子，牛要是不打哪兒肯使力氣。

「對了，娘，秦大嬸說我這花好看呢！」杜小魚馬上又炫耀起她的布花來。「說叫我抽空多做一點，以後拿到她那家雜貨鋪去賣！」

「哦？」趙氏驚訝道：「妳這花兒還能賣錢？」這孩子瞎搗鼓搗鼓還每回都出人意料。見到那表情，知道她還是不欣賞，杜小魚嘟起嘴。「妳們都不識貨，還好有秦大嬸，哼，我這去做了！」賺到錢這回也不交給家裡了，自個兒藏起來當私房錢，誰讓他們都不看好的！她想著又高興起來，到時候用這筆錢買點材料，她還有好多種東西要慢慢試驗。

還生氣呢，這孩子，趙氏笑起來。「別急著走，剛才妳二哥的同窗來了，正在他屋裡呢，好像說是要送什麼書給妳，快去瞧瞧。」

應該是章卓予來了，杜小魚忙快步往裡面走。

門也沒關，她剛踏入門口就看到章卓予，他穿著身深藍色團紋的棉袍，戴著白色的書生巾，顯得極為清爽，個兒好像也比印象中拔高了點，見到她就露出溫和的笑容。

「聽妳二哥說去牽牛了？」章卓予道，眼前那臉紅撲撲的總是洋溢著歡樂，讓人心情不自覺就好起來。

「是啊，那小牛長得可壯呢，一會兒帶你去看。」杜小魚問：「我娘說你有東西給我，是不是借到書了？」

「是的。」章卓予指指屋裡的桌子。「放那兒了，我昨兒個好好看了下，還真挺難懂的。」

他們家裡不也種田的，怎麼會覺得難懂？杜小魚奇怪道，但仔細一想又明白了，這章卓予大概跟杜文淵一個樣，都是被寵得啥都不管只用唸書就行的，也難怪看不懂，哎，要是考不上秀才可怎麼辦啊！都說百無一用是書生，確實是有一點道理的，走不上仕途就等於完蛋。

她把書拿起來翻了幾頁，這書頁有些發黃，看來有幾個年頭了，但並不破舊，估計平日裡是沒什麼人看的。

章卓予哪裡知道她在想什麼，笑道：「不過有妳二哥在，妳肯定可以看得懂。」

杜小魚衝他笑笑。「嗯，我會好好看的，以後少不了麻煩你呢。」

「沒事，妳儘管找我借，反正我大舅家的書放著也是放著。」章卓予說著看了眼杜文淵。「其實今天還有件事要跟你們說的，」他頓了頓。「我大舅就只有我娘一個妹妹，我爹又不在了，所以他打算讓我們住他那兒，這幾天就要搬去飛仙縣，以後可能也不會回村裡了。」

杜文淵聽了點點頭。「你娘總是生病確實住縣裡好，那邊大夫的醫術也好些。」

「嗯，以後你們來飛仙縣，有什麼要幫忙的可以找我。」章卓予道：「不過，要是咱們都考上秀才的話，在同一個書館學習，倒也時常可以見面。」他也是童生，不過是今年考上的，也算很了不得了，才十歲，要是考上秀才的話，可是比杜文淵還年輕的秀才。

杜文淵很自信。「我自是可以的，你要好好用功。」

杜小魚瞟他一眼，這人還真是自大。

但章卓予似乎習以為常，笑道：「那是自然，我一會兒就回去看書了。」

「對了，你舅母有沒有說到底哪一天有空見我姊啊？」杜小魚時刻不忘這事。

「元宵節過後應該就有空的。」章卓予道：「到時候我來接你們吧。」

杜文淵這時道：「卓予，我曾聽你說過，你舅母收的弟子好像都要簽三年契約的是不是？」

還有這事？杜小魚心裡一驚，只聽章卓予認真的答道：「是的，我舅母說學蘇繡在乎專心，真要收做弟子了就得跟在我舅母身邊一心一意學習，比我們唸書還嚴格呢。近旁地方的還好一點，我看紅袖坊裡一些住得遠的姊姊，一年才回一次家門。」

不是吧！杜小魚無語了，那杜黃花要拜師成功了，不得去那邊三年？她過完年就十五歲了，學成豈不是要十八？在村裡可是老姑娘了啊！

幾個人又說了會兒話，杜小魚後來還真帶章卓予去看了下午，正當要送他出門的時候，天空飄起了雪，紛紛揚揚好似絨毛。

章卓予就忙著走，杜小魚道：「你等會兒。」說著回去取了件蓑衣過來。「穿上這個不冷，我娘說要是下雪了肯定會很大，你送書過來總不能讓你受涼了。」她踮起腳尖把蓑衣披在他身上，又仔仔細細給繫好帶子。

「行了，挺暖和的吧？」她笑著問。

雪光裡，他發現她瞳孔的顏色很淡很淡，像茶一樣，這麼想著，鼻尖恍若聞到茶香似的，章卓予怔了怔，方才笑道：「嗯，謝謝妳，小魚。」

目送他離開，杜小魚笑了笑，真是個很好的人，相處起來也輕鬆得很，二哥看來還是會交朋友的。

她想著轉過身正好看到杜文淵的背影，忙追了上去。

「二哥，我有事問你！」

「什麼事？」杜文淵回過身，淡淡道。

「剛才章卓予說的契約，你是不是早就想到這個了？」那會兒杜文淵讓她先不要告訴娘，可能就是因為這個原因。

杜文淵沒有否認。「是，娘要知道肯定不准。」

「那你還讓我去找章卓予？」杜小魚氣死了，這不是白費力氣！

「妳這就退縮了？」杜文淵挑起眉。「我一開始也不知道他舅母能不能看上姊的手藝，若是看不上，自然什麼也不用說。」

「問題是現在看上了，要是真收做弟子怎麼辦！」杜小魚瞪著他。「那我到底告不告訴姊呢？元宵節以後就能確認了，可要是姊成功了娘又不准，豈不是讓姊更加傷心？哎，可是娘那邊我怎麼勸啊？你又不是不知道，這兩年娘肯定是要把姊嫁出去的，上回還聽她跟吳大娘說起呢。」

她心裡像被潑了桶冷水，說不出的難過，她是多麼想實現杜黃花的願望啊，可是現實總是令人無奈。

「我知道妳心疼姊，所以上回才沒有攔妳。」杜文淵揉著她頭髮，聲音軟下來。「妳放心，這回說什麼我也會讓娘同意的，假使不行，我哪怕不去考秀才。」

「這可不行！」杜小魚急道。「拿這個去威脅娘，娘不得氣死！」

「打個比方而已。」杜文淵笑笑。「妳先去試試娘口風，咱們到時候再作打算。」

也只有這樣了，杜小魚悶悶不樂。

晚上在做布花的時候一句話都不說，杜黃花還以為章卓予他大舅母看不上她的手藝，學不成蘇繡，所以這個妹妹才不高興的。

「小魚，肚子餓不餓，我給妳煎兩個雞蛋吃吧。」她說著就要下炕。

「不用了，不餓。」杜小魚懶懶地回了聲。

「那蔥油餅呢，裡面放點鹹肉可好吃了，要不要？」

杜小魚擰了擰眉，平日裡晚上就怕她積食呢，現在怎麼反過來了，拚命地要給她做東西吃？她奇怪的看一眼杜黃花。「姊，妳怎回事啊？」

杜黃花就不說話了，看來這事真不成了，連好吃的都不要，她暗嘆一口氣，可惜讓妹妹難過，自個兒又安慰不了她。

不過杜小魚可不是那麼容易消沈的人，她很快就忘掉煩惱，投入到手頭那些布花當中去了。

「姊，妳看看，這些邊角料哪些是好的，哪些是普通的，幫我整理一下，好不好？」對於料子，杜黃花比她懂得多，她屬於那種只憑感覺來判斷好壞的，根本不曉得到底是什麼材料，比如綢啊、綾啊、緞子啊、絹啊、還有綃等等，而這些種類中間還得分個好壞，其實是很複雜的。

看她一會兒自己好了，杜黃花也放下心，專心地給她分類。

很快那些邊角料就分成了好多堆，杜小魚又在此基礎上按顏色又分了好幾種出來。

杜黃花在旁邊看了也不知道她在想什麼，但這小丫頭的做法她已經習慣了，不用說，肯定是跟賺錢有關的。

這雪足足下了兩天，到現在都沒有停，一眼望去白茫茫一片，什麼都看不見，只有鵝毛般的雪花不停地飄落下來，覆蓋在厚厚的雪地上。

在南方這是很少見的，杜小魚試著走幾步，才發現雪都要埋過自個兒小腿肚，臉也要凍僵了，堆雪人的心立刻消失得一乾二淨，忙跑回來，轉身回屋就上了炕頭。中間惦念著小牛出去看了下，給牠餵了點豆料，之後就一直沒有下過床。

下午杜黃花進屋來了，笑著道：「爹打了野雞、野兔回來呢！」

一聽這新鮮玩意兒，杜小魚立馬下了炕頭。

跑到堂屋，果然見地上有三隻顏色鮮豔的野雞，還有隻野兔子，頓時不高興起來。「怎都不喊我呢，不然我也去。」

杜顯笑道：「那麼冷，喊妳幹什麼，凍傷了怎麼辦？」又把一個竹簍子遞過來。「瞧，看看給妳帶什麼了。」

杜小魚湊過去一看，差點跳起來。「小兔子！」

「拿著玩罷。」

趙氏皺眉道：「看著還在吃奶呢，這麼冷怕是養不活。」

杜小魚卻很驚喜，她前世就養過兔子，最是熟悉不過，忙去翻了簸箕出來，又拿點稻草墊在上面，把四隻兔子放了進去。「我養養看，娘您別扔啊！」又蹲下來把牠們逐個翻開嘴巴看，還好，都長了牙了，吃草應該沒問題。

她現在要餵牛存了不少草，便揀了些細的、嫩的拿來，見小兔子肯吃這才放下心。

「他爹，那野兔子和兩隻野雞我一會兒醃了，趕明兒送一隻給龐家。」趙氏見她起勁呢，也就不管了，端著碗赤豆揀，扔了不少壞的出來。

杜小魚見她一會兒揀赤豆、一會兒揀花生的，便問道：「娘是要燒什麼吃啊，弄這些東西？」

「這孩子，過幾天就是臘八了，不得喝粥啊？」趙氏瞥她一眼。「看妳也閒著，來，給我挑挑小米。」

原來是要吃臘八粥了啊，杜小魚咕咚嚥了下口水，忙屁顛顛地去揀米，又道：「娘，多放點糯米啊，還有紅棗。」她就喜歡糯米這種軟糯糯的感覺，要是可以，最好是甜的，不過這地方似乎吃鹹的居多。

「紅棗可是甜的。」果然，趙氏奇怪了。

「甜的也好吃嘛。」杜小魚笑嘻嘻道：「娘做兩個味道好了，一個甜、一個鹹，愛吃哪種是哪種，好不好？最多我幫著揀嘍。」

「哎，依妳了。」大過年的反正總得讓孩子吃好，趙氏也沒有反對，接著就跟杜顯說起話來。「老李頭那邊怎麼就沒動靜了，說是秋收後把田交出來的，現在都得過年了，過幾天雪停了咱們得去看看。上回遇到，他說是有些要緊的事，我總覺著不對勁。」

「老李頭那麼老實的，妳怕什麼。」杜顯不以為然。

「人心隔著肚皮，誰知道？」趙氏揚起眉。「反正我是要去瞧瞧的，你不肯，我自個兒去！」

「哎，我去就是了。」杜顯忙道，又說到龐勇家的事。「那龐誠過完年要十八了，我看龐老哥也是急得很，他們家就一個獨子，妳看要不要跟吳大姊說說，讓留意個好的，也算幫幫龐老哥的忙。」

「你可別摻和這事。」趙氏打斷他。「要是找了個不中意的，指不定還得怪在咱們頭上呢，倒不是說龐老哥，他是人好的。」

那自然指的是秦氏了，杜小魚也贊成她娘的話，雖然龐勇跟他兒子人都不錯，可有秦氏這樣的人在，很有可能就好心辦壞事。

兩個人說了會兒，等到杜顯把野雞洗乾淨，趙氏就準備開燒了。

杜小魚少不得在旁邊指手畫腳，趙氏也習慣了她那饞樣兒，有時候覺得對的意見也採納，這野雞就用了隔水清蒸的辦法。

先洗淨斷生（注），蔥薑拍好，野雞內外都用鹽均勻抹了，再澆點黃酒跟一丁點醬油，就入籠開蒸，大約兩個時辰後就可以吃了。

晚上一家子圍坐著吃吃笑笑，滿屋飄香。

純天然野味果然不一樣啊，就原味煮煮都是鮮美得不得了，杜小魚那頓吃了兩碗飯，撐得慌，早早地就上炕睡覺了。

注：斷生，意指原料烹製到剛熟而未熟透的狀態。多是對質地鮮嫩的原料在烹製時的火候要求。

第十九章

大雪又下了一日才停，杜小魚起來的時候，院門口已經堆了幾大堆的雪，而她爹還在一個勁兒的鏟呢。

她照例先去餵牛，接著去看了下四隻兔子，怕晚上冷都是擺在灶頭的，還有點暖意捂著不至於凍死，而簸箕也換成了大竹簍，這樣不會跑出來。

趙氏已經在下麵條，叫她喊杜文淵一起來吃，他們夫婦倆跟杜黃花早早地就起來，幹活都幹了一陣了，自然已經用過飯。

「二哥，你昨晚看很晚啊？」見他打著呵欠，杜小魚瞅瞅他。

「嗯。」杜文淵也不多話，端起碗就大口吃起來。

看來還真用功上了，杜小魚心想，這院試就在明年二月，他雖表現得自信，但心裡也還是緊張得很。

「他爹，你那邊弄好了咱們就去老李頭那兒。」這時趙氏說道，她已經憂心了幾晚上，說什麼也得去看看，不能再等著老李頭主動上門了。

杜小魚聞言趕緊把麵條往嘴裡塞，等到杜顯弄好的時候她也把自個兒收拾乾淨，跟著就要一起去，趙氏見她上回下雪天也沒犯病就同意了。

一路上白雪覆地，家家戶戶都在門前路上打掃，有認識的就招呼一聲，有句農諺說瑞雪兆豐年，農民們臉上都洋溢著笑容，想必心裡也都是這麼想的吧，來年或許真是豐收之年呢！

而杜小魚雖看著雪景，其實心裡頭卻在琢磨著一件事，她一直想試探趙氏對於杜黃花學蘇繡的態度，此刻大姊正好不在倒是最合適的，她想著就起了話頭。

「娘，上回我跟姊姊去百繡房看到好幾幅漂亮的繡件呢，姊說是什麼蘇繡，娘知不知道是啥東西啊？」

趙氏都沒聽清，只嗯了聲，明顯心不在焉的。

杜顯倒接話了。「咱們這兒繡魯繡的多，蘇繡是蘇州那邊傳來的，少見得很。」

沒想到她爹居然也懂一點，杜小魚眼睛一轉道：「那姊要是學蘇繡好不好？聽說很賺錢呢，那些官太太小姐們都喜歡買，一幅就得幾兩銀子。」

「好當然好，不過教這個的師父太少了。」

看來他是沒有意見的，杜小魚放了心，卻聽趙氏在旁邊哼了聲。「學這個有什麼好的，現在家裡是有點困難才讓妳姊給繡房繡東西，女兒家稍微懂一點能繡個衣服、帕子就行，最重要還是相夫教子，哪兒用得著專門去學這些？整日盯著不得把眼睛都弄瞎了！」

杜小魚一愣，這都沒提三年時間呢，居然就反對上了，看來阻力不是一般的大。她問道：「那姊要是喜歡學呢，娘准不准？」

趙氏皺了皺眉，也不知道這小女兒怎麼就認真起來了，便說道：「也得有人看得上，可不是誰都能學的。」

「那真要有人看上姊呢，娘准不准？」她繼續問。

趙氏一時有些發怔，忽地道：「可是妳姊跟妳說的？」

這下輪到杜小魚怔住了，忙搖搖頭。「當然不是，」她嘿嘿笑，收斂起剛才的咄咄逼人。「只是突然想到的。」

「哎，小孩子想這麼多。」杜顯拍拍她的頭。「妳這小腦袋瓜裡不知道裝了多少東西，妳姊要真想學自個兒會來說的，用得著妳想這想那的啊？」

杜黃花會來說才怪了！杜小魚忍不住嘀咕，這爹娘也太不瞭解自家孩子了！

三人說話間就到了老李頭家，院門開著，他們正想進去的時候，誰料裡面就走出個人，兩相一打照面，杜小魚立時厭惡地皺起眉，她怎麼會在這兒？還從來沒聽爹娘說過邱氏跟老李頭家是有來往的，這到底怎回事？

邱氏卻笑得得意，像是一隻餓狼逮到了小綿羊似的。「是來拿田的吧？可惜嘍，這田現在是我的了！你們打哪兒來就滾哪兒去吧！」

「妳說什麼？」趙氏大驚。

杜顯跟杜小魚也愣在那兒，這事情實在出乎他們的意料，怎麼也想不到買個田還能跟邱氏扯上關係！

邱氏把手裡契約一甩。「看到沒有，才訂下的，這田沒你們家的分了！」

趙氏當然不相信，快步走進院子，高聲喊道：「老李，你在不在屋裡！老李，你給我出來！」

老李頭應聲而出，一見是趙氏跟杜顯，差點摔倒在地，忙往後退了兩步，搖著手道：「杜老弟，大妹子，你們聽我說啊，可不要動氣……」

他這麼說顯然是肯定了邱氏剛才的說法，杜顯氣得頰邊肌肉直跳，哪還聽得進他講話，衝上去就抓住他道：「你真把田賣給她了？我們可是交了定金的啊！」

「是，啊，不是，是……」老李頭語無倫次，一張胖臉上的肉抖個不停，怎麼也解釋不清楚，這時屋裡一聲冷笑走出個矮個兒黑皮膚的婦人，指著杜顯跟趙氏一通罵。「還有臉吵上門來了？欺負我爹老實是不是？別個家良田都是賣五兩銀子的，你們卻好意思騙我爹賣四兩銀子，呸，實在是不要臉！幸好被我知道了，現在居然還敢上門來嚷嚷，滾，還不給我滾！」

趙氏聞言渾身發抖，瞪著老李頭道：「你倒是跟你閨女說說清楚，可是我們騙你賣了？」

「不，不是，是我要賣的……」老李頭可憐兮兮的看著他女兒。「杜老弟跟我也是好幾年交情了，女兒……」

「你給我閉嘴！」那婦人喝道。「就指著貪你便宜呢，真當他們跟你好？也只有你才會上當！」

真是個不孝女，還說是接她爹去享福的，怎麼看都不像啊！杜小魚直搖頭，插嘴道：「娘，不是說什麼咱們寫了文書按手印的嗎？」

一語驚醒夢中人，趙氏道：「老李頭，這契約可不是你們想不承認就不承認的，咱們都請了證人，按了手印，你怎麼能再賣給別人？」

「娘子說的是，老李頭，你要還念著這些好就把田拿出來，否則別怪咱們把你告上衙門！」杜顯也高聲喝道。

「哎喲，還記著那契約呢。」誰料邱氏毫不害怕，冷笑道：「倒是忘了說了，上回你們跟他訂的契約根本就不作數，一來有欺詐嫌疑，比旁的良田低了一兩銀子；二來，這老李頭當日根本就是喝了酒的，公證人也都承認了，說老李頭當時糊裡糊塗，分明就是你們趁他不清楚才訂了契約，怎麼還能算數呢？」

趙氏臉色一下變得煞白，嘴唇都抖了，指著邱氏道：「妳，妳真夠毒的！」

邱氏看著她這個樣兒心裡別提多痛快，誰讓他們家嫌棄她兒子，杜黃花又是什麼東西也配回絕她兒子？現在可知道厲害了！她聳著肩冷笑，把手裡杜家的契約撕得粉碎扔在地上，目光狠辣如獸。「要跟我鬥，這東西就是你們的下場！」

趙氏整個人僵住，杜顯看自家娘子氣成那個樣，伸手就要去打邱氏，杜小魚忙扯住他。

「爹，真打到了她又得耍賴了，指不定告咱們傷人呢！」他們家可沒有村官也沒有衙門裡的人，打人討不到任何好處，還會被人抓住把柄。

趙氏這時慢慢轉過身道：「走，咱們回去。」聲音裡藏不住的悲與恨。

「定金呢，那把咱們的定金還來！」杜小魚不走，衝那婦人喝道。

「拿去。」那婦人一臉不屑地把銀子扔在地上。

杜小魚蹲下身把銀子拾起來，邱氏剛才說的話無懈可擊，那證人肯定都被買通了，而老李頭看樣子也是聽他女兒話的，因此這事就算上衙門也是無濟於事。形勢不如人有時候便只能忍！

她深深吸一口氣，但心裡的憤怒卻難以遮掩。「娘，良田罷了，咱們去別家買就是，我還嫌棄他們的田骯髒呢！一個是說話不算話的，一個是不說人話、不忠不孝的東西，這些人種出來的田能好嗎？指不定什麼髒東西都有！趕明兒就荒了！」

杜顯聽得解氣。「就是，咱們還不要了，村裡田多得是，這家不賣自有別家賣。」他說著伸手攬住趙氏的肩膀。

感受到身邊人的鼓勵，趙氏直起腰，點點頭。「說的是，什麼人配什麼田，咱們也別在這兒沾惹到晦氣了！」

三個人互相看一眼，臉上都露出笑來，手牽手地往前走去。

邱氏本還高興呢，可轉眼間這家子人看著又啥事都沒有了，頓時恨得牙癢癢，聽到他們又要買田，她在身後高聲叫道：「我告訴你們，在北董村你們休想再買田了，不信試試看！得罪我，我叫你們一輩子都後悔！」

這些天杜顯都在忙著去別家買田的事，好幾回喜氣洋洋的回來說事成了，可要到訂契約時人家偏又反悔，一來二去，傻子都猜得出來那都是邱氏在背後搗的鬼。為此趙氏整日陰沈著臉，看不到一丁點笑顏，那麼家裡人自然也都跟著高興不起來。

杜小魚窩在房裡也是心事重重，其實邱氏的手段並不高明，她之所以能控制那些賣田者，一來是因為她手裡有銀子，只要比他們家出得多，誰都貪錢當然願意自個兒的田可以賣個高價；二來就是村長的緣故了，村長是整個村裡最大的，誰都不想得罪，那麼最後又怎麼可能把田賣給他們杜家嘛。

但她娘心心念念就想著多幾畝良田，如今被邱氏一手毀了，那是絕不能善罷甘休的。

可要怎麼回擊呢？她趴在床頭，胡亂翻著手裡的《齊民要術》，卻見杜文淵走了進來。

「看得懂嗎？」他坐到床頭問。

「不太懂。」杜小魚正愁沒人說話，拉拉他道：「你上炕給我講，下面太冷了。」

杜文淵就脫了鞋子，兩個人窩一個被窩裡。

「這兒吧，你看看是不是說肥料的事。」杜小魚在之前確實看了會兒，指著其中幾行字「凡美田之法，綠豆為上，小豆、胡麻次之……」，她撇著嘴道：「要是不用糞便就好了，二哥，你也覺得臭吧？那風得吹一天才散掉，夏天更恐怖了，要是用這些做肥料多好啊。」

杜文淵聽了笑。「都不讓妳弄還嫌臭呢，那要讓妳種田可不是要鬧翻了？」

「我才不挑大糞！打死我也不挑！」杜小魚把頭搖得跟博浪鼓似的。

「好，好，又沒真讓妳去挑糞。」杜文淵低頭看那段文字，過了會兒解釋道：「看來糞真是很好的，咱們家荒田就要用這個才能肥得起來，妳下回別喊臭了，知道不？要是有良田了，倒是可以用別的，綠豆、小豆、油菜、蘿蔔、大麥等都行，還有雜肥、魚腥水、稻糠啊、蠶沙，這些是用來種植果樹的……」

他講了一大通，杜小魚本還在煩心，後來就專注起來，聽得連連點頭，突然道：「等會兒，我拿枝筆記下來。」古文看起來真的累，幸好身邊有個古人翻譯，聽他講就清楚多了。

見她認認真真記了，杜文淵伸手捏捏她的臉，問：「這麼用功，妳將來想當個地主婆不成？」

「不當這個還能當什麼，我又不能考秀才。」杜小魚隨口道：「再說本來就在村裡頭，不就得靠田吃飯嘛。」

「靠田能幹什麼?」杜文淵臉色忽地冷下來。「咱們家就算有再多的田,能鬥得過村長嗎?」

原來他也是有怨氣的,杜小魚倒是很高興,這個二哥平常總是顯得很平靜,難得會在她面前表現出來,她笑道:「那可不是要靠二哥你嗎?要是二哥當上官了,村長見到你都得三叩四拜的,哪還有膽子欺負咱們,是不是?」

「當官?」杜文淵沈默會兒,輕嘆聲。「那還遠得很。」就算他真的有實力,可科舉每三年才一回,最少也得六、七年之後,那是段很長的時間。

杜小魚想想也是,確實還很遠,說當官這樣的夢想還不如先解決眼前的困難,她坐正道:「二哥有沒有什麼辦法?那邱氏實在太可惡了,咱們可不能讓她繼續下去,聽爹說,她現在可得意了,消息都放村裡了,若是我們家要買田,她都會比我們多出一兩銀子。」

「爹什麼時候說的?」杜文淵聽了眼睛一亮。

杜小魚撓撓頭。「剛才跟姊在外頭說的。」她其實是偷聽到的,杜顯怕他娘子聽了更加惱火,氣得傷身子,所以才把杜黃花拉到院子裡商量,結果就被她聽見了。

「這樣倒是更好。」杜文淵嘴角勾了下。「妳說,要是咱們出九兩銀子的話,她是不是肯定會出十兩?」

「那當然!」這個問題杜小魚都不用想,這邱氏顯然是瘋了,以本傷人,估計前兩回討不了好讓她憋出內傷來了,就想趁這次好好報仇呢!不過說來也可笑,就算他們買不成田又如何?總不會餓肚子的,大不了存著買其他東西罷了,也就是心裡一口氣出不掉難受,尤其是她娘趙氏。

「也不知道村裡還有誰家要賣田的。」

這句話有點突兀，杜小魚抬頭看看他。「還要買田啊，那不是自找……」她說著心裡一動，但見杜文淵含笑的目光，忽地就懂了，一下子從炕上蹦起來。「這個法子好，我這就去跟娘說。」

杜文淵拉住她。「急什麼，還沒想仔細。」

杜小魚就坐回來，兩人湊一處講了好久的話，杜黃花回屋時他們都沒察覺。

「兩人說啥呢？」杜黃花道：「二弟，爹有話跟你說，在堂屋等著呢。」

正好，杜文淵就下炕過去了。

見妹妹笑嘻嘻的，杜黃花皺起眉。「有什麼好事啊，那麼高興？」

「明兒妳就知道了。」她挪到床尾把那幾堆邊角料拿過來。「姊，妳看看怎麼配色，妳眼光好，給我挑挑，每兩種放一起就行。」

看來又要做什麼不一樣的布花了，杜黃花坐下來給她認真的挑揀，杜小魚在旁邊繼續看書，不知不覺夜就深了。

第二十章

第二日起床果然見家裡氣氛不一樣，趙氏終於露出笑臉來。

「他爹，你一會兒帶文淵去龐老哥家，跟他們商量商量怎麼弄，他娘子認識的人多，總有合適的。」趙氏嘆口氣。「哎，可惜吳大姊不在，不然就容易多了。」其實也可以等到過完年的，但她實在是氣夠了，就想扳回來。

只杜黃花聽得一頭霧水，趙氏朝她招招手，兩人就去廚房了，很快就從裡面傳來歡聲笑語。

這次功勞可都是二哥的，誰讓她年紀小呢，總不能讓她去跟別人商量這種事，杜小魚嘆著氣去看四隻小兔子去了。

毛茸茸像小圓球似的，耳朵尖尖很有精神，因為冷四隻都擠在一起，她手指伸進去點點牠們的鼻子，雖然真的可愛，不過她養牠們可不是為了玩，而是因為兔子有很高的經濟價值，像這種野兔，一般都是食用的，也有專門靠毛皮賺錢的，還有她以前養的寵物兔，總之兔子的品種很多。

而且最大的特點是繁殖快，兔子六個月就成年，一年差不多要生十窩，當然，這些暫時只能想想，還不曉得這邊兔子有沒有市場呢。

快到午時的時候，杜顯父子倆才回來。

趙氏忙上去問：「怎麼樣？有沒有合適的？」

「倒是有幾家合適的。」杜顯坐下來喝了幾口水道：「都是秦家娘子比較熟的，村東邊的白家、西邊的張家，還有洪娘子家也要賣掉幾畝田……」

「洪娘子倒是行，她跟邱氏不是有仇嗎？上回因著邱氏的牛把田踩得亂七八糟的事，兩人還打起來了……」趙氏道：「要是知道能折騰到邱氏，肯定高興。」

杜小魚暗地搖頭，這個娘是氣過頭了，連洪娘子都想聯手，也不怕到時候甩不掉。

她正要說話，杜文淵這時道：「洪娘子不行，得一回肯定就暴露了，少不得要去氣氣邱氏，那咱們得少賺好些銀子。」

這話說得有理，洪娘子那暴躁脾氣是藏不住事的，肯定不能找她，趙氏想想很對，便點點頭，後來經過討論，一家子決定就選張家了。張家夫婦就一個女兒，已經嫁人，兩個人都是本分的，不過張家的田挨著邱氏家，兩家人總有一些碰撞，每回都是張家忍著，所以這是個報仇的機會，而他們賣掉田就不會再回村裡，十分安全。

還有另外很重要的一點就是，邱氏肯定不願意看見杜顯家的田就在他們家旁邊，她本來就想壓著他們不給買田，要是成了豈不是自個兒打自個兒耳光，所以說什麼也會阻止的。

計劃商定後，趙氏下午就跟秦氏去找張家了。

張家自在北董村扎根也經歷了好幾代，良田積累不少，但自家有三個弟兄，祖父、祖母過世後就分家了，各自得十五畝良田，不過其他兩個哥哥早在幾年前就已經賣了土地出外發展，最小的叫張仁，一直留在村裡，也就是杜顯他們要去找的那家人。

事情發展得很順利，邱氏那邊很快就得到消息，說杜顯家已經跟張仁說好要買其中四畝地，每畝出五兩銀子，過幾日就去訂契約。她自然不甘心，聲勢鬧那麼大，無非是想讓人看看杜家是如何窩囊，如何被她踩在腳底下的，真要被他們成了，她臉面何存？當下就急吼吼地去找張仁，威脅他不准賣。

可人都有氣性，張家被她欺負了這些年，現在都要離開村子了又豈會買帳，自然是不肯，哪怕把村長搬出來也對她置之不理。

邱氏就只有使出最後一招，出錢自己買！反正良田不嫌多，又是挨著她家的，買下來沒有任何壞處，最後拍板成交，她花了二十四兩銀子買了四畝地。但她不知道的是，這只是第一步。

很快，便又有消息傳出來，說杜顯氣不過，怎麼也得給家裡扳回面子，願意多出一兩銀子，也就是每畝六兩銀子的價再從張家那裡買五畝地，邱氏當然還是要壓著他的，結果她用二十五兩銀子換來了五畝地。一而再，再而三，第三次，她花了四十八兩銀子買下了張家的最後六畝地。

她勝利了，杜家一畝地都沒有買到！

邱氏得意忘形，居然還拿著田契跑杜家炫耀了一回，不過被杜顯拿掃帚打了出來。

杜小魚都笑痛了肚子，仔細算算，邱氏前前後後共花了一百零七兩才買到十五畝良田，而這些田若是按正常的價格來算，其實只要七十五兩。

見者有分，二兩銀子分給了秦氏，剩下的三十兩銀子，張家跟他們家一人一半。

趙氏看著白花花的銀子都不敢相信自個兒的眼睛，錢有時候來得真容易啊！這時候她的氣早就消掉了，四畝良田就算種一年最多也就賺個三、四兩銀子，而他們故弄玄虛，唬哢唬哢邱氏居然也能賺到錢，那麼暫時買不到田算什麼？有銀子了那是早晚的事。

這日，杜小魚拿著個大白饅頭在啃，見趙氏在餵雞就走過去，準備試探上回沒有完成的事。還是關於杜黃花的，若是趙氏鬆口，她立馬就可以去告訴她姊了。

「娘，上次說到……」

誰料還沒說完，就見她爹急匆匆走過來。「白家那當家的倒是不錯，一聽我們想請他堂哥作保，立刻就答應了，說文淵是有出息的，他表哥肯定願意，我就請了後天來吃飯。他娘，妳看看買些什麼招待招待？幸好上回打到隻野兔子，有個下酒菜了，再割點臘肉……」

「那野兔子才醃多久啊，沒入味呢，」趙氏打斷他，仔細問道：「他那堂哥真是廩生（注）？以前也沒聽說過啊。」

「當然是真的，只不過沒有像劉夫子那樣教書，後來去跟人學手藝了，年紀又大，別人記不得也是正常的。」杜顯嘆口氣。「咱們村裡秀才本來就少，要不是得罪劉家，也不會平白失了給文淵作保的，還好那日去張家時聽秦娘子提起，不然等年後再找人指不定就晚了。」

「既是確認了，那自是要請的。」趙氏點點頭，看看雞棚。「我看到時候宰隻雞，總不能虧待人家。」

「也好，妳看著辦吧。」杜顯說著就出去了。「我得把那些農具修整修整。」

杜小魚聽懂了一些意思，原來考秀才還要人作保，而以前是劉夫子作保的，現在肯定要換人，他們貌似是找了白家的什麼親戚。但這麼一耽擱就把原本要說的話給忘掉了，等到想起來的時候，趙氏早就去了院子裡。

杜小魚也就想著再緩緩，她手頭還有布花的事情要解決，這些天也做了不少，共存了五十來朵了。

第二日她就讓杜黃花帶著去找秦氏，還提出先去那個小雜貨鋪看看。

秦氏的小雜貨鋪在村頭，人來人往最是多，還有好些擺攤的，基本屬於物物交換，是村民之間互補需求最便利的方法。

「黃花、小魚，妳們兩個怎來了？」秦氏看到她們兩個出現在鋪子裡很驚訝，平常她自個兒是不太來的，都交給娘家的小表弟打理，每月給點工錢。

從這看得出來，她是個喜歡享受的人，杜小魚答道：「我的布花都做好了。」

「哦，是這樣，來，都進來吧，小鵬，你在外頭好好看著。」秦氏把她們兩人引進了裡面一個小間。

剛才杜小魚隨便打量了下，發現這小雜貨鋪賣的東西還真多，什麼都有，上到燒飯用的醬醋香料，下到身上穿的布疋，還有農具、繩子、胭脂、小零食、首飾等應有盡有，就跟個小超市一樣，不禁感慨，這秦氏的腦袋瓜還真是靈活得很呢。

見杜小魚把一兜布花拿出來，秦氏眼睛一亮。「好漂亮啊，是不是妳姊幫著做了？」

「嗯，姊給挑了顏色。」杜小魚道。

「好，我這就拿出去賣，可說好了，兩文錢一朵哦。」

「等等。」杜小魚叫住她。「大嬸，您難道沒發現這些花都不一樣嗎？不管是顏色還是料

注：廩生，又稱廩膳生，可自公家領取廩米津貼，謂之廩保，其定額甚嚴，每年都要考列三等，通過考試才能保有食廩資格，故為諸生之首，在地方上有一定的地位，童子應試，必須由該縣的廩生保送，乃得入場。

子，都是有好的跟不好的之分，您瞧這個，這布料是一般的棉布，顏色也是普通的藍色，這種就應該只賣一文錢，而這個，」她挑了一朵出來。「這個可是綢做的，顏色也配得好，有白色有淡黃色，看著就很清雅，是不是？所以，這個怎麼也得賣三文錢一朵，還有這個……」

聽她一通話，就算精明如秦氏也瞪大了眼睛，小小布花竟被她分成五等，有一文錢的也有五文錢的，可見心思之細！

「大嬸，到時候有人來買花可記得好好說下，這布料好壞差別很大，價錢也是一樣有差別。」杜小魚又叮囑一句，就跟村裡頭一樣，有富人家，也有窮人家，而這其中可不止分五等。

正因為如此，很多人才喜歡比來比去，無非也就是想爭個上等，那麼上等人自然是想買上等花的。

秦氏聽她一番話後，眉開眼笑。「這主意不錯，妳這娃倒是個做買賣的料，以後到我這鋪子裡來怎樣啊？工錢肯定不虧妳的。」她那娘家小表弟嘴巴笨拙，要不是她娘好說歹說，也不會將就用了，等以後開第二家鋪子，總要用個能說會道的。

杜小魚還沒回答，杜黃花插嘴道：「那可不行，我妹妹以後還要唸書呢。」

秦氏一愣，心道女兒家家還唸書，這杜家倒是捨得把錢往水缸裡砸，虧得以前還經常來家裡借這借那，敢情也沒有那麼窮啊！

三個人正說著話，就聽有幾個人進鋪子來買東西了。

「這疋布拿來給我瞧瞧。」一聲音頗為粗啞，是個老婦人。

旁邊立即就有人笑道：「江大姊，妳是該做身新衣服了，聽說你們家一下子買了十五畝地，別家可沒有這麼大手筆啊，來年豐收可不得賺好些銀子。」
「賺個屁！」那老婦人怒道：「我們家那敗家的就知道亂花銀子，十五畝地妳可曉得花了多少啊？花了一百多兩啊！就靠著這些地賺幾年都賺不回來，哎喲，真是氣死我了！早知道那會兒死也不能要她做兒媳啊，唉，這爛婆娘！唉，成天欺負我兒子不夠，還想把家給敗光了！」
杜小魚聽得差點笑出聲，在外頭的原來是邱氏的婆婆江氏，聽起來似乎對邱氏極為不滿。旁邊的婦人立刻報以同情。「妳這兒媳確實不像話啊，怎不讓妳兒子休了她？」
老婦人回不上來了，有村長撐腰，她那窩囊兒子敢休妻才怪，也就只能不停地咒罵邱氏，過過乾癮。
而其他幾個婦人也是閒著無事，附和兩句也各自說起自家的齷齪事來，到激憤處，那是髒話滿天飛，沒有什麼說不出口的。杜小魚實在聽不下去，反正布花的事情已經說清楚，就跟秦氏告別同杜黃花回去了。
第二日白家果然來人，不過除了那秀才堂哥白士宏外，白家還來了三個人，當家人白士英，他娘子崔氏，另外還有他們家小女兒白蓮花。
杜顯老早就在外面等著，見人來了忙喊趙氏一起過來迎接，端茶倒水，極為熱情。
「這回可要麻煩白老哥了。」杜顯衝他拱拱手。
白士宏長得不高不矮，人很瘦，頭髮花白，但看起來很精神，一聽就擼了下短鬚。「杜老弟客氣了，都是村裡人有什麼麻煩的，你們家文淵可是咱們村最小的童生，能給他作保求之不得呢！以後要考上個舉人可就是沾光了，說起來也算是半個老師。」

杜小魚聽著皺起眉，這話還真直白，作個保就想當人老師，將來二哥考上功名，可不得回來謝師恩？跑這一趟真不冤枉啊！

「哎喲，這可不敢說。」趙氏接了口。「現在考個秀才還不知道能不能成呢，舉人啊，咱們是想都不敢想！」輕鬆間就把話給岔開了。

白士宏也不惱，端起茶喝了口。

崔氏笑道：「早就聽說你們家兒子聰明，是不是這會兒還在唸書呢？」她轉頭拍拍白蓮花的頭。「我這女兒啊成天在家就待不住，本來還想送出去跟人學蘇繡的，結果沒學兩天就跑回來了，哎，真是氣得我飯都吃不下，一會兒可要跟妳兒子好好學學，正好比我家蓮花大一歲，認個哥哥可不正好。」

白蓮花長得像她娘，個子矮矮的，嬌小玲瓏，容顏也算不錯，笑起來有一個酒窩。

杜小魚倒不討厭她，不過這次是請人作保，把自家女兒帶來總覺得有點怪。

趙氏卻暗地撇撇嘴，說什麼學蘇繡跑回來，分明是人家嫌她手藝差給趕走的，這崔氏說起謊話來還真是臉不紅、心不跳，不過這小事也算不得什麼，她笑了笑。「蓮花長得真漂亮，小魚，妳不是老說沒人陪著玩嘛，一會兒帶蓮花姊四處瞧瞧，不是還養了兔子的，去看看吧。」又解釋一句。「這二月就要院試了，我那兒子都不太出房，現在是去打酒了很快就回來。」

「唸書也是苦啊。」崔氏也嘆一聲，表示理解。

趙氏便讓杜顯陪著他們講話，她喊上杜黃花去準備午飯了。

杜小魚帶著白蓮花看兔子。

「這野兔子怎麼抓來的？」白蓮花很新奇，她以前看到的野兔子都是死的，活的野兔子還是頭一回見。

「下雪天抓來的。」杜小魚把兔子抓出來，順便打掃了一下地面，這兔子吃得多拉得也多，幸好便便是小球體很容易清理，要是野雞的話可就不能養屋裡了。

白蓮花歪著頭摸摸牠們。「我在鎮上看見的兔子比牠們好看，白白的，紅眼睛，不像這個灰不溜秋的。」

杜小魚一愣，忙道：「妳在鎮上哪兒看到的？」

「集市啊，有時候會有人來賣的，都是賣給人家太太小姐玩的，可乾淨呢，抱著也乖。」她說著癟癟嘴。「不過挺貴的，要兩百文一隻呢！我讓娘買一隻給我，她就是不肯。」

還真的挺貴，不過大白兔這種兔子原不是中國所有，而是從外國引進的，比起野兔來長得快又好養，絕對是更經濟的選擇，她又從白蓮花口裡套問了一些細節，心想以後去集市的時候一定要留意下，他們家光靠種田是不夠的，等過了農忙時候基本就等於浪費時間，所以一定要找些事情來填補。

白蓮花看了會兒就無趣了，抬頭問道：「妳二哥住在哪兒的啊？他怎麼還沒回來？」

「我二哥住在最東邊那間。」杜小魚回道：「可能路上遇到誰了吧，反正肯定能看到的。」

「哦，我也沒有要看，是我娘出門前老是煩，說什麼妳二哥唸書好，還說大伯說的，肯定能考上舉人，將來有出息，叫我見見妳哥呢。」白蓮花憨憨地笑著。「再怎麼好還不是兩隻眼睛一個鼻子啊，也沒啥看頭。」

杜小魚聽著摸了摸下巴，這白家人看來是有目的的，不過他們家小女兒是不是太淳樸了啊？連她娘私底下說的話都能跟別人隨便說？她笑著附和兩句。「沒錯，我二哥也就是平常一般人，沒什麼好看的。」

過了會兒杜文淵就回來了，把酒放廚房後就出去給白家長輩行了禮問好。

「長得真俊啊，這孩子。」崔氏上上下下打量他。「又會唸書，妹子，妳好福氣啊，可讓人羨慕呢！」

杜小魚正好也帶著白蓮花進來，只聽趙氏笑道：「你們家兒子不也挺好的，女兒又乖巧，哪還要來羨慕我。」

崔氏臉上閃過絲黯然，他們家大兒子本也是個聰明的，可惜身體弱三天兩頭的生病，村裡知根知底的哪個願意把女兒嫁過來，這已經成了她的心病！她想著抬頭看看黃花，這丫頭也是生得秀氣，幹活也是一把手，難怪邱氏想弄來做兒媳呢。

「聽說妳家黃花繡功好得很，改日來我家教教蓮花怎麼樣？」崔氏衝白蓮花招招手。「妳年紀也不小了，總得靜下心來學點東西，趕明兒連婆家都找不到，現在有黃花姊姊教，可不能偷懶了。」

白蓮花被她娘盯著，只得應了聲。

趙氏見狀也不好說什麼，以前跟白家井水不犯河水，沒什麼來往，可如今請了白士宏作保，總要給點面子，便衝杜黃花道：「偶爾去教下蓮花也好，把小魚也帶去，多點小姊妹說說話，妳們兩個老窩在家裡總也是不好的。」

杜顯這時道：「別老說話了，他娘，時候也不早了還不快上菜，不能餓著客人啊！」

杜小魚聽了也幫著去擺飯端菜。

今兒的菜很豐富，宰了隻肥母雞燉湯，割了鹹肉炒蒜台，還有韭菜雞蛋，青椒炒雞雜，大白菜芋頭等，滿滿的一桌子。

白家兩個男人都是能喝酒的，沒事就給杜顯敬酒，結果飯沒吃完杜顯整個醉倒了，在院子裡吐得一塌糊塗。白家兩男人顯然也開始有醉意，後來還不放過杜文淵，白士英說男人就應該會喝點酒以後才好辦事，非逼著他喝，崔氏都勸不住，杜文淵只得把酒喝了下去，總之，這頓飯是吃得鬧哄哄。

送走白家人後，趙氏憤憤道：「早知道就不讓妳二弟去買酒了，看這喝的，妳爹現在還在哼哼呢，說頭疼。」

杜黃花在收拾殘羹，聞言看了眼杜文淵。「看二弟臉紅成這樣，估計也不好受。」

杜小魚就進廚房泡了兩碗濃茶端過來。「書上說這能解酒的，娘快給爹喝了吧。」一邊就把另外一碗茶給杜文淵，推推他道：「二哥，喝了就好了。」

杜文淵頭痛欲裂，這輩子他也是頭一回喝酒，以前趙氏總不讓，但這回也攔不住白家的，他就想著試試，結果喝了才知道真的難受，忙接了濃茶幾口就灌下去。

看他跌跌撞撞回屋睡去了，杜小魚笑起來，他們家男人喝酒都不行呢，以後遇到對酒的，只怕很難招架得了，可飯桌上好些人就喜歡這一套。

第二十一章

布花賣得還不錯，很快就看到村裡頭有人戴上了，因為臨近過年，買紅色的特別多，秦氏還叮囑杜小魚多做些這種顏色的，而正如她所料，一開始買一文錢布花的人比較多，但到後面，買五文錢的就開始多起來。

不過這個始終沒有多少前途，布花任何人都做得出來，她之所以會去做主要還是因為有免費衣料的緣故，如果除去這一點，賺的錢就微乎其微，是以她也打算那些邊角料做完之後就不再賣布花了。而按現在預計的來算，全都賣掉大概能賺個二兩銀子，若她存做私房錢的話也不算少了。

新年越來越近，十幾天的時間一晃而過，拜過灶神，便到這年的最後一日了。

杜小魚格外興奮，她長這麼大還從不曾跟家人一起過年，現在終於可以感受到這種喜氣洋洋的氣氛。

「二哥，快把春聯寫上，我看別的人家都已經貼好了。」她積極地磨墨，把大紅紙張張攤平，主動負責貼春聯的任務。

杜文淵低頭思考了下，就提筆寫了，龍飛鳳舞，字跡極為飄逸，杜小魚低頭一看，寫的是——「事事如意大吉祥，家家順心永安康。」倒是很淳樸很喜慶，貼門上不突兀，她又拿來一對紙。「後門也要貼一個，再來兩張橫幅。」

寫完後，她把多餘的紅紙剪成方方正正的樣子，然後自個兒拿筆寫了兩個福字。

貼春聯慣用的是漿糊，她早就做好了，拿了板凳踩著上去貼，杜文淵站在下面看正不正，見到杜小魚最後貼福字的時候，卻整個都倒了過來，他忍不住皺眉。「也不看看好。」

「哪兒不對了，你看，福倒，福到，福氣立馬就到，咱們家很快就大發了！」杜小魚早想好了，他們家常年窮困怎麼也得改改運氣，以前見人家門上貼這個十分羨慕，這次終於自己也能貼了。

杜文淵搖著頭，古靈精怪的這都能想到，那邊趙氏聽到了，卻難得的誇她。「這話中聽，去，再去寫兩張貼後面牆上。」

見趙氏喜歡，杜小魚就又多寫幾個拿後面貼了。

杜黃花在那邊揉麵團，晚上準備下餃子吃，一家子其樂融融的時候，只見有人在門口道：「忙著呢，怪不得院門口那邊沒人。」

趙氏回頭一看，發現是吳氏，就擰起了眉。

「娘讓你們去吃年夜飯呢。」吳氏笑道：「說咱們一大家子好久沒在一起過年了，想你們得很呢！」

「不去了，咱們也習慣自個兒過了。」趙氏冷冷道。

杜顯從後院走進來，見吳氏站著忙說道：「哎喲，難得來一次，三弟妹，快坐，快坐。」

趙氏瞪他一眼。「那邊忙著呢，坐什麼，還不是就得回去的。」

吳氏剛要坐下聞言便硬生生停住了，十分尷尬，其實她又哪想來，但家裡婆婆的話不好違抗，她可憐地咬著嘴。「大嫂，反正那會兒都拜過壽了，村裡頭也都知道的，這次吃個年夜飯也是正常，總是一家人嘛，何必要搞得……」

「妳給我閉嘴！」趙氏怒道：「非逼得我以後不見妳？」

「不，不是，我……」吳氏抿著唇，左右為難，若是就此回去少不得婆婆又給臉色看，可大嫂明顯是不肯的，再說的話只會惹惱她，她想著都要哭了，吞吞吐吐道：「要不讓大哥一個人回去看看？總是母子啊。」

趙氏臉色一沈又要發作，杜顯趕緊拉著吳氏走出去。「弟妹，妳快回去吧，」待走到外頭了，才輕聲道：「就跟娘說是我不肯回去的，不關娘子的事。」

吳氏嘆口氣只得走了。

可被她一攪和，家裡的氣氛有點僵，杜小魚心道這祖母真是陰魂不散，隔段時間就得派人來騷擾一下，真會膈應人！

趙氏虎著臉就進了裡屋，見杜顯也要跟著進去，杜小魚衝上去拉住他。「爹，灶上燉著紅棗羹呢，剛才娘還說想吃了墊墊肚子的，您快盛一碗進去。」

杜顯一想也是，娘子不好哄，就喜歡給人臉色，這滋味他可知道得很，便趕緊盛了碗紅棗羹端著進去了。

「唉，祖母那邊我看不會消停。」杜小魚嘆一口氣。「爹應該不會晚上偷偷去吧？」

看她小大人的樣子，杜黃花好笑道：「別胡說八道，爹還不知道娘的想法嗎，怎麼可能會去？就算去也得得到娘的同意才行。」說著瞄了杜文淵一眼，倒是這個弟弟還有可能做出這種事，便又道：「娘最疼咱們，可不能辜負娘。」

杜小魚立馬也想到了，趁著杜黃花整餡料的時候，忙拉著杜文淵去他屋裡。

「二哥，你晚上可千萬不能去啊！娘在氣頭上，要是被她發現你偷偷去祖母那裡，會不得了的！」

「誰說我今日要去？」杜文淵眯起眼。

「那你以後也不去嗎？」那天他說的話到現在她也沒弄明白，既然他們當初是想打死娘，那為何杜文淵還要去祖母家呢？既然都已經被趕出家門了，難道就不能有點尊嚴嗎？她想不通，杜文淵分明就不是這種人，可為什麼呢？

杜文淵沒說話。

那雙眼睛裡閃爍著什麼，分明也是猶豫的，她盯著他，認真的問道：「二哥，我再問你一句，你真忍心讓娘傷心，讓我們都失望？」

他目光一凝，慢慢搖了搖頭，但想說的終於還是沒有說。

她卻心裡一動，他搖頭是不想他們傷心失望，可卻仍然要去做，那只能說明一件事，他是有著極強的目的的！而那日強調說二叔本來是要打死娘，結果卻打傷爹，足可見祖母乃至幾位叔叔對他們一家子的冷血，所以，他難道是想利用祖母的看重藉機報仇？

這段時間不難看出，二叔跟小嬸對杜文淵極為忌憚，無非是怕他回到杜家跟他們爭奪家產，若他真回去了倒也不是不可能……

她想著點了下頭，隨即便笑道：「二哥，走，咱們去幫姊包餃子吧。」說著就轉身出了門，不管這個二哥是有什麼目的，但始終也是為了家人，這就足夠了，而若要改變他心意，也只能以後再尋個合適的機會。

杜黃花這時正好端著兩盤餃子餡出來，一個是白菜豬肉，一個是韭菜豬肉，等到準備工作都做好的時候，趙氏那邊也消了氣，不用說定然是費了杜顯好大一番力氣。

現在總算是可以安安穩穩過年了，杜小魚放了心。

等到晚上鞭炮聲起，整個村裡都是歡聲一片，他們家也不例外，放了八個大炮仗，響徹天空。

用完年夜飯後還要守夜，等到子時再放爆竹才算迎來真正新的一年。

這時候村裡更熱鬧了，走家串戶，要嘛蹲一起打馬吊，要嘛聚著嘮嗑，小孩子則打打鬧鬧，從村頭能玩到村尾。

時下馬吊這東西早已流行，龐勇家就有一副，秦氏帶著兩個婦人就來杜顯家玩了。

杜小魚閒著沒事幹就在旁邊看著，秦氏打得好是早就預料到的，沒想到的是她娘居然也打得不錯，看來每年過節都有練習，不過聽他們說，打馬吊最好的原來是吳大娘，可惜她今年去飛仙縣上了，秦氏說不然他們通通都得忙著往外掏錢呢。

而杜顯是不會玩這個的，就跟龐勇兩個人放了棋盤下起棋來。

龐勇五大三粗的一根筋顯然不是杜顯對手，連輸了十幾盤後終於不幹了，叫他兒子來頂上，結果自然也不是對手。

杜顯下得無趣，見他兒子杜文淵閒著就叫來試試，誰料下一盤輸一盤，把他氣的，忍不住問道：「你啥時候學的？」一天到晚唸書的居然還會下棋了。

杜小魚插嘴道：「爹，書上啥東西沒有啊，下個棋算啥？」

杜顯盯著他兒子看了看，不甘心道：「趕明兒你去村頭找老懷下，贏一盤十文錢哩！」

杜小魚噗哧笑起來，這個爹難得有個引以為豪的愛好，這二哥也太不給面子了，便說道：「二哥，你是不是把棋譜背上了啊，可不算，再跟爹下一盤。」

這一盤杜顯終於贏了，把他高興地直笑。

「薑還是老的辣。」杜文淵也誇他一句，趕緊站起來讓位。

這一晚上就這麼歡樂地度過了。

早上杜小魚又是被鞭炮聲吵醒的，算算都沒有睡上幾個時辰，但難得一年一次就絲毫沒有賴床的起來了。

炕頭上早已擺好新衣服，地上也擺了新鞋子，她喜孜孜的打扮一新，走出房門。

「二哥，新年好啊！恭喜發財！」第一個就遇上杜文淵，也是才從屋裡出來，家裡就他們兩個向來起得最晚。

杜文淵也是一身的新衣服，那暗紅色雲紋長袍襯得他更加玉樹臨風，聞言衝她一笑。「嗯，新年好。」

「不恭喜我發財？」杜小魚一眨眼。

「我發財就是妳發財啊。」杜文淵說著就往前去了。

這怎麼一樣？杜小魚撇撇嘴，要是他自個兒發財藏起來當私房錢了，她還不是一樣沾不到邊。

那邊杜顯夫婦跟杜黃花早就起來了，早飯也已經做好擺了一桌子，有饅頭、包子、粥、四個冷盤，還有昨晚就做好的紅棗羹，比平日裡就一碗麵條來說算得上是極為豐盛的了。

杜小魚跟著杜文淵恭恭敬敬給爹娘叩頭拜年，又給大姊問了好之後就坐了下來。

「來，壓歲錢收收好。」杜顯笑呵呵地從懷裡掏出來三個紅包一人給了一個。「你們三個孩子跟著咱們也吃了不少苦，去年家裡總算攢了點錢，你們娘說了，怎麼也得多給點，拿去買些喜歡的，啊，不用省。黃花，明兒有車去鎮上呢，那邊熱鬧得很，到時候帶著他們倆一起去逛逛。」

杜小魚接過紅包時眼睛有些濕，道了聲謝謝爹娘便低下頭去。

「這孩子平常可不是話最多的？今兒怎麼還蒙頭吃起東西來了。」趙氏打趣。

「心裡樂著呢，看把錢拽得緊緊的。」杜黃花笑著說道。

用完飯杜黃花就幫著刷碗去了，杜小魚打開紅包看了看，發現裡面有五十文錢，對於一年收入才幾兩銀子的家庭已經算很多了，原來她娘也不是一味的偏心，也還是疼她們姊妹倆的。她心裡有些酸澀，那麼，娘到底會不會同意大姊學蘇繡呢？

時間緊迫，半個月之後就是元宵了！

她想著就去找趙氏了。

「娘，我有事問您。」

聽她聲音怯怯的，趙氏伸手摸摸她的頭。「怎了，可是想買什麼東西？」

「不是。」杜小魚深吸一口氣。「娘，上回不是說到蘇繡的事嘛，其實二哥的朋友章卓予的大舅母就會蘇繡，鎮上那家紅袖坊是她開的呢。章卓予說要是大姊想學的話可以試試，他也能幫上點忙，娘，您說行不行？」

「還有這回事。」趙氏皺起眉，一時沒說話。

「姊可喜歡蘇繡呢，我跟姊去百繡房賣繡件的時候，姊親口說的，但是沒敢告訴娘。」杜小魚道：「生怕娘不准呢。」

趙氏眉頭又緊了些。

「娘，姊每日都那麼辛苦，您就讓她學學自個兒喜歡的吧，大不了以後我勤勞點，好不好？」

「唉，娘也不是不肯。」趙氏終於開口了。「黃花這孩子就是喜歡啥事都放在心裡，妳既然說她喜歡學這個，那學學也行，反正也耽擱不了多少時間。」

看來有些鬆口了，不過怎麼可能不耽擱時間呢，要三年啊！杜小魚猶豫著要不要說清楚，卻聽趙氏道：「咱們明年總要買些田的，妳年紀小哪能幫得上忙，還是得辛苦妳姊一段時間，要是她嫁出去也便罷了，自然輪不到我來管。」

這話讓杜小魚開不了口，田一多她姊哪有空學刺繡啊！不行，一定要想個辦法出來！至於嫁不嫁人，反正也沒有合適的，倒是不急這事。

「那我就先當娘答應了。」杜小魚說了句就出去了。

第二十二章

初一一般是去各個親戚長輩家拜年的日子，不過祖母近在咫尺卻不能去，而外祖父很早就已經去世，外祖母聽說是前幾年才去世的，趙氏有一個大哥跟一個妹妹，都離北董村比較遠，平常沒什麼來往，所以杜家也沒有親戚好走，便只是在家玩玩。

第二日一大早，三個人就興沖沖地趕著去飛仙縣了。

新年果然不一樣，鎮上也果然不一樣，鋪子家家都是開的，因為過年小孩子都有壓歲錢，而大人們也都出來尋樂子，做生意的又豈會放過這樣的機會。

杜小魚第一個目標就是去望月樓。

掌櫃毛綜聽說又是那姊弟仨來了，倒是很高興地叫進來見面，上次的豆腐乾雖然很快就有別的酒樓製作出來，但最先的十天半月到底也給他撈了筆銀子，那送出去的區區二十兩實在算不得什麼，所以這次也是頗為期待的。

誰料到杜小魚只問問題。「毛掌櫃，你們這兒吃兔肉的人多不多啊？」

毛綜想了想道：「倒不是很多。」

「為什麼呢？」杜小魚道：「兔肉很好吃的啊，而且我在書上看到說，兔肉還可以治病呢，對不對啊二哥？」

剛才一直在看她發揮，杜文淵心道，連毛綜這種大掌櫃都跟她認真談話議價，可見早就在不知不覺中忘了眼前的人是個小丫頭，而把她當成了對等的大人，他稍一停頓便道：「《本草綱目》中提到，兔肉補中益氣，涼血解毒，清補脾肺，養胃利腸，總之，食之對身體是極有益的。」

「原來如此，」毛綜點著頭笑起來。「酒樓裡以前曾接待過幾位別國來的貴客，每回都要吃兔肉，倒是讓我一陣好找，看來他們是比咱們懂得兔肉的好處啊！」

聽起來養兔子的人真不多，中國人還沒有養成吃兔肉的習慣吧？但那是早晚的事，因為事實證明，中國在後來可是名副其實的養兔大國！

離開望月樓後，他們三個便去集市逛了，那仍然是杜小魚的提議，她目標很明確，下一個自然是要去找上回白蓮花提到的白兔子。

功夫不負有心人，在轉了一大圈子之後，果然在集市西邊發現一處賣兔子的小攤子。

「姊，妳看有白兔子呢！」她說著就衝上去仔細瞧，還真是大白兔，但跟她印象中的白兔又有點不一樣，那頭更加大一點，耳朵也比較短，不知道是什麼品種。

「家裡不就有兔子嗎？」杜黃花不明白她幹什麼這麼激動。

杜小魚置若罔聞，指著問道：「這兔子多少錢一隻啊？」

「兩百文一隻。」小販子頭都懶得抬。

「這麼貴！」杜黃花驚呼，一隻肥野兔子賣錢的話也最多賣個一百文錢，而這些白兔還只是幼崽，秤秤一斤都沒有的。

其實白兔在最早前是很罕見的，常常被視為祥瑞，那會兒要是賣得貴倒是應當，可現在國家強盛繁榮，與別國多有交易，多半是引進了一些白色品種，還賣那麼貴就有點坑人。

杜小魚撇嘴一笑問：「你這兔子哪兒來的啊，以前從來沒有見過這種顏色的，該不是從別的什麼國家弄來的吧？」

「嘿，小丫頭還真識貨。」小販子總算抬起頭。「這兔子可是商隊從汶萊國帶來的，妳看看，多乾淨多漂亮，野兔子哪比得上，是不是？一般都是人家太太小姐買來玩的，跟貓貓狗狗一樣，可聰明呢。」

「有多聰明，還不是一樣到處拉便便。」杜小魚這點可不同意了，她蹲下來盯著那些兔子看，半晌指著其中一隻。「這隻拿給我瞧瞧。」

「小丫頭真想買？」小販子看看她。

「好當然買，不好就不買了。」杜小魚語氣平淡。

看她口氣挺大，又見衣服料子都是挺好的，兩個姑娘穿起來跟花兒一樣漂亮，也許家裡環境不錯，小販子想著就拿了那隻兔子出來，叮囑道：「可別摔著了。」

杜小魚接過兔子，頭一件事就是把牠嘴巴翻開來看。

她想找個由頭，結果找對了，看這小兔子一口牙歪的，果然有問題，再看腳底板也不太乾淨，摸上去濕濕的像被洗過。

小販子見她反反覆覆看得仔細，便伸手要拿回來。「妳這丫頭到底想不想買啊？」

杜小魚手一縮，又往籠子瞥了眼，只見內外都散落著一些菜葉，很多都是爛掉、壞掉的，估計小販是直接在集市揀別人不要的葉子當成兔子的口糧了。

唉，可憐的小兔子，她搖搖頭這才還給那人，嘆口氣道：「這兔子不行，活不過幾天了，估計裡面有幾隻也差不多。」她聲音很大，立刻引得別人都看過來。

「妳胡說什麼啊，哪兒來的小丫頭，去去去，我這兔子哪兒有病，好著呢！」小販子生怕她糊了生意，忙趕她走。

「我可沒有胡說。」杜小魚認真道：「你看看牠那口牙齒，上下都不對齊是不是？這種兔子身體比較弱，我們村有個會養兔子的老伯說，要是長這種牙齒，多半會拉稀，等不了多久就會死了。要是身體好的，一般牙齒可整齊呢，不信你看看其他兔子。」

小販子聽了不禁仔細瞧她一眼，自從買回來後確實有一些兔子陸續拉稀，甚至有幾隻已經死了，他以為是個別現象，而為了不讓人發現還專門用水洗了下，沒料到這小丫頭居然看出來了！想著他有些後悔，當初貪圖便宜從那商隊買了兔子，也沒仔細看，一心就指望著樣子可愛能引來些有錢人家的孩子，結果卻原來都是不好的！

「小魚，既然這兔子不好，那咱們走吧。」杜黃花這時說道，一隻兩百文反正他們也買不起。

杜文淵卻插一句。「那買了兔子的可虧了，趕明兒指不定就找來退錢呢。」

這話把小販子嚇一跳，他在集市賣了一段時間了，少說也有十隻左右，其中就有牙齒不齊的，而買兔子的都是些富裕的家庭，真要回來找麻煩那可是吃不了兜著走，他就有些慌神，一方面還擔心剩下的兔子都死掉，那他自個兒也得虧錢。

這二哥腦筋轉得就是快，立馬知道她要幹什麼，都不用使眼色就做出反應，杜小魚伸手戳戳他。「二哥，你不是懂些醫術的，這小兔子能治好嗎？我想買幾隻回去玩呢。」

「這麼貴，咱們怎麼買得起！」杜黃花聞言驚道，還買幾隻，五隻就一兩銀子了，她還真擔心杜小魚一時興起真買了，倒不是心疼錢，實在是這兔子沒什麼用，回去娘不說才怪。

那邊小販卻換了臉，笑著道：「原來這位小哥還會治病，這樣吧，真要能治好這兔子，便宜點賣你們也成，怎麼樣？」

「我沒給兔子治過病。」這是在考他呢，杜文淵可沒有多大把握。

小販更急了，要知道兔子這種寵物若真是生了病，一般都只能聽天由命，可他銀子都投放在裡面了總不能打水漂，忙打包票。「沒事，小哥儘管試試，不成也不會怪你的。」

「那這得要幾天工夫才曉得，誰知道治好了你會不會食言。」誘餌丟出去，現在得往回扯線了，杜小魚道：「不過吃方面你注意點，不要再給這些菜葉。」說著轉身要走。「姊，二哥，咱們走吧，想想還是太貴了，買了娘肯定會罵我！」

「怎麼走了？小ㄚ頭，啊不，小姑娘——」小販叫出聲，怎麼聽怎麼覺得這ㄚ頭對養這種兔子是瞭解的，當下就道：「八十文一隻，怎麼樣？隨妳挑！」

一下子降這麼多，可見他真急了，杜小魚回頭笑笑。「還是很貴，要是五十文錢我考慮考慮。」

小販暗罵一句，他買過來都用了四十文錢，她倒是掐得準！

「不賣算了。」

「賣賣賣。」小販一迭連聲地道，他屋裡還有幾籠兔子呢，要是真的都死了還不是虧個精光。

見他肯賣，杜小魚就讓杜文淵給開了方子，反正行不行是不能保證的，因為兔子年幼時若是拉稀的話很難治好，對此她只能叮囑小販子注意一些方面，比如千萬別餵白菜等汁水很多的蔬菜，最好是餵草料，籠子要弄大一點，給兔子多點空間活動活動等建議。

杜黃花在旁邊看得目瞪口呆，雖說早已適應這個鬼靈精的妹妹，可有時候仍是覺得滿肚子的疑惑，比如這養兔子的經驗她是打哪兒學來的，什麼村裡的老伯，一聽就是瞎扯。

那邊杜文淵根據杜小魚提供的資訊，已經認真想了張方子出來，叮囑小販道：「一日餵一滴，或有好轉，不可餵多。」

小販忙小心收好，接下來自然是去挑兔子，他們去了小販家裡，發現裡面還養著不少兔子，數數大概有三、四十隻，因為天氣冷全都縮成一團，杜小魚便讓小販注意給牠們保暖，又蹲下來一隻隻細看了會兒，才挑出四隻兔子。都不是牙歪的，牙歪的一般都是近親交配的產物，身體比較弱，所以她之前也絕不是危言聳聽。

不過這兒有個問題，她看不出公母，兔子是很難分辨性別的，除非三、四個月大或者十分有經驗的人，而小販自然也不行，最後也沒法，一切看運氣吧。

小販給了她一個小竹筐裝兔子，幾個人就要告別。

杜小魚臨走到門口又轉過身來。「你說的商隊會經過飛仙縣嗎？」

「不是，是在齊東縣，那邊商隊可多呢，南來北往的，賣什麼的都有。」小販說道：「還不只有白兔子，我還見過藍色的兔子呢，不過咱們小百姓可買不起，聽說是要進貢到宮裡頭去的。」

杜小魚聽完，謝過他便走了。

齊東縣也隸屬於濟南府，是幾大繁榮的城市之一，杜小魚邊走邊想，不知道杜文淵去濟南府城考院試會不會經過齊東，如果經過的話，等到二月怎麼也得纏著要跟他一起去考試，不然哪有機會去齊東縣呢？這可是一個抓住商機的好機會！

「小魚，妳買這些兔子是準備幹什麼？」杜黃花終於忍不住要問了。

杜小魚回過神，笑道：「還能幹什麼啊，生小兔子唄，姊妳也看到了，那人一隻要賣兩百文，我養得好的話一隻一百就賣了，到時候肯定有很多人買的。」這當然不是她的真實想法，但就目前的條件來說，也只能先這樣打算。

杜黃花一拍她腦袋。「妳是成天鑽錢眼裡了，爹讓我帶你們出來玩，這都一上午了啥地方都沒去成。」

「哎呀，那現在去就行了嘛。」杜小魚指著前頭笑。「姊看，有螺絲糕哦，走，買個嚐嚐去！」

從錢眼裡出來又只看到吃的了，杜黃花搖著頭跟了上去。

炸螺絲糕一文錢一個，好幾個味道，甜的、鹹的、夾肉的、豆沙餡的、五花八門，杜小魚平常來都沒有吃，這回一連買了三個口味的，吃得津津有味，其他二人也各拿了兩個，隨後又去逛了下各色鋪子。

在一家胭脂鋪，她買了兩盒胭脂，杜黃花跟她娘一人一盒，她反正小用不著，後來本還打算買首飾的，結果發現漂亮的哪個要一兩銀子以上，就她那點錢實在算不得什麼，杜小魚出來時心裡跟貓抓似的癢，看來以後一定要努力賺錢啊！

他們正四處逛著呢，旁邊有個人走了過來，嘴裡道：「小魚、杜兄！」

杜文淵轉過頭一看，卻是章卓予，便笑道：「倒是巧得很，你也出來了。」

「是啊，真的很巧。」章卓予很高興。「剛才還以為眼睛花了，沒想到真是你們，黃花姊也來了啊！」說著就跟杜黃花揚了下手。

杜黃花報以微笑。

「馬上中午了，一會兒去我大舅家用飯吧！」章卓予提出邀請，他也在外邊玩了會兒正要回去吃飯，便想到請他們一起去，正好說說話。

杜文淵一愣。「這個……」

「沒事，我大舅很好客的，要是知道我請的是村裡最年輕的童生，肯定很歡迎。」章卓予熱情地拍拍他肩頭。「我早就跟大舅提起過你的文采，他也說想見見你，走，小魚、黃花姊，」他在前頭帶路。「杜兄反正去過一回的，離這邊很近。」

他熱情相邀，三人也便去了。

「買了兔子啊？」章卓予看到杜小魚手裡的竹筐，便笑著問。

「嗯，漂亮吧？」杜小魚獻寶似的抬起來。「別人買兩百文一隻，我只用了五十文呢，將來生小兔子了我送你幾隻。」

「好，那我先謝謝了。」章卓予回頭看了眼，見杜黃花在最後面，又低聲道：「對了，妳姊這事怎麼樣了，元宵節後我舅母就有空呢。」

哪壺不開提哪壺，杜小魚又鬱悶了。「我娘不准，要是被她知道要簽三年，打死也不會放我姊去學的。」

「為什麼？」章卓予奇怪了。

「我二哥要唸書，家裡再買幾畝田就沒人種了，所以我姊要去種田啊。」

「原來是因為這個。」章卓予笑道：「找個僱農就行了，反正就早春跟秋收比較忙。」

好主意！杜小魚一敲自個兒腦袋，怎麼就沒想到這個辦法呢，她高興地扯了扯章卓予的袖子。「謝謝你啊，我一直在煩惱，總算可以解脫了！」

看她一臉的燦爛，那雙眼睛好像能折射出絢麗的光來，章卓予一時有些發怔。

「不過，僱工在哪兒請啊，一個月得多少工錢？」杜小魚對此很不清楚，之前買兔子花了兩百文，那麼還有一兩多銀子，加上賣掉布花的錢應該有個三兩銀子的，不曉得能不能撐上一年。

「我一會兒問問我大舅吧。」

「那好。」杜小魚打量著他道：「看你提起你大舅的樣子，你們感情很好吧？」

「是的。」章卓予臉上頓時露出尊敬之色。

杜小魚微笑道：「你大舅有你這樣優秀的外甥，肯定也很高興。」

章卓予便有些不好意思。「我，我也算不得什麼優秀，比妳二哥差遠了。」

「我看差不多。」杜小魚道：「而且，你今年考上秀才就比我二哥厲害了，可是十一歲的秀才呢，你要好好加油，氣氣我二哥。」

這時，身後一聲冷哼。「這叫什麼話？讓外人氣妳哥？」

第二十三章

杜小魚回頭一看，只見杜文淵沈著張臉，忙咧了咧嘴道：「開玩笑而已，難道二哥聽不出來啊？」

「聽不出來，我只知道妳是沒良心的。」杜文淵一戳她腦袋，之前見兩人在前頭有說有笑開心得很，走過去一聽正好聽到這話，他能不窩火嗎？死丫頭，胳膊肘往外拐！

章卓予打圓場。「就算我考上秀才也比不過妳二哥的文采的，最多也就是小他兩歲而已。」

「是啦，是啦，二哥，你作詩最厲害，誰也比不過，行了吧？」杜小魚雖然在討好他，可卻在心裡暗自嘀咕，她是沒見過他寫詩作詞的，誰知道好不好。一個十幾歲的孩子能寫出多好的詩來啊，她反正不大相信。

不到一會兒四人就到他大舅家了，他大舅名叫萬炳光，是個商人，杜小魚立在門口上看下看，感慨一聲，還真是有錢人家呢，看這大門都比他們家的高很多。牆壁都是磚牆砌成，不管前面大院還是堂屋都是寬敞得很，而屋頂也很高，巨木為樑，頂上還雕刻細緻的圖案。

「哎喲，忘了買點東西了，你大舅會不會覺得咱們不禮貌啊？」杜小魚這時才想起。

都怪剛才走得急，竟連這都忘了。杜黃花也是有點懊悔。

章卓予卻笑道：「我大舅向來不拘小節，再說，是我請你們來的，沒有準備也是正常，」說著對一個小廝道：「成棟，我大舅跟舅母在哪兒，你去說一聲，我帶了朋友來。」

成棟忙道：「回表少爺，剛才烏老爺送來盆茶花，老爺跟太太、小姐在園子裡賞花呢！小的這就去通報。」

杜小魚看那小廝表現得很尊敬，心道這章卓予雖是寄人籬下，但態度不卑不亢，而小廝也沒有半分輕視，看來他在這萬府還有點兒地位，便尋思大概是他娘跟萬老爺的感情好，所以也真把這兒當自個兒家了。

小廝走後，章卓予先帶他們去拜見了他娘萬氏。

萬氏常年生病，去年又是病情加重，雖然康復了但身體還很虛弱，因此也沒說上幾句話，杜小魚只記得她削瘦的臉，兩隻眼睛深陷入眼窩，很是觸目驚心，隨後他們便去了園子的入口處。

這兒是座拱門，兩邊各放著六盆花，往裡看過去園子似乎算不得大，但格局看似不錯，林木錯落有致，若在裡面賞花的話，應也是頗有意境的。杜小魚看著心道，這商人之家佈置得還真不俗氣，又一想之前章卓予提到他大舅想見杜文淵，那看來是挺賞識有知識的人了。

「老爺請你們過去。」叫成棟的小廝很快就出來傳話了。

沿著腳下青石小路，走不到幾步就見到一座小亭子，正印證杜小魚的想法，這園子確實不大。

亭子裡此刻站著三個人，章卓予走過去行禮並介紹道：「大舅、舅母，這就是我師兄杜文淵，這是他大姊杜黃花，還有妹妹杜小魚。」

其中萬炳光長得高高瘦瘦，面相與章卓予有七分相像，而萬炳光的娘子杜小魚最感興趣，因為很早前就聽說她大名，現在看上去果真是個親和的人，面如滿月，眉眼溫婉，見到他們便是微微一笑，他們身後的小姑娘年紀大概在十歲左右，長得像她娘也是很討人喜歡，就是有點靦覥。

三個人上去行了晚輩禮，萬炳光衝杜文淵點點頭道：「果然儀表堂堂啊，難怪卓予常提起你。」

旁邊萬太太也是笑著道：「兩個姊妹也是光彩照人，看著比咱們家芳林大方得多。」

「表妹足不出戶，若是多結交朋友自是會好的。」章卓予瞭解萬芳林，她只是內向的緣故，其實熟悉了便不會那樣寡言。

萬太太聽了眸光轉動，朝小女兒看一眼，打趣道：「看妳表哥總替妳說話呢，今日難得來客人，妳好好陪著玩玩吧。」說著把萬芳林輕輕往前一推。

萬芳林的臉唰地通紅，聲音細若蚊蚋。「娘，我，我……」她不曉得跟陌生人講什麼話才好，只低頭捏著帕子。

杜小魚看著為她難受，主動說道：「萬姑娘，這邊臘梅開得好漂亮啊，妳能帶我們去瞧瞧嗎？」

萬芳林呼了口氣。「好，好的。」

萬太太禁不住仔細瞧了眼杜小魚，剛才說什麼光彩照人也是客套話，到底是農家出來的，能有什麼不同之處？不過沒想到這小丫頭不說話則已，一說話倒真是落落大方，毫無小家子氣，跟她那個二哥多有相似之處，反而最大的姊姊很是拘束，最像是農家姑娘。

她想著眉毛一挑，卓予曾拿一方帕子給她過眼，說是某位師兄的大姊，莫非繡帕子的就是這個叫杜黃花的？

正想著，那邊萬炳光朗聲笑道：「她們女兒家家去看花，卓予、文淵，你們跟我去書房，我有幅畫正想題個詩，叫來幾個秀才都是一肚子草包，哎，也不知道怎麼考中的，正好正好，你們兩個來試試。」

果然是不拘小節啊，杜小魚有些好笑，都說人家一肚子草包了，若是她二哥跟章卓予也沒有想出合適的詩來，那豈不是也成草包了？還真是會給別人壓力啊！

萬太太也是搖頭。「這老爺，人家來做客的就拉去題詩了。」又喊剛才的小廝。「快叫廚房去準備飯菜，就說有三位客人。」正吩咐著，只見有個身影急匆匆地跑進來，老遠就在那邊喊了。「師父，師父……」

「什麼事大呼小叫的？」萬太太皺皺眉。「妳不是在看著紅袖坊的，怎的過來了？」

這人不是別人，正是以前在紅袖坊侮辱過杜黃花手藝的容姊，杜小魚沒料到會見到她，眉毛立時擰在一處。

但容姊顯然沒認出她們，氣喘吁吁道：「師父，知縣夫人那件金紗繡襖被手底下丫頭不小心弄破了一個洞，徒兒實在縫補不了，只得來麻煩師父。知縣夫人說後天她要急著穿呢，怎麼樣也得給她趕出來，所以徒兒才不得不來。」

萬太太臉色一沈，但終是沒有發作，目光卻在杜黃花臉上打了個轉兒，才輕拍了下萬芳林的肩頭。「娘有事要出去，妳可要好好招待客人。」又衝杜小魚笑笑便走了，容姊自是緊緊跟上。

知縣夫人得罪不起啊，杜小魚感慨，一發令連個過年都過不好，難怪個個都想著做官，實在是有太多的好處。

但她一走，氣氛就僵下來了，杜小魚剛想說什麼，但一看杜黃花的表情心裡忍不住咯噔一下，都忘了那樁事，現在杜黃花肯定知道萬太太就是會蘇繡的人，而且是章卓予的舅母，不知道她會不會有什麼想法，可惜娘那邊還沒搞定，她實在不能給出任何希望。

「萬姑娘，你們池塘裡有沒有養魚啊？聽說有些魚可好看呢，五顏六色的。」她沒話找話。

萬芳林看她笑容親切，就有些放鬆，答道：「那個叫錦鯉，養了幾十條呢，扔吃的下去，它們就全都上來了。」

「哦，真的啊，那扔這個行不行？」杜小魚見亭子裡擺了長几，便指指几上一盤點心。

「可以的。」萬芳林笑起來。

杜小魚就拉了杜黃花看，一邊拿起點心捏碎了往池塘裡扔，果然各色錦鯉就游上來搶著吃了，但這種魚她可看得多了，並沒有意思，倒是杜黃花從未見過，一時看得入神。

藉由這個，總算跟萬芳林拉近了距離，後來三個人還去欣賞了下臘梅。

用午飯的時候，萬炳光對杜文淵讚不絕口，說他題的詩很好，還唸了遍給眾人聽，杜小魚聽後總算改變了想法，看來這個二哥確實是有點才華的，反正叫她想那是打死也想不出，什麼「秋園石徑吐幽情，一夜寒霜墮碧空」，意境還真不錯，他如此年紀能作出來委實不易。

而章卓予的娘萬氏並沒有過來吃飯，應是在屋裡用的。

飯桌上杜小魚發現，萬炳光話很多，幾乎都是他在講話，還時不時的勸酒，這次杜文淵汲取教訓只喝了幾口，倒是章卓予不曉得是不是經常被萬炳光鍛鍊的緣故，喝酒於他似乎不難，不過也沒怎麼多喝。

看這萬老爺有些醉意了，杜小魚問道：「萬老爺，您是做什麼生意的啊？」

「小丫頭對這個感興趣啊？」萬炳光笑道，兩個少年從不問他這些，正愁沒人講呢，立時就口若懸河起來。

杜小魚現在不嫌他話多了，聽得津津有味，偶爾也問些緊要的問題。

原來萬炳光是做藥材生意發家的，現在開了兩家大藥鋪，一家是在飛仙縣，一家是在齊東縣，齊東縣那家最大，交由手底下一個親信打理，他每個月都會去視察兩次。聽到這兒，杜小魚眼睛更亮了，絕對要跟萬老爺打好關係啊，聽起來這齊東縣有很好的地理位置，南來北往的商人都會經過那裡，那麼商機也是無限的。

杜文淵看她那樣，就知道一定又在想著賺錢的事；章卓予則瞧著有趣，別的姑娘才不會喜歡聽這些東西，偏偏她好奇得很，看大舅似乎也挺喜歡她呢，居然說這麼多。

一頓飯下來，足足吃了半個多時辰，菜都涼了。

萬炳光又留他們玩了會兒，本還想用他們家馬車送回去，被杜文淵婉言謝絕了，他們是自個兒坐牛車回去的。

在車上的時候杜小魚才想起一件事，章卓予忘了把僱工的事情告訴她了，不曉得是不是因為喝了酒的原因，她很懊悔自己也忘了，不過又想村裡都有地主的，總會僱人種田，真要找肯定找得到，趕明兒問問秦大嬸去，她八面玲瓏一定知道，指不定還能介紹個靠譜的來。

回到家裡天都要黑了，趙氏一問才知道去了章卓予那大舅家，難怪這麼晚回來，但也沒說什麼，只多看了幾眼杜小魚，大概是想起蘇繡那事了。

倒是杜顯注意到四隻兔子，問這問那的，聽說五十文一隻瞪得眼睛老大，但看杜小魚可憐兮兮的表情，就笑著說喜歡就行了，完全忘了他只給了五十文的紅包，也不想想其他錢哪兒來的。

杜小魚心道，看來藏私房錢肯定不成問題，這老爹老娘對錢是相當的不敏感啊！理所當然，買東西餘下的錢她肯定沒上交了，反正杜文淵跟杜黃花肯定不會去告密的。

隔了一日她便去找秦氏了，順便帶了幾十朵布花，聽到杜小魚問起僱工的事，秦氏認真答了，在她眼裡杜小魚可不是一般的小丫頭，所謂惺惺相惜，秦氏自個兒便是從小就愛捉摸怎麼賺錢的，所以對這個丫頭自有特別的看法。

其實僱工村裡就有，而秦氏認識的不下於十個，情況緊急，杜小魚便對她和盤托出。

雖然這個人太過精明，可顧小家是人之常情，要不是如此，秦氏也開不成什麼鋪子，誰讓龐勇是個一根筋又喜歡幫助人的，若沒有秦氏把持，這個家的境況估計跟杜小魚家也差不了多少，而從另一個方面講，秦氏享受生活這一點杜小魚是頗為讚賞的，那馬吊可不就是她手把手教村裡人打的。

果然，秦氏聽完很是贊同，就說起趙氏的壞話來。「妳娘就是太古板，學蘇繡哪點不好了，三年怕什麼？妳姊到時候不過十八歲，手裡有技藝，以後又有大把的銀子，還怕找不到男人？」

杜小魚直笑。「可我娘不這麼想啊，反正得找個合適的僱工，價錢也不貴的，娘也許會同意。」

「這個包我身上。」秦氏拍胸脯保證，又看著杜小魚笑。「妳姊要學成了，可要弄些繡件放我鋪子裡賣啊！」

這人，果然是什麼機會也不放過。

不過，杜小魚當然同意。「大嬸要是鋪子開到鎮上才好呢，若是有百繡房那麼大，我姊哪會不肯，大嬸要加油哦。」

秦氏瞇瞇眼。「三年也未必不行，妳這丫頭給我等著。」

杜小魚便笑著告辭了。

一到家就見杜顯在鏟牛糞，現在家裡有頭牛，每天吃的不少，拉出來的也不少，杜小魚只當他是要拿著去當肥料，結果剛走進廚房，就看杜顯用手捧著坨牛糞走過來。

「爹，您、您要幹啥？」杜小魚都結巴了，把個糞弄家裡幹什麼啊！

杜顯看看她。「妳這娃，牛糞可是好東西啊，曬乾了燒火可好呢，比柴還好用。妳看看，一點不臭的。」說著把牛糞往她鼻子下面放。

杜小魚忙扭過頭。「不臭就不臭嘛，您、您燒火，我走了。」

她走幾步回頭看一眼杜顯，他果真用牛糞燒起火來，不由感嘆，這個爹以前真是地主家裡出來的嗎？完全看不出一點影子啊！不像幾個叔叔都是遊手好閒的模樣，最起碼不會是貧農的樣子，莫非她爹以前在地主家就親手種田不成？她很懷疑，杜顯是不是從小就爹不疼、娘不愛，是以在幾個弟弟面前也毫無威信可言？

但這個答案估計是很難知道的了，她搖著頭走出門去。

第二十四章

過了幾日便到年初五，見天氣晴朗，杜小魚就牽著小牛去山腳下轉，已經是初春，但天氣還是很冷的，小牛在地裡拱了一陣尋了些草根吃，杜小魚在旁邊發呆，家裡幾隻野兔子長大了一點，可看著體形有些奇怪，她尋思著是不是要去問問人。野兔子畢竟沒養過，也許需要什麼特殊的方法？

曬了會兒太陽，她又牽著牛回去了。

一進門就看到白蓮花。

「才來的？」杜小魚問，把牛帶著去了牛棚，放了些草料給牠吃，剛才那草根吃得飽才怪。

白蓮花點點頭，眼睛盯著牛看，說道：「我家裡有兩頭大牛呢。」

嗯，知道妳家有錢行了吧！杜小魚無語，這孩子估計真不會說話。

「妳娘說妳二哥要唸書，讓我在這兒等妳。」白蓮花有些無聊，抽了根草出來甩啊甩的。

杜小魚抽了下嘴角，敢情又是被崔氏催著來騷擾杜文淵的，不過她娘推到她身上來了，她撓撓頭。「找我玩什麼啊？我忙著呢，要不妳回去好了。」

「不行，我娘說見不到妳二哥，就得請妳跟黃花姊回咱們家玩，不是說過要教我繡花的嗎？」白蓮花說著就站起來。

「要是不去呢？」杜小魚有些好笑，崔氏到底知不知道她女兒的性子啊？

白蓮花歪頭想了想，低聲道：「要是不去的話，我娘說會親自來請的，反正總要去一回。」

看來是什麼手段都要使上一次的，杜小魚決定聽取她娘的意見，便走到屋裡跟趙氏說。

「娘，蓮花姊請我跟大姊去玩呢。」

趙氏剛才已經阻止了一回，這回要再不給面子總說不過去，到底雙方家裡也吃過飯的，女兒之間來往來往不算什麼，就同意了，只叮囑道：「去吧，早點回來。」

誰料白蓮花這時插嘴道：「可以在我們家吃飯的，我娘準備了好些好菜呢。」

好吧，全當去看戲了，杜小魚心想，有好菜吃何樂而不為，反正她一個小孩子崔氏還能撬出什麼話來？再說，就算杜黃花是大姊，也不能代替爹娘應承任何事，討好也沒有用的，就只當鄰里之間走走罷了。

等杜黃花做完手頭上的活，三個人便去了白家。

白家在村子東邊，離得有點遠，走了一個時辰左右才到。

崔氏見到白蓮花帶著杜家姊妹來了，心裡有些不高興，因為這意味著白蓮花沒有見到杜文淵，她可是教了好些法子的，這丫頭就是笨！

一方面她又惱起趙氏，把自家兒子護那麼緊，現在連秀才都沒考上呢，就怕人來搶了，到時候考不上看她還翹尾巴不？他們蓮花怎麼說也是要模樣有模樣，想找個像樣點的又不難，但臉上自然不露出來，笑著道：「哎呀，黃花跟小魚來了啊！」又瞪一眼白蓮花。「妳這孩子也不早點說要請人回來玩，好讓我準備準備。」

杜小魚真想笑，忍著道：「蓮花姊可熱情呢，非要咱們來玩，說沒有來過你們家，正好來瞧瞧。」

「這孩子，咱們家有什麼好瞧的啊？倒是讓妳黃花姊教教針線活是真。」崔氏笑咪咪的，推一推白蓮花。「還不帶著進屋，愣著幹什麼？」

「哦，黃花姊、小魚妹妹，進來坐吧。」白蓮花在前面帶路。

白家雖不是地主家，但就房屋的堅固程度還有範圍來看還是有點錢的，家裡也收拾得乾乾淨淨，堂屋正中掛著幅猛虎下山圖，下方一個長桌，兩邊各有張大椅子，再中間便是張八仙桌外加四張凳，兩邊放著些櫃子木箱。

「大嬸，白大叔呢？」杜小魚問。

「出去釣魚了，來，喝茶。」崔氏端了茶來，說道：「蓮花，一會兒讓妳黃花姊順便就教教妳，省得成天的坐不住，給我繡兩個枕頭花也是好的。」

「好。」白蓮花認真地點點頭。

崔氏又跟杜黃花道：「黃花啊，可不要嫌她笨，教得慢沒關係，晚上就在這兒吃飯。」

看來沒安排她的事啊，杜小魚瞧瞧崔氏。「大嬸，那我幹啥啊？」

崔氏臉色一僵，有些尷尬的笑道：「妳嘛，妳也可以跟妳姊學啊，對不？要不四處玩玩，我們家養了牛，還有狗呢。」

敢情讓她跟牛和狗玩啊？杜小魚不說話了。

喝完茶，白蓮花就領著杜黃花進屋去了，杜小魚無聊的東轉西轉，忽然想起他們家還有一個人，白蓮花她哥白與時。

這個人她沒見過，只聽說從小身體就不好，常年躺床上，但傳聞中是個有才學的少年郎，不過身體是本錢，其他再好也無法代替。

但現在既然來了，她難免好奇，便逐個屋逐個屋的找了下。

也就是仗著自個兒是孩子，若要是個十三、四歲的少女那是萬萬不行的。

走到東邊第二間房的時候，她停下了腳步。

屋裡有人，她踮起腳尖往裡看了看，只見炕頭上坐著個少年，頭髮也沒有束起，全數披在身後，像疋黑色的絲緞，但臉色是蒼白的，在黑髮的映襯下顯得更是如雪一樣。他的樣貌談不上好看，可讓人有種說不出來的感覺，也許是因為他的眼睛蒙了灰，也許是因為瘦弱的肩，又也許是因為他持著書的修長手指。

杜小魚看了會兒，到最後所有的也許只凝結成一聲嘆息。

有時候現實就是很殘酷，她忽然對崔氏產生了點兒憐憫，有個這樣的兒子心裡苦痛難免比常人多一些，正因為如此，才特別想要自己的女兒嫁得好吧？

她悄悄地走遠，去找狗玩去了。

沒想到崔氏養的狗還真不錯，長得高高的腿長長的，跟德國牧羊犬有點相像，絕對是良好的看家犬。她就有些心動了，盤算著家裡現在有頭牛，其實養條狗也是有必要的，這年頭賊多，指不定哪天就遇到偷雞偷兔子的，而且狗不像貓那樣，就算給牠吃糟糠也會忠於主人，最好養不過。

嗯，到時候問問小狗怎麼賣，送是不行的，那是賄賂她可不會接受……

見崔氏在灶上燒火，杜小魚過去問道：「大嬸，我看妳家那條狗是母的，到時候生了小狗，賣一隻給我們家啊。」

「賣什麼啊，又不值錢的。」崔氏果然這樣答。「等生了過來拿就是。」

杜小魚忙道：「白要可不行，我娘說了，不能白白受人恩惠。」

「哎喲，咱們兩家哪來什麼恩惠不恩惠的，再說，這狗我送別人還不是送，從來不賣錢的。」崔氏道：「哪家要我都給，又不是什麼好狗，是他爹有次在路上撿到的，腿都折斷了，他爹也是好心，還給綁了下，後來好了就留我家不走了。」

原來還有這段故事，但杜小魚仍堅持。「要是送我就不要了。」

崔氏有些不悅。「這孩子怎那麼倔，不然我去跟妳娘說。」

「娘會罵我呢，肯定說我跑你們家來要這要那的。」杜小魚道：「大嬸，到時候就賣一隻給我吧。」

「好吧，好吧，給妳留一隻。」崔氏也懶得跟她費口水。

見目的達到杜小魚就走了，等到找到白蓮花房間的時候發現杜黃花不在，便問道：「我姊人呢，不是說在教妳繡花嗎？」

白蓮花笑笑。「一會兒就回來的。」

幹什麼不直接回答卻拐著彎了，這不符合她的性子啊！杜小魚便有些懷疑。「到底是幹什麼去了？妳快說。」

「出去拿個東西。」白蓮花低下頭捏著繡花針玩。

仍然說得不清不楚的，杜小魚看她這個樣子越發覺得詭異，追問道：「拿什麼東西啊？去哪兒拿？」

白蓮花不說話。

杜小魚急了，上去一把抓住她手臂，喝道：「我姊到底去哪兒了？妳說不說？」

這時，杜黃花的聲音在身後響起來。「小魚妳幹什麼呀？」

「姊？」杜小魚回頭一看，杜黃花正立在門口，她不由得驚訝，難道是她擔心錯了？白蓮花根本就沒有任何目的？她忙問：「姊妳去幹什麼了？」

「蓮花剛才從炕頭上摔下來扭到手了，我去找藥水。」杜黃花邊說邊拿出瓶藥水，細心地倒了點在軟布上，然後翻開白蓮花的袖子。

杜小魚在旁邊看著，心道，真是奇了怪了，白蓮花摔傷了幹什麼不喊她娘？非得杜黃花去找藥水啊？這死丫頭肯定有什麼意圖，她又扭頭盯著白蓮花看，可她依舊一副天真模樣，杜黃花給她塗藥水的時候還疼得要掉眼淚，看上去真不像是裝的。

但時機已經過去，這時候不方便細問，杜小魚只好把一肚子的疑問暫且壓下，後來就再也沒有離開這個房間。

而杜黃花也從始至終認真地教白蓮花繡東西，只不過有個關注她的妹妹在身邊，任何一點反常都逃不過她的眼睛，比如杜黃花居然把手指頭戳破了好幾處。

這在平時幾乎是不可能發生的，看來這個晚飯鐵定不能吃了，杜小魚找了個藉口就扯著杜黃花要回家。

在路上，她實在憋不住地問：「姊，剛才蓮花摔跤要妳找什麼藥水啊？不會喊她娘嗎？」

杜黃花道：「她說怕她娘擔心，又怕知道了被罵，我就幫著找了。」

又不是摔斷腿，正常人都會自個兒帶著人去拿的，哪會讓客人在自己家裡亂翻？不是有鬼才怪！杜小魚吸了口氣，慢慢道：「姊，妳是不是去東邊第二間屋找了？就是白蓮花她哥白與時的房間？」

杜黃花整個愣住，目光閃爍道：「妳、妳怎麼知道？」

果然如此，這死丫頭！杜小魚磨著牙齒，光顧著防崔氏還以為白蓮花真那麼蠢，沒料到就把杜黃花騙去白與時那裡，她盯著杜黃花。「姊，那白與時聽說是有病的，村裡頭都在傳他活不長呢，請什麼大夫來都沒用。」

杜黃花又豈會不知道，嘆口氣道：「他也是個可憐人。」

可憐是可憐，但不能拖累別人。杜小魚皺著眉，雖然現在知道杜黃花見著白與時了，可也不好再問下去，難道問她有沒有看上別人？這不太可能，瞧著也是個理性的人，也許真是她多慮了，就算看見又能怎麼樣？如果男女一看見就會發生些什麼，那整個就不能出門了。

杜小魚就沒再提這件事，心想以後避免去白家就是了，這一家子都打的什麼主意啊，是想來個親上加親不成？

過不了幾天，秦氏就有好消息，說有個僱農姓鍾，這人力氣大脾氣好，又是肯吃苦的，若是杜小魚家要請的話，她可以去說說，工錢也公道得很，正好跟他們娘家有些交情。

杜小魚有了籌碼，立時就去找她娘談判了，聽到小女兒說要找僱農，趙氏顯然很吃驚，這丫頭越來越有主見，現在還要幫著她姊來決定大事了，她第一個反應就是不行。

這早在意料之中，畢竟以前家境窮困，別說僱人種地了，自個兒都餵不飽，當然不會有這種想法。杜小魚便說僱農很便宜，而且平時她也會幫忙，最後把杜黃花扯進來，說她如何如何想學蘇繡，又歷數幾年來挑起家裡重擔的艱難，把趙氏說得心肝都疼了，好像自己有多對不起大女兒似的。

趙氏實在擋不住，便答應了，杜小魚就說起簽契約的事。

「什麼，還要簽契約，多少年？」趙氏口氣立馬又不對了。

「三……」杜小魚天人交戰一番後，最後道：「簽一年，娘，大姊那麼聰明，指不定半年就學會了不是？您大可放心。」為了杜黃花騙人就騙人唄，到時候生米煮成熟飯，不簽也簽了，大不了讓趙氏罵一頓，她受得住的。

趙氏被她磨得已沒有多少耐心再為這事商談，最後終於點頭同意。

杜小魚這才興高采烈地跟杜黃花說起蘇繡的事，其實她哪知道杜黃花一早就曉得，這會兒還得配合地露出驚訝的表情，也實在太難為老實的杜黃花了。

「姊，妳準備準備啊，元宵節過後章卓予就會來接我們的。」她興奮道，完全沒想過被拒絕的可能，因為她相信杜黃花的技術。

「好。」杜黃花揉著她的頭髮，這個妹妹整日為家裡操心，也真累著她了，這回又不知道想了什麼法子，竟然讓娘都同意了。她也暗暗下了決心，怎麼也不能辜負妹妹的心意。

杜小魚一樁心事解決，心裡別提有多痛快，跑到杜文淵房裡跟他分享了一下，說起來，其實這個二哥是跟她最親的，至少任何事都能跟他商量，一般也會得到支持，不像杜黃花向來瞻前顧後，性子跟她實在相差太大。

「那就好了，但願大姊能拜師成功。」杜文淵也很高興。

杜小魚這時卻嘆了口氣。「那天看萬太太也挺忙的，大過年的還得給知縣大人繡衣服呢。」

「知縣大人是鎮上最大的官，哪個不巴結，萬老爺還不是每年都要去送東西。」杜文淵倒不覺得有什麼。

「所以說，二哥你要努力啊，咱們家就靠你吃香喝辣了啊！」杜小魚真有抱大腿的打算，要是杜文淵能當上大官，作為家屬自然是沾光不少，這世道就這樣，無論是現在還是未來，都是萬古不變的真理。不過官道一途變幻莫測，有時候剛登上青雲，下一刻會掉下來也指不定，她想著又有些憂慮。

看她表情變來變去，杜文淵也不知道她在想什麼。

「二哥，你自己想不想做官呢？」他要不想，也許他們也不該給他壓力，杜小魚是很開明的。

杜文淵笑笑道：「太遠的事誰知道，等考上秀才再說吧。」

「不想當官就不用考科舉了啊。」杜小魚道，這八股文又不能學到多少知識，要補充知識可以看其他書，何必要折磨自己呢？

「這話妳去跟娘講來試試。」杜文淵輕笑一聲。

杜小魚忙吐舌頭，這不是尋死啊！她翻了個身，趴炕頭上翻看起農書來，這書是隨身帶的，有空就拿出來翻翻，其實在他這兒看最好，不懂就問多方便。不過平日裡趙氏可不准她來打擾，現在過年期間算是比較放鬆的。

杜文淵見她不講話了，看得全神貫注的，也便低頭去看自個兒的書了。

第二十五章

年初十這日，吳大娘終於從鎮上回來，說起她媳婦的時候不知道有多高興，看來早就巴望著抱孫呢！而杜小魚自從吳大娘幫忙，讓劉夫子沒娶成杜黃花那件事後，對她也更加喜歡，纏著說這說那，至於趙氏那更不用說了，兩個好姊妹一日不見如隔三秋，兩人聚一起別提有多好。

吳大娘很關心他們家境況，聽到老李頭毀約時捶拳幫著痛罵，而知道跟張家合計耍邱氏，又笑得眼淚都出來。

趙氏向來跟她推心置腹，最後免不了還是要提到買田的事，邱氏再多銀子也不可能總是上當，而開春就要播種，買田是勢在必行的，吳大娘人面廣，就說這事她來張羅，找個不怕村長又不貪銀子的便行。

杜小魚在旁邊心道，這似乎也不容易……

眼見吳大娘就要走了，杜小魚硬拉著她去看自個兒養的兔子，趙氏少不得說兩句，說她把那四隻白兔子當寶了，來一個人就要拿出來獻一下。

杜小魚忍不住暗自腹誹，要不是趙氏惦記著良田的事，她又怕吳大娘後面到處碰釘子，才懶得拿兔子當藉口呢，偏還來取笑她。

吳大娘倒是識貨的，稱讚了幾句，又見杜小魚還養著野兔子，便搖著頭道：「這野的怕是養不成。」

這話裡有玄機，杜小魚忙問：「為什麼啊？我看長得還挺快的。」

「不好養，這野的再長大點肚子就大了，四個腿也彎，直也直不起來，不曉得啥毛病。」吳大娘解釋道：「以前妳大叔也抓到過幼崽，結果養不到三個月就不成了，還找了大夫來看的，也說野的不好養，不然早就養著賣錢了不是，哪用得著每回都去山裡抓啊！」

竟還有這回事，杜小魚迷糊了，難道說中國以前的野生兔子是不合適馴養的？所以才需要從別的國家引進？

「趁著小吃了得了，省得到時候死了。」吳大娘最後來一句。

杜小魚看看那四隻毛茸茸的可愛小兔子，心道哪吃得下去？才那麼小一點！她嘆口氣，伸手摸了下兔子的四肢跟腹部，確實如吳大娘所說已經有些不正常，真要這樣的話也只能找哪天放生。

「大娘，剛才娘讓您尋哪家想賣田的，可有合適的人家啊？」她開始說重點了，本來也就是想說這事。

吳大娘瞧瞧她，上回杜小魚讓她傳出謠言，她就知道這小丫頭不一般，便認真回道：「暫時也沒個數，倒是之前有幾家要賣的，我趕明兒去問問。」

杜小魚道：「那邱氏壓著咱們不給買，其實自己虧了大價錢呢，我上回在雜貨鋪聽見她婆婆在背後罵她，說要把自個兒家給敗掉了，好像很厭惡似的。」

「那是當然。」吳大娘笑道：「邱氏在家裡作威作福，從來不把江氏放在眼裡的，背後不曉得多少人說呢，可憐她婆婆走哪兒都被人取笑，說人家找媳婦是來伺候人的，他們家偏找媳婦供起來，哪還有不厭惡的。」

「不過我看她更心疼銀子，要是邱氏再這樣買下去，她都活不成了。」杜小魚暗示道：「要是咱們家能順利把田買了，她婆婆估計才會安心呢！」

吳大娘也是聰明人，聞言愣了愣，心道，這江氏素來被邱氏欺壓，若是讓邱氏丟回臉，氣氣她，怕也是願意的，再說還能挽救家裡的銀子，她想著豁然開朗，伸手點了點杜小魚的鼻子。「妳這娃真是聰明得沒邊兒了，妳娘可真有福氣啊！」

杜小魚只撓著頭笑。

後面事情的發展在意料之中，在吳大娘的誇大其詞之下，江氏一方面為報復邱氏下下她的威風，連夜就找娘家一個堂弟說服他出讓自家的四畝良田。

每畝五兩銀子，位置還很好，離杜小魚家很近，而江氏怕邱氏搗亂，專門挑了她不在的時間把契約訂下，全程促成了這樁買賣。

邱氏知道後大動肝火，氣得就差在地上打滾了，可畢竟是她婆婆，她再怎麼蠻橫總還不敢出手打人，要是鬧到村長那裡，自己是討不得半點好的。因為江氏的相公也是村裡有名望的鄉紳，雖然去世了，可自家那個喜歡做做表面功夫的村長表舅肯定會給面子，因為當初也是這個緣由兩家才結親的，是以她也只能指桑罵槐著出出氣。

江氏見她那氣瘋的樣兒，心裡倒是痛快得很，越發覺得這事沒做錯，這媳婦兒以後見到杜顯家的人就得氣一次，有得膈應呢。

而杜小魚一家自是無比歡喜，趙氏當晚就做了一桌子菜面謝吳大娘跟她相公。

吳大娘的相公叫盧坡，跟杜顯一樣是個老實人，話很少，平常也不太高興跟人交往，跟吳大娘性格完全不一樣，但這兩人偏偏感情好得很，有時候只是一個目光一個動作就能瞧出這兩人必是心意相通的，所以，也難怪吳大娘總是那樣開朗，從不曾見她有煩心的時候，這應該歸功於她的相公吧。

杜小魚心道，這樣的感情真是令人羨慕，若是她爹娘有天可以完全擺脫祖母的陰影，興許也能做到如此。

趙氏在席上謝了吳大娘好幾次，她心願終於達成，不知道有多興奮。

吳大娘就說到其實也有杜小魚的功勞，結果被趙氏當成了笑話聽，說了句：「這丫頭能想到什麼？」全然沒擺在心上，倒是杜黃花跟杜文淵心知肚明，既然吳大娘這麼說了，那麼這計謀就一定是杜小魚想出來的。

「這幾畝田好得很，以前也輪番種過不少東西，」吳大娘笑道：「你們打算種些啥啊？」

趙氏說道：「去年稻子收成不錯，還是種稻子吧。」

「那也行，反正大米總不嫌多的。」

杜顯有不同意見。「我看種點別的也成，去年老李頭家種的那甜高粱賣得可好呢，人家收了做糖去的，價錢比大米還高。」

這個爹開竅了啊，杜小魚當然要幫腔。「是啊，稻子家家戶戶都種，又賣不了什麼高價，娘，咱們就種點別的吧，像……」她擰著眉，番茄這邊好像沒有啊，西葫蘆有沒有？她一時拿不定主意，要說個稀奇東西出來他們也聽不懂，可不能胡亂說話。

倒是杜文淵說道：「要不種寒瓜吧？這東西夏天又解渴，富人家都買來吃呢。」

寒瓜是啥東西，夏天解渴嗎？杜小魚這會兒聽不懂了。

看她一臉迷茫，杜文淵笑道：「咱們家以前也種過的，妳不記得了啊？這麼大，裡面紅紅的，籽是黑的，吃上去很甜。」

原來是西瓜，杜小魚了悟了，這東西好吃，她夏天就喜歡吃冰鎮西瓜呢！

但這話勾起了杜顯跟趙氏的痛苦回憶，那是三年前的事了，當初一時貪念看別人種寒瓜賺大錢就也想種來試試，好緩解家裡的境況，結果那年偏偏降水多，又連綿陰天，活活把西瓜苗爛死在地裡，最後只結出了十幾顆寒瓜，因此趙氏當即就否定了這個提議。

一朝被蛇咬，十年怕井繩啊！

可杜小魚起了興頭，種西瓜多好啊，這地本來就是四季特別分明的環境，夏天若沒有風還是很熱的，西瓜當之無愧是最好的水果，要是運到鎮上去賣肯定賺錢，而且用井水冰一冰更好吃呢，那些人肯定喜歡的，她越想越是心癢，抓著趙氏道：「娘，就種寒瓜吧，好不好？」

趙氏虎著臉不理她。

杜顯見狀忙道：「是啊，小魚，別纏妳娘了，妳要吃，爹到時候買幾顆給妳嚐嚐，啊，乖。」

看來真沒戲，杜小魚就不說話了。

用完飯送吳大娘夫婦走後，她找到杜黃花，見正跟杜文淵在一起，就問道：「姊，娘為什麼不高興種寒瓜啊？」她很不明白，怎麼一提寒瓜，爹娘都一副奇怪的表情呢？

「唉，下回提也別提了。」杜黃花拉過她道：「那次種寒瓜全死了，娘傷心得幾天吃不下飯，爹氣得把自個兒手都捶傷了。」那會兒杜小魚還小，難怪記不得，可杜文淵應該記得啊，那年差點連飯都吃不上，她想著一瞪弟弟。「你也是，好好的提什麼寒瓜？」

「那次不過是意外，誰想到會這樣，咱們這兒平常可不會多雨的。」杜文淵不以為然。「再說，以後田多了總要種的。」

杜小魚很同意，點著頭道：「姊，不能勸勸娘嗎？」

杜黃花橫她一眼。「你們要種自個兒去勸。」說著就出去院子了。

杜小魚吐吐舌頭。「姊好像真的生氣了，」她一扯杜文淵的袖子。「對了，二哥，你不是還會看星象的嗎？今年會不會一直下雨啊？」

「當我是天師呢？」杜文淵一拍她腦袋。「這個誰看得出來。」

倒也是，將來的天氣預報都不準呢，常常胡說八道，只能測測一、兩天內的，杜小魚嘆口氣。「那怎辦？看來是種不成了，可惜那幾畝好田，吳大娘說以前種過水稻、小麥、玉米等等，農書上也提到呢，種過這些的良田種瓜類最好了。」

看她垂頭喪氣的，杜文淵安慰道：「倒也不是沒有回轉的機會，咱們一塊兒想想吧？」

兩人就進屋去了。

那邊杜顯跟趙氏在屋裡頭說著話。

杜顯向來疼愛小魚，勸說道：「哎，看小魚失望得很哪！要不弄個一畝地種種？這孩子貪吃，估計是念想著寒瓜了……」

話沒說完，被趙氏一口打斷。「你也別寵著她上天，這孩子現在是……」她說著搖搖頭，總覺得這小女兒越來越拿不住，上回雖說被說服答應了杜黃花去學蘇繡，可她向來要強，事後卻有些後悔，心道怎麼就全順著這丫頭的心了呢？

她要再長大點，家裡事可不得都聽她的了？

杜顯見她生氣，忙閉口不言了。

第二十六章

元宵節過後，章卓予果然來接她們，還是乘著馬車來的。

車廂外表看上去並不奢華，反而是極為簡樸，不過那兩匹馬就不一樣了，高高壯壯，一看就是好馬。

「萬姑娘也來了啊。」杜小魚衝萬芳林笑笑。

萬芳林點了下頭也不說什麼。

章卓予道：「見她成天悶在家裡，舅母叫我帶著一起來的。」

「以前來過村裡沒啊？」杜小魚上來馬車後問萬芳林。「下回來我家多待一會兒，我帶妳出去玩。」就像城裡姑娘來鄉下，總會覺得新奇的，也許看到頭牛都會覺得好玩呢。

萬芳林就看章卓予一眼。

「妳想的話我幫妳跟舅母說一聲，多半是允許的。」

得到他承諾，萬芳林才笑道：「好的，謝謝你了。」

「有什麼客氣的，上回在妳家，不也帶著咱們賞花看魚的嘛。」杜小魚說著就繞到拜師上面去了，看著章卓予道：「你們來之前，可有知道萬太太準備出什麼難題啊？」所謂知己知彼，要是現在清楚題目，還能有時間想一想。

看她堂而皇之地走後門，章卓予忍不住笑。「不知道，再說，真要告訴妳的話舅母會責怪的。」

「為朋友兩肋插刀啊，懂不懂？」杜小魚說著自己也笑起來，搖著手道：「好吧，反正我相信我姊。」

杜黃花聽到這一句手心都出汗了，她這段時間每想起這件事就渾身緊張，生怕到時候萬太太看不上她的手藝，那杜小魚肯定要失望，如今在馬車上更是全身繃緊。其實那日看到萬太太的時候就已經說不出話，也許是太尊敬這個人，她顯得很是侷促不安，是以萬太太才會覺得一股小家子氣。

馬兒跑得飛快，沒多久就到了，幾人下了馬車，章卓予領著他們往堂屋走。

萬炳光今兒不在，而萬氏要休養也不便打擾，只路上遇到小廝，說家裡來了客人，太太吩咐叫少爺小姐去見見，這種情況章卓予只好抱歉了下，就讓人先領著杜小魚跟杜黃花在花廳等著。

「姊，妳別怕啊。」杜小魚這才注意到杜黃花的緊張，看她臉上都流汗了，忙掏了帕子出來道：「萬太太又不吃人，姊只要發揮平時的水準就行了。」

「我知道。」杜黃花接過帕子擦了下臉，但聲音顯然有點兒抖。

這個樣子可不行，杜小魚握住杜黃花的手道：「姊，哪怕拜不成師也沒關係的，說明萬太太沒眼光，咱也不稀罕，對不？」

杜黃花哪不知道是安慰的話，見妹妹一臉關切，就深呼吸了幾口氣，覺得心靜了點，反手拍拍她手背，認真道：「這會兒真好了，我不怕。」

兩個人相視一笑，這時有人走進廳裡，過來看了眼杜黃花。

「妳就是杜黃花？」

見來人一張鵝蛋臉，五官甚為豔麗，杜小魚略皺了下眉，心道，今兒是收弟子，這個叫容姊的在也是正常，若是拜師成了那兩人就是師姊妹，她想著收斂起厭惡的神色，雖說有過節，可她明顯沒認出她們倆，這節骨眼上她鐵定不能壞事，要是惹得容姊不滿，指不定就去給萬太太上眼藥（注）了。

而那邊杜黃花亦點頭道：「是。」她也認出容姊了，正極力掩飾情緒。

兩個沒見過世面的村姑！容姊不屑地撇撇嘴。「我是師父的大弟子，師父現在正跟人說話，妳們等會兒。」

杜黃花就說好。

花廳裡立刻安靜下來，半晌都沒有人說話。

容姊待了會兒便怒上心頭，這倆村姑不只沒見過世面還是不懂人情的，她可是萬太太的大弟子，上這兒來拜師的哪個不得巴結著點，就算不拜師的，府上的丫鬟、小廝也是前後討好著，這兩人算什麼東西？竟然半天連句好話都沒有？

「妳可帶了什麼繡件來了？」她嘴角微一揚，問杜黃花。

杜黃花忙點點頭。「帶了幅枕頭花。」她也是有準備的。

「給我瞧瞧。」容姊一伸手。

杜黃花就遞上去了。

注：上眼藥，意指打小報告、耍弄對方，使人被誤會、受委屈。

容姊看了眼，發出嗤的一聲。「妳這也好意思拿過來給師父瞧？看這針腳都不平，顏色也配得亂七八糟的，看著眼睛都不舒服，我看還是回去再繡一幅過來，師父眼光很高的。」說著把枕頭花一扔，正好扔在旁邊的茶水上，立時濕了一灘。

明顯是找碴！杜小魚不淡定了。「若是我姊功夫不好，萬太太也不會叫著過來，妳現在是懷疑妳師父的眼光嗎？」

容姊被她說得噎住，一般人被這樣嘲諷早就無地自容，看那做大姊的就羞紅了臉，倒是這小丫頭嘴巴利得很，她冷笑幾聲。「真當妳姊功夫好啊，不過是攀著表少爺的關係我師父才看兩眼，還真把自己當回事了，別以為跟表少爺坐一輛馬車就能成事。」

「妳說什麼？」居然還敢辱人名節了，杜小魚氣得真想甩她兩耳刮子。

而杜黃花早就坐不住，站起來就要走。

這裡面確實有章卓予的緣故，萬太太才會看到帕子，杜黃花臉皮薄，被人抓住這一絲關係無限放大，她就毫無自信起來。

杜小魚拉住她。「姊妳別走，真相信她胡說啊？不過是嫌咱們沒捧著她罷了！呸！也就是仗著個大弟子的名分，真當自己技藝無雙呢？我看連百繡房的那些繡工她都比不上！」上次在紅袖坊就見她鄙視百繡房了，而自己從來都知道該怎麼打擊到別人。

容姊果然氣得跳腳，她向來看不上百繡房，如今還被人說成比不上那裡的繡工，那是極大的侮辱，容姊抓起個茶碗就往她身上摔過去，罵道：「妳個賤丫頭，妳敢再說一句！」

「妳還想聽啊？」杜小魚輕鬆躲過，嘲笑道：「妳想聽我就說，妳的繡藝比不上百繡房的繡工啊，不，都比不上咱們村裡的大娘大嬸們！」

容姊聽了尖叫一聲就要追她，這時門口章卓予喝道：「妳幹什麼？」

「表、表少爺。」容姊立馬站住，抬手一攏額邊散落的頭髮。

杜小魚仍舊笑嘻嘻的。「容姊是看咱們等得無聊，正想法子逗咱們玩呢！」

章卓予剛才其實已經聽到一些，心道也就杜小魚特別，別的來求舅母的人哪個不是巴結著容姊，偏她還敢這樣刺激人，但他一向瞧不慣容姊的作風，仗著是舅母的大弟子經常欺壓下人，是以也覺得很出氣，說道：「原來是這樣，倒是勞容姊費心了。」

容姊知道章卓予在府裡的地位自然不敢說什麼，只狠狠瞪了眼杜小魚。

「小魚、黃花姊，舅母在堂屋等著呢，跟我走吧。」章卓予又道。

杜小魚便一拉杜黃花跟著他走了。

萬太太正站在窗口賞花，那是一盆春蘭，看著極為清雅動人。

「萬太太。」兩人行了禮站在身後。

萬太太轉過身，衝杜黃花笑道：「原來就是妳呀，上回卓予也不說一聲，這孩子，瞞得倒緊。」

「那時候說的話我姊肯定很緊張，指不定連針都拿不穩呢。」杜小魚提前打招呼。

「有什麼好怕的，真有功夫上山打虎。」萬太太打趣道：「我見過妳那帕子，繡得很好，雖說圖樣小，但是意境出來了。咱們蘇繡也是講究這個，只要繡得好看，別的什麼倒不緊要，就跟畫畫一樣，妳畫出來了，別的人再畫卻沒這種情趣，也就是大成了。」

說得真好！杜小魚暗暗鼓掌，看得出來，萬太太是個不拘一格的人，不是刻板型的，其實這樣更有利於一個人的創造性。

杜黃花也點著頭表示受益匪淺。

「這樣吧，妳就把這盆花給我繡出來。」萬太太指一指前面。

就是剛才她在看的那盆春蘭，杜小魚不禁倒吸一口氣，這考題可一點不簡單，完全就是畫畫嘛，幸好她已經見識過杜黃花的技藝，不然可得捏一把冷汗了，但饒是如此，還是很擔心。

杜黃花手指微微一抖，這個對於她來說確實很難。

「怎麼？繡不來嗎？」萬太太看她沒反應。

杜黃花這時往杜小魚看了眼，後者立刻做了個鼓舞的手勢，她才深吸口氣道：「我能繡的。」

萬太太便叫丫鬟拿了繡花綳子來，針線一應俱全。

「你們去外面等吧。」最後把杜小魚跟章卓予趕了出來。

繡花需要耐心還有專心，杜小魚也知道，暗暗祈禱了一番，臉上免不了是擔憂之色。

「妳姊肯定可以的。」章卓予道：「我舅母很少會給人出這樣的難題，如果不是看重她的話是不會的。」

「原來是這樣啊！」杜小魚稍許鬆了口氣。

兩人便往園子那邊去了。

等待的時候閒著無聊，杜小魚想到種西瓜的事，便問章卓予。「你們家夏天吃寒瓜嗎？」

「寒瓜？」章卓予唔了一聲。「大舅家偶爾會買。」

「貴嗎？」

章卓予點點頭。「大一點的要六十文呢。」

果然很貴，等於三斤大肉！杜小魚眼睛一下子亮了，在心裡盤算著，若是一畝地能種出一百顆大西瓜，不就等於有六兩銀子了？這可是相當於種大米一年的收入……

不過怎麼說服娘呢？那天跟杜文淵在屋裡討論了半天也沒有想到什麼主意，她本來倒是有個好辦法的，可這古代沒有塑膠膜不能搭大棚，不然還用怕什麼下不下雨？不過話又說回來，就算真有塑膠膜，恐怕這價錢他們家也吃不消。

她忍不住輕嘆一下。

「怎麼了？」章卓予注意到了，關切的問。

「哎，我娘不給種寒瓜。」她倒苦水。「說怕下雨天秧苗都爛掉。」

章卓予對種田不瞭解，笑了下道：「那就不要種好了，也許確實不太好種，不然也不會那樣貴。」

說是這麼說，可樣樣都怕的話總是不行的，但她也沒有就此事再講下去了。

兩人閒逛了一圈，時間並沒有消磨去多久，章卓予想著可能還得等一會兒，就讓下人在亭子裡擺了些吃食，兩人一邊說話一邊吃東西。

又過了大約半個時辰，終於有丫鬟過來傳話，說是已經繡好了。

杜小魚去到堂屋的時候，就見萬太太正拿著繡圖在看，雖說跟原樣有差異，可是那春蘭素淨整潔，自有古樸之態，又見站一旁的容姊臉上不好看，她心想這事該成了。

果然，萬太太稱讚杜黃花的繡藝好，說決定收她做徒弟。

姊妹倆極為歡喜，杜小魚上去抱住杜黃花道：「姊，妳可達成心願了呢，恭喜妳，大姊！」

杜黃花激動得都說不出話，跪下來給萬太太結結實實磕了三個響頭。

「真是個實誠的丫頭。」萬太太笑道：「也沒鋪個墊子，不怕膝蓋疼呀？」她側頭喚容姊。「還不快扶著起來，以後可就是妳師妹了。」

容姊一萬個不願意，可仍得露出笑容伸手去扶。「小師妹手巧是手巧，可也得記得師父大恩，以後在身邊好好服侍才是。」又請示萬太太。「師父，是不是今兒就把契約簽了？我看您很是喜歡這個徒兒呢。」

「契約？」杜黃花訝然，她只知道杜小魚安排帕子給萬太太看，可不清楚還有契約這回事。

「拜師父門下要一心一意，蘇繡可不是隨隨便便就能學的。」容姊瞥她一眼。「不然到時候浪費師父苦心，這個責任妳可扛得起？」

萬太太抬一抬手，容姊便住口了，萬太太道：「在我這邊學就得三年工夫，若是這三年妳還學不成自是放妳回去。妳可要想好了，若是不願意，我當然也不強求。」

三年是很長的一段時間，杜黃花肯定不會輕易答應，她尤其顧慮她娘，趙氏若知道這三年契約肯定是不會鬆口的。

「萬太太，我想考慮一會兒，成嗎？」杜黃花猶豫會兒道：「再說現在正好開春，家裡忙……」

話沒說完，容姊打斷她。「妳這是還不肯了？真是豈有此理，師父能收妳做徒弟可是妳的福分！」說著盯著她看。「哦，剛才一副受寵若驚的樣子，原不過是作戲罷了，一聽要簽契約忙就推託，這哪是誠心誠意要學東西的態度？怕是來戲耍人的吧？」

杜黃花被她說得啞口無言，只搖著頭否認。

在外人面前，這個姊姊總是能忍，除非是傷害到家人，杜小魚暗自嘆口氣，說道：「萬太太，我姊只是怕我娘不同意，不知她一番孝心為何竟被人說得這樣不堪？難道孝心也有錯嗎？我大姊向來尊敬萬太太，連作夢都想學蘇繡，這些年來日日練習，方才有如此功夫，難道這還不是誠心誠意？非得要忤逆我娘、不孝了才能算是真心？」

這下輪到容姊反駁不出來了。

萬太太聽完這話卻是一笑。「黃花，妳無師自通，這悟性確實是不可多得，若是不學實在可惜。這樣吧，回去好好考慮，需知道，蘇繡一門也是修行，三年只是考驗，若家中困難，我自也會援手。」

杜黃花點點頭。「謝謝萬太太諒解。」

章卓予欲送二人回去，被杜小魚婉拒。「我跟我姊還有話講。」

「那好，有什麼事儘管來找我。」

杜小魚謝過他便跟杜黃花離開萬府。

沒等她先開口，杜黃花道：「妳一早便知道要簽三年契約？」

「是的。」

「那娘知道嗎？」杜黃花問。

杜小魚抿了抿嘴才回答。「娘以為簽一年。」

「妳！」杜黃花瞪著她，只覺心裡一涼，看來娘肯定是不願意的。「妳這樣騙她又有什麼用，到時候總會被拆穿的。」

「姊，妳既然想學蘇繡，還顧慮這些幹什麼？」瞻前顧後是實現不了理想的，杜小魚氣道：「就算三年又如何？哪怕五年呢！姊，妳當年沒有唸書不是到現在還在怨娘嗎？難道事到如今，還得因為蘇繡再怨娘一次不成？」她用力握住她胳膊。「姊，妳聽我說，船到橋頭自然直，就說一年又如何？到時候娘也不能拿妳怎麼辦，再說，我相信姊用一年就能學成的。」

那些話猶如實體重重敲在杜黃花的心頭，她怔怔地看著杜小魚，半晌才嘆道：「小魚，我若有妳一般的勇氣就好了。」

「沒事，姊，我借給妳。」杜小魚往她身上一靠。「拿去吧，姊，哪怕要我命呢，我反正打死也不會讓娘阻止妳的。」

這丫頭，杜黃花只覺鼻子酸酸的。「可是家裡的田怎麼辦呢？」

「請僱農啊，我都給秦大嬸說了。」她說著一頓。「是不是姊也擔心以後年紀大了嫁不出去，若是因為這個，我自不會再勸姊。」雖然不希望大姊十五、六歲就嫁人，可終身大事她負責不起。

杜黃花臉微微一紅。「我豈會想這些？」她輕摸著杜小魚的頭。「妳想得真周到，不過我還是想等春天過後……」她停一停。「小魚，妳還在想著種寒瓜嗎？」

說到這個杜小魚就嘆口氣。「是啊，都想破腦袋了，哪怕有一畝地試驗試驗呢。」

「我去跟娘說說。」杜黃花道。

「啊？」杜小魚愣住了，上回不是還因為這個生氣的嗎？

「妳既然相信我能學成，我也該相信妳才對。」杜黃花笑道：「到時候把寒瓜種出來，我還想嚐嚐呢！」

「姊！」杜小魚撲到她懷裡，滿心的甜。「姊妳真好！」

看她扭得跟麻花似的，杜黃花嗔道：「在路上呢，有個樣子。」

杜小魚嘻嘻笑著，兩人親親熱熱地回家去了。

第二十七章

剛到家門口就見杜文淵正等在那兒，知道他心急，杜小魚故意裝得垂頭喪氣，卻被他一個栗子彈在腦門。「裝也不裝像點，姊肯定拜師成功了吧？」

杜小魚無語，瞪他一眼。「那你還問。」

「哦，看來是真成了。」杜文淵笑道：「恭喜妳啊姊，我這就跟爹娘說去，他們這整半天魂不守舍的，緊張得很呢。」

還會這樣？娘不是很不情願的嗎？杜小魚忙跟了進去，只見杜顯聽到好消息果然大喜，忙忙地拉著趙氏道：「看，我說黃花行的吧！咱村裡頭哪個不說她繡的東西好看，嘖嘖，這下好了，能拜師了，這蘇繡在咱們這兒可是少見得很哪！哎，這孩子有出息了。」

趙氏雖繃著個臉兒，可仍看得出來是欣慰的，杜黃花被萬太太看上也是自家的驕傲，別的人家送銀子去還學不成呢。

「黃花，啥時候去學啊？」杜顯關心道：「得要去鎮上住了吧？一會兒讓妳娘收拾收拾。」

「不急，我跟萬太太說了，春天過後再去。」杜黃花道：「二弟不也要去府城考院試的嗎？我還是過了這段時候再走。」

「這樣也好。」杜顯點著頭道：「府城也遠，我總歸要去送的，家裡就妳娘跟小魚的話，人手怕不夠。」

杜小魚一聽，果然沒有帶她去府城的意思，看來到時候又得費一番口舌。

「他娘，還不開飯！」杜顯笑著道：「黃花，妳娘燒了妳最喜歡吃的菜哩，來來來，小魚也坐，這半天下來餓了吧？」

還真餓了，杜小魚探頭看看桌上的菜忍不住嚥了下口水，心裡也是暖洋洋的。

一家子說說笑笑吃了頓飯，飯後就見杜黃花去了趙氏屋裡。

杜小魚緊張得很，她當然知道杜黃花是去幹什麼了，就是不清楚趙氏會不會同意。

好半天，杜黃花才出來。

「姊，娘有沒有責怪妳啊？」杜小魚並沒有抱多大希望。

杜黃花笑起來。「幸好有爹幫著一起勸，而且二弟之前也勸過，」她拍拍她的頭。「明兒就去跟爹買種子吧，娘說晚了就耽擱時間了。」

「啊！」杜小魚歡喜地叫道：「終於可以種寒瓜嘍！」她笑了一陣又問：「幾畝地啊？」

「一畝，還能有幾畝？」杜黃花搖頭道：「妳這貪心的。」

一畝就一畝吧，杜小魚也滿足了，一下午就抱著農書在啃，既然要種就得種好，總不能讓家人失望，而且這回要是不成，以後有點子的話，恐怕她娘絕不會再輕易答應，所以她一定要成功！

村裡頭沒幾戶人家種過西瓜，要說最有經驗的還得數邱長榮，此人是少有的種田好手，憑著本事先後置辦了百畝良田，後又娶了個如花似玉的娘子，是眾多年輕男子羨慕的對象之一。三年前杜顯就是在他那兒買的寒瓜種子，可惜運氣不好遭逢大雨，那年就連邱長榮也是虧損了不少銀子的。

見是杜顯，邱長榮甚為驚訝。「你還敢種寒瓜？」

杜顯笑笑。「種個一畝地試試，反正虧也虧不到哪兒去。」

「老哥倒是膽子大了。」邱長榮說著就進去拿寒瓜籽。

「爹，一會兒問問他怎麼種，有沒有什麼要注意的。」杜小魚叮囑兩句，既然這人種田厲害，自是要請教的。

「這些夠種一畝了，看在是老哥分上，就給個五十文吧。」邱長榮稍後便拿來一小布袋寒瓜籽。

杜小魚瞅瞅，估摸著也就十來把瓜籽，這在後世最多值幾塊錢，剛想還價，誰料那邊杜顯卻二話不說就掏錢買了。

這老實爹，杜小魚無語，但買都買了也沒辦法，就推了下她爹示意問問情況。

「邱老弟啊，種寒瓜你是一把手，可得教教我啊！」杜顯上前請教。

結果邱長榮轉身也不知道哪兒摸出來根線，剔起牙來，一邊說道：「有什麼好教的，可不就是跟種稻子一樣，反正苗你也會催了，還有什麼不懂？平日裡澆澆水、施施肥，多去看看就得了，若是生蟲了再來找我。」

等於沒說，杜小魚暗自冷笑，就只顧著自個兒致富，還處處防著別人偷師，真是心胸狹窄。

杜顯有點兒尷尬。「這，這總是不同的……」

「爹，走吧，看他那樣兒就不會教，咱們回去自己琢磨。」杜小魚拉著他就走了。

邱長榮在身後嘿嘿笑兩聲，都說有徒弟沒師父，什麼都教還去哪兒賺錢？不是個個都來搶他生意了？

卻說那邊杜小魚出來沒走幾步就想起一件事，忙把寒瓜籽拿出來細細看了下，剛才一直想著讓她爹討教都忘了這茬，幸好這瓜籽還不錯，顆顆飽滿，可見那人雖不傳授經驗，倒還不至於拿壞的糊弄人，但她還是有些不高興，說道：「爹剛才幹什麼急著買啊？五十文我看挺貴的。」

「誰說的，三年前他賣七十文呢，」杜顯忙辯解。「他的寒瓜種好。」

可是這是三年前啊，那會兒種寒瓜的人更少吧，自然要貴一些，不過算了，杜小魚搖搖頭問：「這怎麼育苗啊？我看農書上說也是要種在地裡的？」

「反正就一畝地，在前院弄就行了。」

回到家，杜顯就在院子裡圈出塊地來，長約兩丈，寬半丈，然後就在那裡鏟土，鏟完之後又找了玉米稈一排排插在四周，形成一個密集式迷你欄杆，又叫杜黃花把後院的稻草都捧過來。杜小魚看著有趣，在旁邊問東問西，才知道這就是用來育苗的，有些東西非得實踐才明白，書上並不能真正的教導。

又見杜顯去挑來平日積累的雞糞，杜小魚忙捏著鼻子躲門後面看。

「妳這樣也能種田啊？」杜黃花看著她搖頭。

「怎麼不行？」杜小魚反駁道：「我以後請人種！」

「唉，以後別是個敗家的。」趙氏聽到了少不得挖苦一句，昨天個個都來勸她給小女兒種寒瓜，雖說答應了，可心裡就是有些不痛快，心道，搗鼓吧搗鼓，等種不好以後可就再沒藉口了。

杜小魚才不理，賺錢未必要自己動手，她希望自己是個動腦的，但不懂也是要問的，她虛心請教杜黃花。「姊，那雞糞鋪下面幹啥的啊？施肥？」

「是啊，還得挖點好土呢，咱們院子裡的土可不行。」

原來如此，看來育苗也挺麻煩的，她得好好學學。

於是這一整天都跟著杜顯在走來走去，一會兒是去良田裡挑土，一會兒又是給那塊地鬆土，接著是在新土上施肥，然後又在最上面撒了層草木灰。這些做完還沒完，還得澆水，讓泥土吃夠水，才能把寒瓜籽種在裡面。

說種不如說鋪，其實只蓋了層薄薄的土。

杜小魚看總算弄完了，抬頭抹了把汗，就這麼跟著看看都出汗了，不用說杜顯有多累了。

「爹，喝口水。」她進屋倒了碗水過來。

杜顯拿掛在脖子上的手巾擦了下汗，笑道：「今兒太陽不錯，這天氣確實合適。」

「是不是要一直曬到太陽才行啊？」杜小魚問。

「那當然，前兩天要下雨的話就廢了。」杜顯皺了下眉。

杜小魚一聽，剛才的興奮勁兒全沒了，忽地有些後怕，在這一刻她真的體會到農民靠天吃飯的事實，真的，她也不是天師啊，哪知道會不會下雨！要是下雨，這五十文就算扔到大水溝去了嗎？想著她急匆匆地就跑去找杜文淵了。

「二哥，寒瓜籽都種好了，你快看看明後兩天會不會下雨？」

看她一腦門的汗，杜文淵好笑道：「現在星星都沒出來，我能看出什麼啊？」

「這，這……」杜小魚急死了。「爹說要是下雨，苗就出不來了呢。」

「那就再種好了。」杜文淵道：「也是沒辦法的事。」

「啊？」杜小魚跌坐在炕頭上，半晌說不出話，出師未捷身先死，她可不要啊！

見她發愁的樣子，杜文淵拉她走到窗前。「看見沒有，出晚霞了，有句話說朝霞不出門，晚霞行千里，也就說這兩天都會是晴天。」

「哦，你們……」杜小魚恍然大悟，都在逗著她玩呢，真是的！

「現在知道種田不容易了吧？」杜文淵認真道：「妳可得好好種。」

好像他有多瞭解種田似的，杜小魚撇撇嘴，那會兒說種寒瓜還不是他提議的，如今倒來教育起人來了，杜小魚瞟他一眼。「二哥，考秀才也是很不容易的，你可得好好看書。」說著就甩手出門去了。

這丫頭，真是半丁點兒也吃不得虧，杜文淵搖著頭笑。

太陽一落山，杜顯就在那些玉米稈上架了層竹竿，把稻草小心蓋在上面，晚上的溫度還比較低，這是在做保暖工作。

此後，杜小魚每日的事情就是觀察寒瓜種子，給它們澆水，注意陽光的照射，可謂全身心投入，但也真是等得心焦，因為幾天過去了，還是一點反應都沒有，她都懷疑是不是杜顯哪兒沒做好，連吃飯的時候也在思考這件事，為這不曉得被家裡人笑過幾回。

幸好還有些別的事情分散她的注意力，比如白蓮花的到訪。

她是真心不喜歡那家人，本來還覺得白蓮花有些意思，但那次去白家後就再也不那樣想了。

「小魚妹妹，這兒種了什麼啊？」白蓮花倒是有話跟她說。

杜小魚愛理不理。「寒瓜籽。」

「哦？你們家要種寒瓜啊？」白蓮花很感興趣。「那東西可好吃呢，有時候夏天我爹會買幾顆回來，小魚妳吃過沒啊？」

是又在無意識地擺闊嗎？杜小魚真不想講話了，站起來去牛棚把小牛牽出來。「娘，我去放牛。」反正杜黃花跟杜顯去給那幾畝良田鬆土了，她倒是沒啥好擔憂的，白蓮花見沒人陪著玩總歸會回去。

趙氏哪不知道白家的意思，當然也不管杜小魚。

她牽著牛就去山那邊了。

不知不覺就走到山林，因為從沒聽說有野獸出沒，是以她也不害怕。

山裡頭現在也是別樣的風景，樹木要嘛是發出了綠芽，要嘛是枝頭抽出了花，洋溢著蓬勃的朝氣。

她走了一陣子就看見前頭一片繁花麗色，過去一看才發現是杏花，如同紅雲般嬌豔動人，原來這林子裡還有杏樹呢，之前倒也沒有遇著，她四周看了看，旁邊都是大片高高的樹木，完全遮擋了視野，許是因為這個緣故？她欣賞了一陣，往回走的時候就記下一些特殊的標誌，比如中途有幾塊形狀怪異的大石頭，還有一棵彎曲的紅松……

小牛已經吃飽，這新發出來的草估計嫩得很，見牠搖頭擺尾的，就知道心裡高興。

這一路上心情愉快，然而回到家卻不是了，因為白蓮花居然還在，正跟杜黃花兩個人在屋裡頭說著話。

「我大哥本來身體很好的，要不是因為那會兒半夜帶我去找大夫凍著了，也不會這樣。」白蓮花眼淚漣漣。「那天我爹娘因為下大雪回不了家，我正好病了，大哥就揹著我，可是雪太大了，根本就沒法走，大哥把自己衣服脫下來給我穿，後來就落下病根，大夫說身體被凍壞了……」

杜小魚在外頭聽得直冒火，這是在拉同情分嗎？為他自個兒妹妹奉獻就奉獻唄，幹什麼要拉上別人家女兒？她砰地伸手推開門。

屋裡兩個人嚇一跳，杜黃花見是杜小魚，忙抹了下眼睛道：「回來了啊？怎去那麼久？」

「看我去那麼久也不來找找？」杜小魚看她傻乎乎的就來氣，被白蓮花這麼一說，就為他們兄妹情深感動地流淚了？真是個笨姊姊啊！她往兩人中間一坐。「妳就不怕我被山裡的野獸吃掉？指不定有什麼豺狼虎豹的。」她邊說邊盯著白蓮花看。

白蓮花驚呼一聲。「真有這些嗎？」

「為什麼沒有？這些野獸是殺不盡的，專門害人呢。」

杜黃花看她滿臉怒氣的，也不明白是為什麼，只笑道：「妳這丫頭就會胡思亂想，真要有的話，娘豈會准妳出去？」

說了也白說！杜小魚道：「蓮花姊，妳還不回去呀？這天都要黑了。」

「正要走呢。」白蓮花站起來。「黃花姊，趕明兒再來我家教教我怎麼繡花，娘都說我有很大進步呢。」

沒等杜黃花回答，杜小魚道：「妳要學就自個兒來，哪有讓人家上門來教的？沒一點誠意！」

白蓮花被她說得噎住，終於有點兒不同的反應了，笑著道：「小魚妹妹，我是跟黃花姊講呢，妳又不是黃花姊，怎麼樣樣都要插口？這是一個做妹妹的樣子嗎？」

「怎地？我姊都不管要妳管？」杜小魚瞇起眼。

杜黃花忙道：「小魚，妳別說話了，」又笑著解釋。「她就是這樣，蓮花妳別放在心裡，我過幾天就來。」

白蓮花這才高高興興地走了。

杜小魚氣道：「妳怎麼就答應了？」

「為什麼不能答應，不就是教下繡花嗎？她又沒有惡意。」杜黃花皺著眉，也有些生氣。「再說，她叔叔是給二弟作保的，下個月就要去考院試了，這節骨眼上妳搗什麼亂？真要惹出事來，娘也不饒妳，自個兒好好想想。」

好心當成驢肝肺，杜小魚氣咻咻地下炕出去了。

她再不想管杜黃花的閒事，都這麼大人了難道還分不清現實？也許真是自己瞎操心。

第二十八章

過了兩日，寒瓜籽終於有反應，伸出了兩片小小的嫩綠葉子，杜小魚激動得向眾人彙報，一家子全都過來圍著看。

「哎，總算長出來了。」杜顯也鬆了口氣。

杜小魚問道：「是不是馬上就能移去田裡種了？」

「還得過段日子。」杜顯講解道：「這兩瓣可不是真正的葉子，是寒瓜籽的芽，要種的話等再長出新的葉子才行。」

又長知識了，杜小魚回房就翻起農書看，算算的話得要到杜文淵去府城那段時間前後才能移栽寒瓜子苗，到時候若是自個兒又要跟著去，豈非只有杜黃花跟趙氏兩個人看著？總覺得有點不太放心啊，她想著很是煩惱。

後來幾日章卓予來過一趟，杜黃花便表明自個兒是願意學的，不過要三月份過後，而章卓予也帶了話來，說萬太太的意思不管什麼時候去學都成，有這一句話，全家人都放心了，看來，萬太太是真的賞識杜黃花，以後必定是能學到真功夫的。

四隻小兔子也一天天大了，竹簍已經裝不住，杜小魚只得讓杜顯給她做個木籠子裝著，鐵籠子成本大，暫時也用不著，牠們的牙齒還不到那樣鋒利，而木頭這東西家裡是很多的，要的話就去山上砍，平常杜顯沒事就去砍些回來，後院堆得到處都是。

「這麼大行不行？」杜顯問。

杜小魚比劃了一下。「差不多，爹您小心點，可別釘著手了。」

「小看妳爹呀？」杜顯哼了聲。「家裡那些凳子可不都是我打的。」

「哦，原來爹爹還能做木匠啊，我當那些凳子都是買來的呢，真厲害！」杜小魚忙誇他兩句。

杜顯聽了就笑起來，這丫頭就是嘴甜。

很快便到二月，天氣也著實的暖起來，為了杜文淵去府城的事，家裡也在做著準備。

因為整整三天的路程，少不得路上要帶些乾糧衣物什麼的，所以趙氏這些天都很忙，昨日還殺了隻母雞給杜文淵補身體，就怕在節骨眼上生病耽擱考試，杜小魚也就沾了點光，弄到了一隻大雞腿，喝了幾碗鮮美的雞湯。

「到時候去哪兒僱車？」趙氏跟杜顯商量著。「不然我去問問張大？」

「牛車哪能去成?!」杜顯搖著頭。「可不得走十天半個月。」

可馬車不是一二般的貴，不是他們家能僱得起的。

「到時候我跟卓予一起去，他們家有馬車。」杜文淵正好進來，說道：「本來就想說的，倒是讓爹娘費心了。」

「這樣也好。」但趙氏仍有些猶豫。「不過會不會太麻煩人家？」

「不會，萬老爺也早就這麼說的。」

杜顯聽了笑道：「我本來就看那少年不錯，看來他大舅也是好的，文淵啊，你倒是交到了好朋友，對了，是叫章卓予吧？他今年幾歲啊？」

「比兒子小兩歲。」杜文淵回道。

「哦，才十一歲啊，還小，還小。」

趙氏聽了笑起來，拍一下丈夫道：「就算大幾歲又怎麼樣，難不成你還想給他說媒不成？咱們村裡頭可沒有姑娘配得上，聽說他大舅萬老爺在鎮上都算有錢的，常跟知縣在一起吃飯呢。」這些都是從秦氏那兒聽到的，秦氏知道杜黃花要給萬太太做徒弟，便總是提些萬家的事。

杜顯朝門外抬一下下巴。「我見他每回來都跟咱們小魚很好呢，兩人有說有笑。」

趙氏更加好笑了。「小魚才幾歲啊，八歲你就想這些事了？真是的，你這做爹的可比我還操心，有這工夫還不給黃花先找個好的。」

「也是。」杜顯哈哈笑。「怎麼也得黃花先嫁了才行，不過我是看咱們小魚啊，這麼聰明可得找什麼樣的人家哦。」

「哎喲，看你把她誇的。」趙氏掐一掐他。「可不要寵上天了，到時候婆家可沒有咱們這麼好說話。」這個小女兒嘴巴太利，她有時候還真擔心日後不好找相公。

旁邊杜文淵一聲不響，轉頭看去，只見杜小魚正蹲在那塊地前面還在研究著寒瓜子苗。

從屋裡出來，他走到杜小魚身邊道：「整日看這個不膩？」

「反正也閒著。」她指指那葉子。「看到沒有，有個小尖尖出來了，我看過兩日就能移過去種了呢。」

杜文淵沈默會兒。「剛才爹說卓予……」

「章卓予嗎？」杜小魚回過頭。「爹說他什麼了？」

見她一臉好奇，杜文淵偏了下頭道：「沒什麼。」

瞧著有點兒奇怪，杜小魚看看他。「二哥是擔心考不過章卓予嗎？」

「什麼？」杜文淵揚起眉。

「哦，不是就好了，我上回也是隨便說說，其實就算他考上秀才也還是沒有二哥優秀的，你放心好了。」她鼓勵地拍拍他肩膀。「能作詩就行了，我看他這方面肯定超越不過你。」她說的可是真心話。

但杜文淵聽起來不是這麼回事，能作詩就行了？意思是別的方面都比不上章卓予嗎？他微微瞇了下眼眸，轉過身就走。

杜小魚看著他背影一愣，半晌才輕笑起來，哎，這好勝的二哥估計會錯意了，不過也好，指不定就能起到激勵作用，到時候考出好成績來再好好誇獎也不晚。

那四畝良田一畝定了種寒瓜，其他三畝地趙氏跟吳大娘討論過後決定種棉花，不過棉花得要四月份播種，所以便打算種些常用蔬菜，到時候自個兒吃吃賣賣也不浪費土地。

杜小魚心想種棉花也好，這跟大米、小麥一樣，總歸是不會虧錢的，因為這東西歷史雖短，但在明朝開國皇帝的鼓勵之下，全國已經開始普遍種植，是以有經驗的人也多，吳大娘家去年就種了不少，大概收成不錯便也勸趙氏試試。

而與此同時，寒瓜種已經長出了完整的嫩葉，比她預計的要快一點，看來在杜文淵動身去濟南府城前就可以移種了。

「小魚，你們家寒瓜馬上可以種了吧？」秦氏笑著從院外走進來。「那地也得好好翻翻，要牛隨時去我們家借。」

「好啊，謝謝大嬸。」

見家裡趙氏跟杜顯都不在，秦氏拉著她說悄悄話。「小魚啊，妳姊的事情怎麼樣了？」

杜小魚看她一眼。「等三月過了就去學，怎的，妳等不及了？」

「瞧妳這話說的。」秦氏真不把她當小丫頭，推心置腹道：「我老實跟妳講，妳姊要是成了萬太太的得意弟子，你們家可不就是跟萬家拉近關係了嗎？我聽妳娘說，他們家那個外甥經常過來，跟妳二哥也很要好的不是？」

「那又怎麼樣？」杜小魚心道她倒是瞧得遠，忍不住打趣兩句。「萬老爺是開藥材鋪的，敢情妳想插一腳？」

「哎喲，妳這丫頭也有笨的時候。」秦氏一戳她腦袋。「妳想想啊，萬老爺可是能在知縣大人面前都說得上話的，以後真要有點什麼事，不就方便多了？」

杜小魚哼了聲。「妳可別想著利用我姊。」志向還真大，都想著巴結知縣去了。

「這哪會，我也是疼黃花的，妳不是不知道，只是提個醒兒，既然能去萬家學蘇繡，可得好好孝敬萬太太。」秦氏把緊要的話說完便走了。

杜小魚也沒多想，這人功利心強不一定是壞事，都說多一個朋友多條路，但就那個建議來說，完全等於廢話，她不提醒，難道杜黃花就不尊敬萬太太了嗎？至於萬老爺，反正看著人挺好，她本來也是想打好關係的。

了。

第二日，杜顯看了下寒瓜苗，說過兩日就移過去，接著便去田裡下肥料，杜小魚也跟著去

田已經做好畦，是北董村常採取的平畦，杜小魚一看便有意見。「爹，您怎麼不把畦弄高點兒啊？要是今年跟三年前一樣，可不得把根又爛掉了？」畦是用土埂、溝或走道分割成的作物種植小區，十分重要，需得因地制宜。

杜顯卻笑道：「喲，這妳也懂啊？」

「那當然，我又不是白看書的。」杜小魚認真說道：「爹，我可沒開玩笑，萬一這寒瓜沒種好，以後我想種什麼娘肯定都不會答應的，所以一定不能出事。爹，這畦還是稍許堆高一些吧，萬一雨水多的話可以方便排水，而且咱們這兒反正有水車嘛，或者哪怕從井裡吊水上來，總不會缺水的。」

聽她分析得頭頭是道，杜顯一拍大腿。「倒真沒想到這個，我現在就重新整一下。」

杜小魚也沒閒著，捲起袖子就跟她爹一起忙活起來。

家裡趙氏見中午了還沒個人影，就讓大女兒去田裡看一看，結果發現那邊兩人正幹得起勁，那褲腿上全是泥，杜黃花忙上前兩步把杜小魚揪起來。「小心凍著了，快把外衣穿起來，這兒我來弄。」

「是啊，讓她回去偏不聽，妳姊這會兒來了還不歇歇？」

「沒事，我也會了，看堆得多好。」杜小魚拍拍身後的長畦，拿著小鏟子挖起來。

「不是總嫌這嫌那的，這會兒又不怕髒了？」杜黃花也蹲下來。

杜小魚揚揚眉。「那不同，這寒瓜是我要種的。」不親力親為怎麼行？

「還真當自個兒是作主的人了。」看她一本正經的，杜黃花忍不住說笑兩句。

杜小魚也沒抬槓，誰讓自己還沒長大呢，哎，還是得多吃點啊，長高了才能像個大人，說起話來也不用被質疑。

「爹，弄會兒就先回去吃飯吧，娘等著呢。」杜黃花道。

三個人又堆了陣就回去了，杜小魚洗乾淨手、換了身衣服後跑到牛棚那邊，衝門口的杜文淵招招手道：「二哥，你過來。」

「快吃飯了，去那邊幹什麼？」杜文淵問。

「把地上那鐮刀拿過來。」她又加一句。

杜文淵更覺得奇怪，但也照她的話做了。

杜小魚貼著牛棚下一根木柱站得筆直。「來，在我頭頂上邊刻個記號。」她長大後看見電視裡有這種畫面，總是想學得很，這次終於可以如願，又能看看每年能長多高，多有意思。

「頭頂上？」杜文淵擰起眉。「這是幹什麼？」

「好玩啊，你看今天是二月十號，明年十號再刻個記號，就知道一年長了多少了啊。」她眨眨眼。

杜文淵笑道：「那妳別動。」看來她是很想長高一點，不過也確實有點矮。

他跨前一步，立刻便擋住了所有陽光，杜小魚用手比劃了下，發現才剛搆到他胸口，不禁感嘆，兩人差距真不是一二般的大，這人再這麼長下去，不得到一米八幾的個頭啊？嘖嘖，配上這張臉，再弄個詩人的名頭，不曉得迷死多少姑娘呢！

「在想啥呢？刻好了。」杜文淵一拉她手。「吃飯去，不然娘要出來找了。」

兩人忙進屋，桌上早擺好菜，誰料一家人剛吃幾口就聽外頭有腳步聲傳來。

「在吃飯啊？喲，倒是來早了。」

「二、二弟？」看見那人，杜顯一下子愣住，打死也不會想到杜堂居然會上他們家來。

「你、你來幹什麼？」

杜堂手裡拎著個包袱，笑嘻嘻道：「來幹什麼？弟弟看看大哥還不行啊？」

「咱們家不歡迎你，你走！」趙氏啪的放下筷子，下了逐客令。

杜堂幾時怕過這家人，一點反應都沒有，自顧自地尋了張凳子坐下來。「多日不見，大嫂還是這種脾氣啊，這可不太好，要是連累我大哥怎麼辦？妳也知道，他打不能打、扛不能扛的，是不是？就算不連累大哥，還有我這大侄子呢。」說著往杜文淵看了看。「最近怎不見你來看太婆了？」

杜文淵亦沈下臉。「你再不走，別怪咱們不客氣。」

家裡人多，轟都能把人轟出去。

杜堂便又站了起來，啪地把包袱扔剛才坐的凳子上。「這兒有幾十兩銀子，識相的就收下。」

杜顯又呆住了。「我們要你銀子做什麼？」

「做什麼？銀子能做的事可多了，比如去別的村裡，或者去別的城鎮也行，這筆銀子夠你們花大半輩子的，省得在這裡種田吃苦。」他嘿嘿笑了兩聲。「大哥，怎麼樣，瞧我多為你們著想啊，有這樣的弟弟也是你的福分了。」

杜小魚都要聽得吐血，這杜堂是不是腦殼子壞掉了？不然好好的來送銀子，然後又趕他們走？

趙氏拿起個碗就往他身上砸。「你滾，你給我滾！」

「大嫂別惱。」杜堂雖是笑著，可臉上猙獰得很。「你們不走也行，不過日後發生什麼可不該我管，話說到此，聽不聽隨你們。」說著揚長而去。

見他走了，屋裡一時很安靜很安靜。

還是杜黃花先說話的。「是不是喝醉酒來發瘋的？」

「我看是。」杜顯忙道：「他整日的跟一幫子人混著吃喝玩樂，許是醉糊塗了才來說這些瘋話。」說著拿起那包銀子。「我給還回去。」就急匆匆地走了。

趙氏心神不寧，直覺有種不安。

杜小魚也有著同樣的感覺，杜堂剛才哪有什麼醉意，分明是很清醒的，她回想著那些話，忽地明白過來，他這是赤裸裸的威脅，威脅他們家離開北董村，可是，為什麼呢？她看了眼杜文淵，難道是因為怕他考上秀才搶奪家產？

也太沒自信了吧？她深深吸了口氣，還是因為那邊發生了什麼事，或者祖母的關係？

反正這頓飯是沒法好好吃下去了。

杜顯回來後，趙氏忙問怎麼樣。

「已經還回去了，也沒說什麼。」杜顯隱瞞了事實，其實杜堂那眼睛真夠嚇人的。

「我總覺得有些不對。」趙氏憂心道：「好端端的來這一齣，你們杜家的人越來越不像樣了！」

「怎麼叫我們杜家？」杜顯忙撇清關係。「這些年我從來沒去看過娘，就那次大壽，妳應該知道若是妳沒這個念頭，我是肯定不會回去的，文淵也不會。」

聽他表忠心，趙氏嘆一聲，也不知道這日子何時是個頭，莫非真要搬離北董村才能避開那些人嗎？可那樣她又不甘心。

這一晚輾轉反側，卻是作了一夜的噩夢。

第二十九章

寒瓜苗又開始長第二片葉子，杜小魚怕它脆弱，在移種前讓她爹狠狠灌了下肥料，待到晴朗天氣，便把幼苗一棵棵移到早就整合好的那畝良田裡。

三個人忙了大半天，一共種了四百二十棵寒瓜苗，杜小魚心想，若是都能長成大西瓜的話，那絕對是一筆不小的收入。

回到家的時候已經是傍晚，廚房裡飄出陣陣香氣。

她也沒顧得上洗手換衣服就奔過去。「娘，您燒啥了，怎那麼香？」一看是醃製的野兔，吃驚道：「哇，今兒什麼日子！」那野兔一直風乾了藏著，她垂涎很久了。

「成天想著寒瓜苗，娘說的話妳聽得見？」杜黃花手腳麻利已經整理乾淨，在身後道：「前些天就說了，要請白大叔來吃飯，過不了幾天就要去府城的，來回幾日不得麻煩人家。」

原來是這樣，杜小魚沒了興趣，繼而又頭疼起來，最近她纏著杜顯試過幾回，結果就是不肯帶她一起去，而趙氏那邊更不可能，也不知找個什麼樣的藉口才能說服他們。

「小魚，叫妳二哥去請白老哥。」趙氏發話了。

搞得真客氣，還要杜文淵親自去請，不過這白士宏看著也不是個多好的，唯恐生變，籠絡籠絡或許也對，她想著就轉身去傳話了。

杜文淵聞言立時站起來往外走，快到門口時回頭道：「妳跟我一起去？」

杜小魚想想，點頭。「好。」

兩人就往村東邊走，這白士宏跟他弟弟家一樣也住那個方向，但偏中間是以也不太遠，大概要一炷香的時間。

太陽已經漸漸西沈，周圍的雲層都染上了橙紅的色彩，大片大片極為瑰麗。

看來這兩日必定是好天，倒是沒有選錯日子，寒瓜苗才種上去可是受不得大雨摧殘的，杜小魚鬆了口氣。

杜文淵走了段路道：「最近見妳愁眉苦臉的，可是因為去府城的事？」

「嗯。」被看出來也很正常，杜小魚道：「爹說我年紀小不適合出遠門。」

「妳也確實還小，再說我去府城來回匆匆，也沒有時間讓妳到處逛的。」杜文淵道。「這回妳就不要去了，我考中了便可以進府學學習，那妳以後來府城的機會多得是。」

說的倒是有道理，可是要進府學那至少得考個一、二等的成績，杜小魚趕緊拉著他袖子道：「那二哥一定要努力啊！」

「那是當然，考好了還能免去學費。」

見他很是自信，杜小魚心裡抑鬱去了一大半，若是真能進府學，日後她要去看望二哥，爹娘還能不准嗎？總會同意幾次的，這樣便行了，她又高興起來。「二哥，以後要寫字的話喊我啊，我給你磨墨。」

現在急著拍馬屁了，杜文淵笑著搖頭。

走到一半路程，遠遠地看見有三個人走過來，這路本就不寬，偏還排成一排。

兩方越走越近，果然路就被堵住了，杜小魚瞧清楚對面那些人的模樣打扮，心裡便是一寒，都滿臉橫肉的，怎麼看怎麼不像好人，其中一人居然還拿著木棍。

「讓開，別擋著路！」立刻就有人喝道。

杜小魚輕聲道：「二哥，咱們可不能惹事。」

杜文淵也有此想法，所謂識時務者為俊傑，一個唸書的，一個小丫頭，秀才遇到兵，真起衝突他們絕對會占下風，便拉著杜小魚讓過一邊。

為首的那人皺了下眉，衝旁邊一人使了個眼色，他們便往前走了。

這路分明還能並行通過兩個人，誰知道前頭那人剛走過他們身邊，身子打了個踉蹌，眼看就要摔倒下來，後面的人趕緊伸手去扶，一邊就瞪著眼罵道：「你們這兩個狗崽子，居然敢暗算咱們大哥？」

這是哪一齣啊？杜小魚無語了，演戲也演專業一點好不好，明明身子都沒碰到的就賴到他們頭上來，同時她又很疑惑，他們這麼找茬到底是想幹什麼？弄點錢花，跟所謂的黑社會一樣嗎？

但事情的發展出乎她意料，最後方手持棍子的人連聲招呼都不打，居然直接就把棍子掄過來，要不是杜文淵躲得快，肯定被結結實實打在身上。

「快跑！」杜文淵一拉她，飛快地往回奔去。

為首之人衝拿棍子的人罵道：「不長眼的，白給你工夫準備了，就這樣還打不著，還不給我追！」

天啊，竟然就是來打他們的，杜小魚驚得背後都冒汗，可兩人都不是練武的，哪裡有別人跑得快，眼看就被追到，偏偏這傍晚時候村民都去準備晚飯了，路上人都沒有，什麼叫天要絕人路她總算體會出來了。

「二哥，要不咱們分開跑？」她氣喘吁吁的。

「也好，那妳快往回家方向跑，我去那邊。」杜文淵果斷放開她的手。

這時候杜小魚卻愣住了，若真是追他們兩人的話，杜文淵應是不放心的，絕不會答應得那樣快，因為她腿短肯定跑不遠，電光石火之間她終於明白了，原來這些人是完全衝著杜文淵而來的！

那麼，若是回頭的話該能起到拖延時間的作用吧？想著，她掉頭往那三個人而去，並且一邊跑一邊抽空揀些石頭碎泥土塞口袋裡。

那三人追了一陣，看到杜文淵就在前頭了，可那個小丫頭也不知怎回事居然往他們這邊跑，但也不在意，直接就要繞過杜小魚。

杜小魚瞅準機會，藉著風勢把碎泥土一把揚開來往他們臉上扔，立時就聽罵聲一片，那三人正瞪大了眼睛瞅準目標呢，哪裡想到空中會有東西，眼睛進了泥疼痛不堪，只得停下腳步處理。

「這死丫頭片子，給我抓住了！」為首的一聲怒吼。

杜小魚心道壞了，趕緊拚命跑。

而那邊杜文淵時不時回頭瞧，卻見身後沒人在追，心裡覺得很奇怪，便從另一頭小道繞了過來，恰好看到這場面，眼見杜小魚被人追得到處亂竄，他只得又現身。

「死丫頭，這回看妳怎麼逃！」

拿木棍的步步緊逼，很快就把路堵死了，杜小魚步步後退，結果腳下一滑，直接就摔進了旁邊的魚塘裡。

掉下去的一剎那，她心裡那叫一個後悔，早知道如此，當初真應該學游泳的。

杜文淵看她掉進水裡，急得啥都不顧了，拔足就飛奔過來，拿木棍的這會兒可沒有失手，結結實實打在他後背上，杜文淵借勢就躍下了魚塘。

二月的水真冷，杜小魚撲騰中看見杜文淵游過來，剛想叫聲「二哥救我」之類的話，可水一下子湧進喉嚨，把她嗆得眼淚直流，也堵住了鼻子，再也呼吸不起來。

手腳慢慢不聽使喚，她感覺自己變得好重，水漫過眼睛，終於什麼也看不見，在無盡的恐懼中，她隱隱約約聽到有人在說「小魚，別亂動，別動……」，之後她便什麼都不知道了。

杜文淵把她帶離水面的時候，只見她昏迷不醒，急得拍著她臉頰喊：「小魚，小魚……」

「喊什麼，還不揹她回去，這天不溺水也得凍死。」一個陌生的聲音響起來。

杜文淵才想起那三個人，忙回頭一看，只見全倒了，都在地上捂著傷口打滾呢，而說話的是個大漢，高高壯壯、濃眉大眼，氣勢極為英武，心知定是他救了他們，而此刻也顧不得禮儀，抱起杜小魚道：「多謝俠士救命之恩，但舍妹……」

「別說廢話，快走！」那人搶過他懷裡的杜小魚。

這舉動有些唐突，可這人抱著明顯比他跑得快，杜文淵覺得也不是計較這些事的時候，便在前頭帶路。

一到家門口，他就喊道：「大姊，小魚掉水裡了，快給她換身衣服！」

杜黃花應聲而來，看到暈迷的杜小魚大吃一驚。「這怎回事？小魚怎麼了？」

「說來話長，姊快去。」他邊說邊讓那大漢把小魚抱進屋裡。

趙氏跟杜顯當然也在，本是讓杜文淵去請白士宏的，哪裡料到會出這種事，看小魚暈迷不醒也是心疼得不得了，杜顯忙就出去請大夫了，趙氏請大漢在堂屋坐，先行下廚給杜小魚熬了碗薑湯，說是暖暖身子。

剛才被人抱著一路跑，灌的水也倒得差不多，杜黃花給她換衣服時，杜小魚就醒了過來，可是覺得渾身發凍，像掉入了冰窟窿似的。

「小魚，來，快把薑湯喝了，娘才熬好的。」杜黃花端來薑湯。「爹去請大夫了，妳哪兒覺著不舒服嗎？有沒有想吃的，我這會兒給妳去做。」

「冷。」杜小魚牙齒打顫，又想起一件事，忙道：「二哥呢，二哥有沒有事？」

「我沒事，好著呢。」杜文淵一直候在門口，聽到杜小魚的聲音便走進來，又伸手摸摸她額頭，很冷，不太正常。

「那就好了。」杜小魚喝完薑湯又閉起眼睛，她覺得很累。

「讓她休息會兒吧。」杜黃花一推杜文淵。「你怎還不去換衣服，讓娘看見了又得說，小心生病，快去。」

剛才一直擔心她不會醒，哪有心思，杜文淵這才回自個兒屋裡換了衣服。

趙氏給那大漢上了碗茶後，也去了杜小魚屋裡。

「娘，小魚剛醒了。」杜黃花小聲道：「現在又睡著了，瞧著很累的樣子，二弟也不知道怎麼搞的，好好的讓小魚掉水裡。」
趙氏走到床邊，看杜小魚整個人蜷成一團，小臉白裡透青著實可憐，便伸手想去撫摸一下，半途又收了回來，輕聲道：「妳先好好看著，哎，怕是凍壞了，一會兒大夫瞧過開了藥就好了，我得去問問怎回事。」
走到門外，杜文淵正好換了衣服出來。
趙氏看見他皺了下眉。「讓你去請你白大叔的，怎麼小魚會掉水裡？」
杜文淵道：「田裡有人剛澆過水，我不小心滑了跤就摔進旁邊的魚塘了，結果小魚心急著想拉我上來，沒想到也掉入水裡，幸好那位大叔路過，才把我們倆救出來的。」
「這傻丫頭，就她那點力氣能拉得住你？再說，你小時候也常在大河邊玩，本就是會游水的……」
「娘，您別怪她，小魚也是怕我出事，到底這幾天甚為關鍵，耽擱了考試娘也會憂心，她情急之下哪想得到這麼多。」
趙氏一抹眼睛。「這傻孩子，倒是害自己凍病了。」
「娘，醒了就沒事了，您別擔心。」杜文淵忙安撫她，又道：「那大叔還在嗎？」
「可是咱們家的大恩人呢，走，快去好好謝謝人家。」趙氏說著就疾步往堂屋走去。

第三十章

那大漢四平八穩地坐著，眉宇間自有一股威嚴，趙氏一拉兒子，恭敬道：「才從我兒口中得知，這位大哥原來是我兒跟小女的救命恩人，還請受奴家跟小兒一拜。」

大漢忙扶住他們。「男兒膝下有黃金，豈可胡亂拜人，再說，舉手之勞罷了。」

他力道很大，輕鬆就托住了二人，再也拜不下去，杜文淵就直起身。「大恩不言謝，以後恩公有用得著我的地方，刀山火海在所不辭。」頓了頓又道：「還未請教恩公大名？」

「我叫林嵩，別恩公恩公的了，小事不足掛齒。」他道。「那幾人到底是……」

杜文淵忙打斷他。「是我不小心摔入魚塘連累妹妹，幸好恩公路過援手，不然性命堪憂，又豈會是小事。」

林嵩聞言挑了下眉，他自然聽得出來杜文淵話裡的意思，便住口不言。

趙氏忙道：「恩公還請一定要留下來用飯。」

林嵩點點頭。「也好，我正愁晚上去哪兒吃飯，倒是不用擔心了。」

過不了一會兒，杜顯帶著大夫回來，給杜小魚開了副藥，趙氏便拿去煎了，杜黃花準備飯菜，本來要用來款待白士宏的現在變成了答謝恩人宴，而杜顯則在那邊陪著講話。

飯桌上，杜顯笑道：「原來這林大哥是武學高手呢，想在咱們村開個武館，娘子，妳幫著打聽打聽，可有合適的地方，林大哥說想租個屋子，前後場地最好大一點。」

趙氏有些奇怪，這北董村那麼小，開武館有幾個人去學啊？但初次見面也不可能說這些，就點了下頭。「我明天找吳大姊問問。」

「對了，林大哥，你現在地也沒找到，要是不嫌棄，就跟我兒子暫時住一起吧！」杜顯很是感激他，聽到是學武的又多了幾分敬仰。

趙氏聽著就忍不住皺眉，杜文淵就要考試了，正是著急看書的時候，弄個人住這兒可會影響到，就笑道：「哪裡能讓林大哥跟文淵擠一起，這樣吧，我一會兒就去找吳大姊，他們房間空著好幾間呢，林大哥暫住那兒不成問題的。」

「也好，也好，林大哥你看怎樣？」杜顯道。

林嵩點點頭。「麻煩杜老弟跟趙妹子了。」

那邊杜文淵一直沒說話，這時道：「林大叔，你是教哪種武學的？」

「十八般武藝都行。」林嵩看著他笑。「想學什麼就學什麼。」

杜文淵眼睛亮亮的，看向杜顯道：「爹，我能不能跟林大叔學幾手？反正考完院試後也是閒著。」

「那當然好，不過得問你林大叔願不願意教。」杜顯呵呵笑，轉向林嵩。「我這兒子讀書是厲害的，不曉得學武是不是個材料。」

林嵩道：「年紀有點大了，但只要用功還是可以的。」看得出來他還挺滿意收這個徒弟。

趙氏聽著很是不情願，好好的要去學什麼武，但看這父子倆興致勃勃，加上林嵩又是恩人，也不好這時候駁人面子，想著反正考上秀才也要進學館唸書的，哪有空學武，便沒有插話。

三個人就定好了，讓杜文淵拜了師父，打算等考完試杜文淵就跟著去學。

這些事情杜小魚一點不知道，她剛才在暈睡也沒吃飯，而杜黃花是在房裡吃的，這會兒跑出來道：「娘，小魚醒了，我給她弄些飯菜進去。」

杜文淵一聽忙放下筷子。「姊，我去弄，妳坐這兒好好吃飯吧。」

「黃花，來來來，讓他去吧。」杜顯招招手。

杜文淵盛了半碗飯，又把趙氏早就預留著的飯菜一併端到了房裡。

「二哥。」杜小魚暈沈沈地坐起來，看看天色。「這都那麼晚了啊。」她記得那會兒才是傍晚，現在怎麼看也得是戌時了。

「是啊，妳睡了一個多時辰。」杜文淵先倒了碗水給她潤潤喉，叮囑道：「剛才我說是自個兒摔進魚塘，妳是想救我才溺水的，可別說漏嘴，這事尤其不能讓娘知道。」

杜小魚雖然頭暈，但還能想通。「我知道，娘要是曉得肯定要氣瘋的，那三個人……」

「肯定是二叔找來的，想打得我不能去府城，他倒是真狠！」

杜文淵眼裡閃著寒光，看著叫人害怕，杜小魚忙拉拉他。「二哥，你可不能去找他，沒證沒據的，也不能把他怎麼辦。」

「我知道。」杜文淵垂下眼簾，舀了勺飯送她嘴邊。「快吃吧，一會兒還得喝藥呢。」

杜小魚細細咀嚼著吞下道：「對了，後來二哥是怎麼擺脫他們的啊？」她怎麼想怎麼覺得奇怪。

「有人把他們打傷了，恩人正在咱們家呢。」杜文淵解釋。

原來如此，杜小魚長吁一口氣，看來運氣還不錯，有貴人相救，不然後果不堪設想，想著她又憂心忡忡。「他這次沒得逞，不曉得還會用什麼法子，二哥，你這些天千萬別出門了，怎麼也得熬到考完試。」對於這種惡人，她還真想不到辦法整治。

杜文淵沒說話，只餵她吃飯。

「二哥，你不要去太婆那裡啊。」她忽地輕聲道。

「怎麼又扯到太婆身上了？」杜文淵一挑眉。

「因為咱們家沒靠山，現在能壓住杜堂的，除了太婆還能有誰？」她一語道破心機。「二哥，就算你真能利用太婆的看重懲治杜堂，可娘也不會高興的，我也不會。」

杜文淵一怔，她真是越來越聰明了，一時也不知該說什麼。

看來他真有這種打算，也許現在是最好的時機，把所有的心結都打開，杜小魚慢慢道：「二哥，如果你利用祖母，就算最後咱們真能奪了他們的田，可是太婆終究是爹的娘親，爹也不會歡喜的。」她聲音輕柔。「二哥，過去的事就讓它過去吧，咱們一家人好好的過日子，未必不能有那一天，不是嗎？」

有半晌的沈默，杜文淵瞇起眼。「可他已經欺負到咱們頭上來了。」有時候並不是忍就能過去的。

杜小魚一握拳頭。「二哥，你放心，咱們以後一定能想到別的法子報仇的。」她頓一頓。「就像對付邱氏一樣，我總有一天要讓他輸得光光的，褲衩都找不到一條！」

氣氛本來很嚴肅，但杜文淵被她最後一句話逗笑了。「妳還真是狠。」

見他笑了，杜小魚抱住他胳膊，把頭靠過去輕聲道：「二哥，你答應我好不好？別再去見太婆了。」

也許他也是一直在猶豫的，要不是這樣，那日被罰跪後就不會告訴她那些話從而暴露了心思，這些年，忽然在這一刻他覺得全身都輕鬆了，她說得對，只要一家人在一起，不管什麼困難都能走過去，那麼，他又何必要讓家人傷心？

「好，我再不會去見太婆了。」

這次他承諾得很認真，一定不會再是敷衍，杜小魚放下了心。

「快吃飯，都要涼了。」杜文淵催促道。「也不知道哪這麼多話！」

杜小魚笑了下，頗為欣慰，現在一家人總算一條心了，她頓時覺得身體都舒服不少，拿過杜文淵手裡的碗，快速地扒起飯來。

「小心嗆了。」杜黃花端了藥過來。「還以為都吃好了，原來這會兒才吃呀？別急，藥要是涼了還能熱熱的。」又看一眼杜文淵。「你出去吧，娘跟爹要去吳大姊那兒，你陪林大叔一會兒。」

「林大叔長啥樣啊？」杜小魚很好奇恩人的樣子，能把三個人都打傷，那一定是練過武的

「等妳好了自個兒去瞧。」杜黃花笑道：「反正林大叔要在這兒開武館呢。」

杜小魚就不問了，心道開武館好啊，她有空也去學兩招，順便跟林大叔打好關係，到時候杜堂再找人來，看不把他們打得抱頭鼠竄的。

大夫開的藥效果不錯，隔一日杜小魚就能下床了，藉著拜謝恩人救命之恩德，她興沖沖的跑去看了下林嵩，這人沒讓她失望，極為英武，站身邊很有安全感，就是有個地方想不明白，他瞧著就不像一般人，怎麼會想到來村裡開武館的？

為打好關係，她這幾天沒事就去吳大娘那邊玩，跟林嵩很快就混熟了，話說那日白士宏沒請成，趙氏這日便又讓杜文淵去請，杜小魚聽到了就去找林嵩，真相只有他們三個人知道，林嵩立刻答應陪著一起去。

為了這頓飯，趙氏專門讓人從鎮上給帶了豬肉回來，誰讓野兔肉吃完了呢，總要好好招待的。

白士宏依舊是那副模樣，以老師自居，飯桌上指點杜文淵怎麼應對院試，這方面他畢竟是有經驗的，後者也仔細聽著，偶爾問幾個問題，一頓飯也算吃得融洽。

大後日便是去府城的日子，約好時間地點，白士宏就告辭要走，趙氏拉著杜文淵一路送他到田埂才回來。

這幾天家裡氣氛都是有些緊張的，杜小魚也難免被影響到。要是杜文淵考不好的話，一來趙氏傷心失望，家裡會亂了章法；二來會讓杜堂等人得償所願，這也是她極為不想的，便想著法子讓杜文淵放鬆，別有心理負擔。

因為他本身考上的機率很大，可就像高考一樣，最主要的反而是臨場發揮，若是失常，哪怕你平日再好又有什麼用，別人都不會承認的。

杜文淵見她如此也很配合，臨走前一日就沒有看書了，跟家人聚一起說說話，幫著做做家務。

到了晚上，那邊又來人了，只沒想到，李氏竟然親自上門，帶著三個兒子兩個媳婦，三個孫子、孫女並幾個下人，陣勢很大。

杜顯忙迎出來。「娘怎麼來了？」

李氏笑著道：「大孫子要去考秀才，唸書忙，我這做祖母的能不來嗎？可不得被人在背後指著罵，說我一點兒感情都不懂？」

「怎麼會呢，本就想著臨行前來跟娘說一聲的。」杜顯解釋道：「要明兒中午才走，晚上正好路過個村那兒有客棧住，所以上午會來娘這邊的。」

李氏往杜文淵看一眼。「反正我也是很久沒看到文淵了。」

趙氏站在門口。「娘既然來了，快請進吧。」並沒有招呼別的人。

包氏哼了聲。「敢情是不歡迎咱們？哎，娘您看看，白帶了那麼多東西給大侄子，人家根本就不領情呢！」

「又不是外人，還得招呼妳進去？」李氏說著就進屋了，包氏狠狠跺了下腳也跟著進去。

杜堂斜著個眼睛盯著杜文淵，恨不得把他吃了，心道這小子倒是運氣好，那麼巧就遇到個會武功的，不然打得他斷手斷腳，看還怎麼考秀才，唉，真是可惜了他的銀子，還得給那三個膿包看大夫！

杜小魚看在眼裡，在旁邊磨牙，以後準得收拾這個惡人。

幾個下人提了兩大包東西也跟進來。

李氏道：「給文淵路上用的，衣服吃食都有，這幾天可不能胡亂應付，吃不好、穿不暖的可不行。」

「哪會呢。」杜顯看了眼自家娘子，忙道：「秀枝都給準備好了，娘放心，啥都不缺。」

「哦，那是嫌棄起我的東西來了？」李氏語氣一下子變冷。

杜顯從小就怕他娘，要不是遇到趙氏，估計這輩子也不會改變的，但幾十年的習慣仍有影響。「也、也不是，娘帶來了我自會跟文淵帶著去府城的。」

李氏滿意了，環顧了下屋子，搖搖頭。「哎，漏風漏雨的，真是委屈孩子們了，文淵啊，你過來。」

杜文淵便走上前去。

李氏從懷裡摸出一個雪白的玉珮遞過來。「這是你祖父的東西，你要去府城，我也沒有什麼好送你的，這個戴在身上吧，保平安的呢，可要好好考個秀才回來為咱們家門爭光啊！」

包氏聽了氣咻咻地咬住嘴，這玉珮可是好東西，聽說以前公公常戴身上的，這老太婆居然把它送給那小子了，這麼發展下去，以後可不得送銀子送田的？她伸出兩根手指用力掐了把身邊杜章的胳膊。

杜章痛得差點叫起來，見自家娘子一臉憤恨，忙伸手摟住她肩膀，低聲哄著道：「以後我買給妳，可別吵，惹惱娘了，這玉珮還不是不給妳。」

那邊老三杜翼跟吳氏都沒什麼表情，倒是往趙氏看了眼，只見她臉沈得像塊冰了。

可一定不能要啊！杜小魚在心裡道，看包氏的反應這東西應該很值錢，若是杜文淵要了，趙氏肯定氣得不行，而且按李氏的意思，不就是等於為他們杜家考秀才了嗎？

杜文淵看了玉珮一會兒，朝李氏行一禮道：「太婆，這東西我不能要，既是祖父的，就該太婆好好看管，而且考不考得中我也不知道，總不能給祖父蒙羞的，太婆還是收回去吧。」

這時，後面一張凳子發出輕微的聲響，杜小魚回頭一看，見是杜黃花碰到的，她嘴角微抿，露出欣慰的笑容，看來剛才也是極為害怕杜文淵接受那塊玉珮。

李氏的手僵在那裡，她一時有些摸不清這大孫子的心思，明明前段時間還會來看她的，以為有回心轉意的意思，可現在偏又跟他娘一般了。她想著往趙氏看去，只見趙氏眼睛閃亮，嘴角含著抹笑，分明是得意的表情，當下差點拿不住玉。

是啊，到底是她的兒子，十月懷胎生下來的！

見場面尷尬，杜顯又不太會說話，杜小魚便道：「太婆，二哥說得對，祖父這玉珮太珍貴了，哪能拿來送人呢，他受不得的，太婆能親自來看他已經是最大的鼓舞了，二哥定會好好考的。」

「是，也是。」李氏藉機就把玉收回去，才注意到這個孫女，笑著道：「過了年，小魚倒是長大了。」

自從來這裡後，這祖母是瞧都沒瞧她，現在總算看一眼了，杜小魚感慨，真不是一般的冷血啊！在她眼裡，他們這一家子人，也就杜文淵算是個有價值的。

李氏又坐了會兒便走了，趙氏這回沒有心情不好，因為這一回合明顯她占了上風。

第三十一章

第二日下午，章卓予過來接他們了，一共帶了兩輛馬車來，這萬炳光還真是大方，杜小魚少不得謝謝他，說了些祝福的話，幾個人便上馬車往府城而去，聽說來回加考試共需要七、八天。

家裡就只剩趙氏、杜黃花跟她了，杜小魚一時還真有些不適應。

因為趙氏跟杜黃花都是個少話的，而杜顯雖然老實，可很喜歡聽小女兒說話，也會寵她，杜文淵更不用說了，沒了他們兩個在，氣氛沈悶很多。

這日，杜小魚放完牛回來就進屋把放兔子的木籠提到院子裡，讓牠們曬曬太陽，四隻白兔倒是白白胖胖的十分健康，可惜那四隻野兔體形越來越不像樣子，她思來想去，還是決定把牠們都放歸山林。

在小凳子上坐了會兒，她瞅著那塊杜顯圍起來的地發呆，種完寒瓜苗這地就沒用了，可鬆過土施過肥又加了好泥的太浪費，不如種點什麼東西。

想著她噔噔噔地跑到趙氏身邊道：「娘，我在院子裡種些花好不好？就是上回種寒瓜苗那地方？」

趙氏一點沒反對。「隨妳，反正也沒用。」

杜小魚倒是驚訝得很，以前凡事都要說兩句的，這次居然這麼順利，她試探道：「那能不能擴大一點？以後花都開了可漂亮呢。」其實她也沒想好是不是種花，不過上回去山上看到野花處處著實好看，就尋思著是不是移些回來試試。

趙氏道：「妳自個兒看，別把院子弄毀了。」

還真同意了！杜小魚很興奮，立馬就拿把小鏟子去折騰那塊地了，先是把圍欄都拆掉，又瞅著院子的大小重新擴充了下花圃的範圍，一看之下還挺大的，足夠她施展試驗的了。

杜黃花回來見她一頭汗。「怎的，又在種什麼了？」

「先種點花。」

「種花？」杜黃花不覺得是個好主意，搖著頭道：「種花有啥用，不能吃不能用的，還不如種點蔬菜哩，雞毛菜可嫩呢，妳不是也愛吃的？」

「誰說不能吃不能用啊？」杜小魚道：「等我種出來了給妳看看。」

杜黃花笑著一戳她腦袋。「要真能用，那山上的花還不得被摘光了啊，看滿山都是的，妳自個兒不去瞧瞧。」

杜小魚也不反駁了，反正她把地弄好了就準備仔細去瞧瞧都有些什麼花的，若是合適的就都摘回來放著，誰說不能用了？花曬乾了就能做花茶，還能做成糕點呢。

這兒現在貌似是只有綠茶的，花茶並沒有流行開來，至於糕點，也只有桂花運用得比較多，可桂花多在南方，倒不適宜在北董村種植。

總之，她得好好規劃一下。

上午照例是放牛，接著便去良田那裡，現在寒瓜苗基本已經長出三片嫩葉，莖也在慢慢抽長。杜小魚在田裡走了一圈，把剛長出來的雜草給拔了，又間歇地稍微鬆了下表土，據說這樣可以提高地溫，完了就回家吃午飯。

趙氏見她又是一手泥回來，心道這孩子倒是認真得很，吃飯時便給她多挾幾筷菜，嘴裡卻道：「別把衣服又給弄髒了，成日給妳洗都來不及呢。」

杜小魚忙瞧了瞧身上，果真又沾上泥土，皺眉道：「看來得弄兩套衣服才行，娘，姊的舊衣服有沒有啊？改改給我下田穿，省得每次都洗。」就當工作服好了。

這主意好，杜黃花笑起來。「我正有幾件衣服穿不下呢，一會兒給妳改。」又叮囑一句。「澆水什麼的我來，妳力氣小也不懂，別又摔河裡。」

杜小魚巴不得，那水車她還真不太會使，看起來是用水槽來調整方向的。

三個人吃完飯，杜黃花就去洗碗了，杜小魚見趙氏又在揀豆子，還是赤豆，就有些好奇，問是不是要吃赤豆飯。

「給妳吳大娘做的，她明兒又要去鎮上看媳婦，聽說就愛吃豆沙包呢，就做點給她帶過去。」

趙氏做這些麵食手藝極好，杜小魚了然，問起家裡還有沒有綠豆，趙氏正忙，就讓她自個兒去拿，也沒問幹什麼。

廚房裡有個陳舊的木櫃，她打開一看，下面一層全是豆子，赤豆、綠豆、黃豆還有玉米粒等，放布袋裡排得整整齊齊的。

她拿個瓢舀了一瓢出來。

「姊給我做綠豆糕吧。」杜小魚道：「我想帶著去看二丫，她好久沒來。」她明日要去山上，可以的話打算帶著二丫一起去，有人說話也不悶。

杜黃花瞅瞅她。「這綠豆糕是從蘇州那邊傳來的，妳怎都喜歡吃些南方的口味？」

「姊怎知道是那邊的？」

杜黃花把綠豆粉放一個大盤子裡端灶上，然後就去燒火了，一邊道：「妳不記得劉大娘也正常，那會兒妳還小，外祖母去世時才三歲吧？也難怪。」

「外祖母？」杜小魚好奇道。

「是啊，那劉大娘就住外祖母隔壁，經常來外祖母家玩，他們家就是蘇州那邊過來的，常做綠豆糕吃，娘年輕時候跟她可好呢。」

杜小魚恍然大悟。「怪不得。」看來趙氏會些南方的東西，全是受那個手帕交的影響。

杜黃花忙了大半個時辰，總算把綠豆糕做出來了，可惜沒有模子壓弄不出啥花樣，就是方方正正一大塊。

她拿刀切成小塊小塊的，杜小魚捏了塊嚐了下，味道不錯，糖跟油放得剛剛夠，就是沒有桂花，不然更加香呢！

「我去幫娘做豆沙包了，妳收拾收拾。」杜黃花交代一句就去了堂屋。

第二日一大早吃過飯，杜小魚挑了些綠豆糕包好，又揹了個竹簍，裡面放著要挖土的工具就去周二丫家裡了。

周二丫家也不太遠，走了差不多半炷香時間就到。

「二丫、二丫！」遠遠就看見一個小小的身影，杜小魚高興得揮起手。

「小魚姊？」周二丫愣住了，手裡的衣服差點掉下來。

杜小魚走過去瞧一眼。「妳在洗衣服啊，妳姊在幹麼啊？」看她手紅通通的，杜小魚不禁皺眉，她家裡衣服可都是杜黃花洗的，周二丫力氣小，洗這麼大堆可不得用上一整天啊？

屋裡有人聽到聲音走出來道：「誰來了啊？」

「哦，大嬸好。」那婦人方臉大眼，看著很是凶悍，杜小魚笑道：「我來找二丫玩的，這綠豆糕是我姊做的，大嬸拿去嚐嚐吧。」

「妳是哪家的啊？」那婦人不認識她，沒伸手去接。

「我姓杜，住村西邊的，我想請二丫跟我出去玩玩，行不？」

那婦人一聽姓杜，又是住西邊，就知道是杜顯家，聽說他們家有個兒子學問好，考中秀才不難，這種人家多接近接近是好事，頓時就換了副表情，笑道：「有啥不行的，二丫，妳跟她出去玩一會兒罷。」

周二丫很驚訝，點點頭，杜小魚便拉著她走了。

兩人走了會兒。

杜小魚道：「我們去山上玩好不好？我打算弄些花回去種，我跟妳講，那邊有片杏花可好看呢，一會兒帶妳去看。」

周二丫笑起來。「好啊，我也喜歡看花。」

「妳那邊的路熟不熟啊？」

「嗯，夏天、秋天我都去摘果子的，摘少了娘會罵呢。」

可憐的娃，杜小魚同情地拍拍她腦袋，既然她也熟悉那就好了，省得到時候迷路。

北董村附近的山不高也不陡，她們很快就到了半山腰。

見右邊有棵彎曲的紅松，杜小魚領著周二丫往右上拐去，不到一盞茶工夫便看見前方一大片粉白的杏花。

杜小魚嘆道：「這顏色變淺了啊。」早就聽說杏花會變色，果真不假，要凋謝時大概就成雪白雪白的了。

周二丫瞪大了眼睛看。「好漂亮啊，原來這杏樹在這兒，小魚姊，這樹結的杏子好吃得不得了呢。」

「哦？妳怎知道的？」杜小魚忙問。

「每年都有人摘了杏子在村頭賣，我只知道是山裡的，但找不到在哪兒。」

看來有競爭對手，杜小魚心道，等五月一到她可得搶先摘了。「二丫，這杏樹的事記得先別跟妳娘說，等杏子熟了，我來找妳一起摘，到時候再告訴妳娘，好不好？」

周二丫不明所以，但也點點頭。

杜小魚就把剛才放兜裡的綠豆糕拿出來給她吃，一邊繞著杏樹看看有多大範圍，計算著能結多少杏子。

兩人欣賞會兒她便開始挖掘各種花花草草了，剛才一路走過來倒是發現幾種花看著不錯，有薔薇、矮小的牽牛花、鳳仙花，這三種杜小魚是認得的，還有些根本叫不出名字，覺得好看也就一併帶走。
周二丫在旁邊閒著無事，自告奮勇道：「小魚姊，我去那邊看看，說不定也有漂亮的花。」
「可別走遠了。」杜小魚叮囑道。
周二丫應了聲就鑽入樹叢裡。
薔薇成片的長著，枝葉連在一起，杜小魚挖得夠嗆，手指上被小刺刺破了好幾處，差點就想把鏟子扔了，但想到以後屋前屋後插上木欄杆，再種上薔薇，盛開時五顏六色如同花海一般，她又忍住了，繼續埋頭苦幹。
「小魚姊，有、有、靈、靈芝，」忽然，周二丫興奮地跑過來，說話都結結巴巴的。「好多啊！」
靈芝是值錢東西，看來誰都曉得，杜小魚一聽也蹦起來。「哪兒？哪兒？快帶我去！」
兩人穿過樹叢又沿著一小片矮灌木走了段路，周二丫指著一棵大樹道：「在那兒。」
杜小魚定睛看過後哭笑不得。「這是樹蘑菇啦。」想想也是，靈芝又不是路邊的花花草草，哪兒那麼容易就遇上，她的運氣還不至於好到這樣呢。
周二丫也很失望，小聲道：「原來不是啊！」
杜小魚瞧她一眼，難道她也是個財迷不成？就笑道：「二丫啊，要真是靈芝妳打算怎麼辦？拿去賣錢？」
她搖搖頭。「給娘看了，娘就會歡喜了，不會再罵我。」
真是個缺少關愛的孩子，杜小魚心道，二丫希望得到家人的疼愛，可惜又太軟弱了，就算這回是真靈芝，她娘也許只會一時對她好罷了，維持不了多久，但也不想打擊她，伸手把一片樹蘑菇摘下來。「雖然沒有靈芝值錢，可煮湯好吃得很，比一般的蘑菇都好。」

這片看著還不少，除了分給周二丫，然後留點兒自家熬湯，再送點給吳大娘跟秦大嬸，還有得餘，不知道拿去酒樓能賣多少錢，杜小魚想著把所有的樹蘑菇都摘了。剛才就瞧見地上不少草藥，本還怕麻煩拿去鎮上換錢，但加上這樹蘑菇倒是值得跑一趟。

接下來她便開始挖草藥了，村裡識別草藥的人不多，是以採摘的人自然也少，可惜都是些不太值錢的，比如虎杖、紫草、柴胡等，但挖著也有驚喜，還有天麻等可以賣上些好價錢的。

這一挖就是大半日，再繼續的話兩人得餓肚子了，杜小魚只好把東西收拾下就帶著周二丫下山。

收穫挺多，滿滿一竹簍，兩人在路口分開時，杜小魚又拿了些樹蘑菇給她。

回到家時，見杜黃花在院子裡晾被子，杜小魚道：「姊，明兒去鎮上吧？」

「幹啥，又惦念著吃肉了？」杜黃花笑她。

「真當我是豬呢。」杜小魚無語。「剛才挖了些草藥，我想拿去藥鋪賣，再說，姊妳要去給萬太太做徒弟了，做幾身新衣服總是必須的吧？」

「這有啥啊，乾乾淨淨就好了。」她不以為然。

都說人靠衣裝，瞧著那容姊的德行，還不知道別的幾個弟子啥樣子呢，杜黃花穿得太土氣總不太好，指不定就被人欺負或者嘲笑什麼的，杜小魚這會兒才開始擔心，以往有她在旁邊可容不得發生這種事，但杜黃花這性子要一個人還不知道會怎麼樣呢？

「就聽小魚的，去吧。」趙氏從屋裡走出來。「我本來也這麼想的，妳這年紀是該多添些新衣服，就過年那套怎麼行？」

是在惦記著杜黃花嫁人，但不管怎樣，反正這會兒目的是一樣的，就是讓杜黃花做新衣服，杜小魚見她大姊無話可說，笑著從竹簍裡捧出些樹蘑菇。「娘瞧我摘到這個了，等爹跟二哥回來熬個湯喝吧，這些是送給吳大娘跟秦大嬸的。」

「喲，這可是好東西。」趙氏眉開眼笑。「山裡頭都很少有呢，一會兒我就給送去，不過吳大姊估計都不捨得自個兒用，趕明兒做好湯又得帶去給她媳婦吃了。」

做吳大娘的媳婦可真是有福分，很少見婆婆對媳婦那麼上心的，杜小魚看了眼趙氏，像他們家祖母可就是一個大大的反面教材。

剩下的一些樹蘑菇她沒拿出來，等賣了就是私房錢，雖然趙氏對錢財不敏感，可銀子到她手裡要想拿點過來可不容易，想藉口的話又頭疼，還是自個兒存著點的好。

第三十二章

用完午飯，杜小魚就開始在她的花圃裡種東西了。

挖回來的種類還不少，光花就有十幾種，有些還沒有出花蕾，瞧不出是什麼花，至於草藥就更多了，有二十幾種，她後來把花圃分成兩半，一半用來種花，一半索性用來種草藥。

既然草藥可以直接賣錢，不像種花還得開發，那麼何樂而不為，先種了試試，若是也可以成功的話，那麼將來買的地就有更廣闊的用途。

第二日，杜小魚就跟杜黃花去了飛仙縣。

兩人先去萬府拜見了萬老爺跟萬太太，一來送些土產表達下借用馬車的感謝，二來自然是謝萬太太的寬厚，杜黃花要三月後才拜師，此舉到底有些不妥，幸好萬太太也不介意，還留兩人用了頓午飯。

離開萬府後就去百繡房買布了。

白管事也早已知道杜黃花的事，免不了酸溜溜的說兩句，但她是精明人，不像容姊一心的瞧不起百繡房，她可不一樣，隨後又捧高地誇杜黃花，最後還把布便宜一些賣給她們倆。

這人在做生意上面確實有些能耐，要別的人指不定就把杜黃花轟出去了，因為少了便宜勞工嘛，但白管事還能笑臉相迎，可見是能忍的，該是想著以後從杜黃花身上再撈些什麼吧？

「姊，這樣式不錯，就做這種吧。」杜小魚指指牆上掛著的衣裙，那件看上去嬌俏可愛，嫩黃色的布最合適不過。

「這孩子眼光真好。」白管事笑道：「知縣大人的女兒馮大小姐上回來就看上這件了。」

吹牛不打草稿，杜小魚心想，官家太太小姐哪個不是去紅袖坊的，她這是想給自己扳回面子吧？但也不點破，只又看了兩個樣式。

「咱們百繡房針線功夫好得很，妳們放心好了……」白管事只當她們要把衣服留這兒做，心道，倒是出錢大方了。

哪知杜小魚拉著杜黃花轉身就走，好半晌白管事才回過神，恨恨道：「倒是敢偷我的樣式試試看。」

「我看那衣服針線活不行，還是姊姊自個兒做比較好看。」杜小魚道。

「這可不能照著做，被白管事看見不得了的。」杜黃花想起有件事，就是有個姑娘私自做了白管事想出來的樣式，結果被人當街把衣服裁破了。

杜小魚笑一聲。「怕啥，又不用她的，咱們回去自個兒想，她的不見得多好。」就是想瞭解清楚鎮上姑娘都穿什麼樣子的衣服，來百繡房的人雖然不比紅袖坊富貴，可也不是一般人能買得起的。

杜黃花瞧瞧她，這妹妹滿腦子也不知道在想什麼，反正她是不明白的。

兩人沿著街道一直走便來到了藥鋪，飛仙縣有兩家大藥鋪，一家是萬老爺開的叫回春堂，還有一家是姓周的開的，叫宏興堂。

這家是宏興堂，賣個草藥也不至於要搭上些關係，所以杜小魚也壓根兒沒想過非得要去萬家的藥鋪。

「兩位姑娘來抓藥還是看病？」見有人上門，夥計殷勤的走上來。

杜小魚言簡意賅。「來賣草藥。」

夥計便沒了興致，往後招呼道：「小羅，來收草藥。」

一個很瘦的少年上來，面無表情道：「什麼草藥？先過來這邊。」引著他們來到大堂的一個角落，這裡比較安靜。

杜黃花把竹簍放在地上，杜小魚就開始往外掏草藥了。

昨天她已經把每種草藥都留下幾株種在了花圃裡，剩下的趁著太陽好稍微晾曬過，已經有些乾，此刻分門別類的一一取出來，在地上擺成二十幾攤。

小羅瞧著心道，這丫頭小小年紀居然對草藥這麼熟悉，莫非家裡就是專挖草藥的？

他這樣想也是正常，因為當時種植草藥並不普及，而一部分都是靠專挖草藥為生的人去各處採摘，晾曬後再賣給藥鋪的。

「小哥，你看這些能賣多少錢？」杜小魚拍掉手上沾到的泥抬頭問。

小羅回過神，拿出小秤道：「妳這草藥都沒乾透，總要減些價的。」又看看杜黃花。「這是妳們姊妹倆一起挖的？」

杜小魚聽著眼睛一轉，答道：「不是，是我爹昨個兒從山上挖回來的，他沒空來鎮上，叫我跟姊姊來藥鋪賣。」

「哦。」小羅點點頭，又問：「妳爹姓啥啊，以前也來這兒賣過？」

「我爹姓杜。」她露出幾分迷茫。「不曉得爹以前是去哪兒賣的，我跟姊走著走著正好看到你們家藥鋪就進來了。」她說著想起一件事的樣子。「哦，你可別算錯錢，我爹都給姊說清楚了，要是你缺斤少兩的，咱們就去別家賣。」

看來還叮囑過的，小羅道：「咱們藥鋪向來公道得很，妳們放心。」他細心稱量過後，算錢給她們，一共是三百文。

其中甘草最不值錢，一整斤才十文，這一棵草是很輕的，要挖一斤能把人累得直不起腰，看來下回索性都不用挖了，浪費時間，杜小魚把值錢的幾樣仔細記下來，比如天麻、元胡、還有金銀花等，尋思著回去要好好重點培育。

「下回挖到了再來啊。」見她們要走，小羅說了句。

杜小魚看著有些好笑，這少年是想多做他們家生意的，不過生就副面癱臉，從頭到尾的板著，幸好價錢還算公道，她以後挖到草藥的話也願意再過來賣。

兩個人走出門口，杜黃花問：「可是要去望月樓賣妳那樹蘑菇啊？」

「看看吧。」杜小魚還沒下決定，這望月樓是她想有個長期合作關係的酒樓，若是高價賣樹蘑菇的話好像有些不妥。

見她猶豫不決，杜黃花笑道：「妳這腦袋啊也不知道累，賣個樹蘑菇都要傷多少腦筋，要不先去集市看看吧，反正來了買點東西去，爹跟二弟就回來了，我看拎兩斤肉回去燒燒，來回幾天可累呢。」

「也好。」杜小魚同意了。

兩個人便拐去集市，先去肉攤上稱了肉，那賣肉的已經跟她們很熟，照例送了小塊豬油，杜黃花正給錢的時候，有兩個夥計打扮的人也過來買肉，一個道：「買這個吧，回去弄個黃豆燜豬腳，湊個數得了。」

另一個夥計一瞪眼。「知縣大人啥沒吃過，當是你呢，聞到肉香就流口水？走走走，去別地逛逛，幸好晚上才來，還有時間尋些新鮮的。」又呸地聲罵。「這該死的老黃，說好送好東西來的，人影都沒見到，真是害死人了！」

兩個人急匆匆地就走了。

杜小魚聽了忙問賣肉的。「這是哪家酒樓的啊？」正愁找不到門路呢。

「百福樓的。」經常來採購肉，賣肉的很熟悉。

杜小魚大喜，謝了聲就拉著杜黃花往百福樓走。

「姊，妳看咱們這樹蘑菇怎麼樣？」來到街道上，杜小魚把樹蘑菇捧出來。

陽光下，樹蘑菇色澤呈現金色，外邊一圈最淡，裡面是偏暗色的金，大一點的有兩個手掌般大，小片的也有半個手掌大，邊緣很肥厚，湊上去聞有股濃郁的清香。

杜黃花看了陣，肯定道：「應該很好吃。」她覺得漂亮，但對此也不太懂，這東西也是頭一回見。

其實樹蘑菇這種東西一般只生長於溫暖地區，比如南方，所以就算在飛仙縣都是很少見到的，而要從別的地方運來，多半又不新鮮了，杜小魚心道，既然知縣大人要去百福樓吃飯，那掌櫃必定是要巴結的，肯定想著法子找好東西呢。

她嘿嘿笑了兩聲，湊到杜黃花耳邊說句話。

「賣這麼貴？」杜黃花瞪大了眼。

「要是還價的話，就少說二兩。」杜小魚叮囑道：「姊拿去賣吧，反正我一個小女孩掌櫃的也不擺在眼裡，姊只要記得千萬別再少了，他不要的話就回來，反正大不了不賣就是。」

杜黃花愣住會兒。「妳幹啥不一起去啊？」

「難道姊還怕了不成？」杜小魚道：「以前姊不也一個人來鎮上的嗎？」

她咄咄逼人，杜黃花又向來不善於辯駁，只好一個人去了酒樓。

杜小魚搖搖頭，她這是要鍛鍊杜黃花呢，以後可就要在鎮上住三年了，這點事都怕的話還怎麼跟別人相處？

差不多一炷香時間，杜黃花終於出來了，臉憋得通紅。

「賣掉了？」見她手上空空的，杜小魚喜道。

杜黃花把銀子往她手裡一塞。「以後別叫我去了，那掌櫃都恨死我了，要不是看在樹蘑菇的分上，估計早讓人趕著走了。」

「那當然，三兩銀子的樹蘑菇哎，也算很高價了。」杜小魚笑著把銀子放荷包裡，她那荷包已經鼓鼓囊囊的不像話，藏了共六兩銀子並幾串銅錢。「姊以後要缺錢的話可以問我拿，省得娘問三問四的麻煩。」

見她小財迷的樣兒，杜黃花撇撇嘴。「我哪兒用得到銀子。」

「話可別說滿。」杜小魚挑起眉，現在杜黃花是沒小秘密，以後可就不知道了。

杜黃花沒理她，想起剛才在集市上只買了肉還有好些漏掉了，就又返回去買些東西，杜小魚則抽空去找賣兔子的那個小販。

他還在原來的老地方，看來上回杜文淵的藥是有用的。

小販見到她很高興。「多虧妳哥哥了，兔子現在都好好的，瞧，我上回又去買了一批過來，這次仔細看過牙齒了，都長得好，也沒壞肚子。」

「這就好了。」杜小魚道：「你新買的一批也是向那個商隊買的？」

「倒是沒有，別的商隊買的。」

「哦，那就好，賣給我四隻吧。」杜小魚露牙一笑。

小販也不好意思多賺她錢，在原來的價格上加了十文賣了她四隻，又問：「妳這小姑娘買這麼多兔子幹什麼啊？玩玩嘛一隻就夠了。」但見識過她的精明，驚道：「該不是又高價賣給別人去了吧？」

杜小魚噗哧笑了。「才沒有，都養家裡呢。」

她也是怕上回買的一批血緣太近，所以才另買幾隻，到時候繁殖的話不會出現近親問題，下一代就比較健康。

在牛車上，杜黃花看她幾眼。「妳養這麼多兔子到時候沒人買怎麼辦？」知道她是想養了繁殖，可是吃兔肉的人並不多呢，而且這種兔子也不曉得有沒有野兔好吃。

「先養著唄。」杜小魚不答，沒人吃當然要想辦法讓人吃，可還不到時候。反正養兔子也不虧錢，山上到處是免費的兔糧，等有規模出來也不遲。而且，她還惦念那藍色兔子呢，聽說雜交可以培育優良品種，可惜沒有機會去見識下，這也是需要時間的。

牛車剛到村口，就聽人聲鼎沸，隱隱有哭聲飄來，也不知道出了什麼事。

張大駕著牛車緩慢行走，看到個婦人忙問：「怎回事啊，這麼多人聚在這裡？」

「哎喲，出大事了，今兒小川他爹去山上砍柴，結果被隻老虎咬死了！可憐啊！被人尋著了就只剩隻胳膊，小川他娘哭死了，要村長給她相公報仇。」

「不是吧，這山頭向來連隻狼都沒有的，怎麼會有老虎？」張大也是大驚失色。

「不曉得哪座山跑來的，現在是在山裡咬人，指不定下回就跑下山呢！」婦人說著渾身一抖。「我得去找找我兒，他平常沒事就往山裡跑。」慌慌張張就走了。

張大一聽車都不趕了，回頭道：「你們都快下來，我得回家一趟。」這山頭離他們家近得很，得好好預防起來。

還好村口離家裡也不是太遠，杜小魚跟杜黃花走了不到半個時辰終於到家。

「總算回來了。」趙氏看著也很慌張，拉著杜小魚道：「妳這孩子命大，還好妳昨兒個沒出事啊，可把我嚇死了，也不知道那老虎啥時候來咱們山上的，妳記著啊，以後可千萬別再去那邊，聽到沒有？」

杜小魚點點頭，心裡很是鬱悶，好好的來隻老虎，可不是斷她財路啊！還想多抽時間挖點草藥的呢，今兒才賺到錢。

「不是要去打老虎的嗎？等打死了就沒事了。」她安撫道。

「哪有這麼容易，老虎這麼好打的啊，妳這孩子！」趙氏斥責道：「娘讓妳別去就別去，老虎沒了也別去，誰知道會不會又來一隻。」

啊，不是吧！杜小魚在心裡一陣哀嚎，還有她的杏子啊、牛草啊、兔糧啊、銀子啊……這該死的老虎！

不行，一定得想法子把牠給除掉！

——未完，待續，請看文創風135《年年有魚》2

妙趣橫生的種田文／玖藍／祝你持家不敗

年年有魚

全套五冊

小小女子為自己掙得一片天，掙得深情體貼好夫君……
熟讀此持家寶典，愛自己過好日，永遠不嫌晚啊!!

萬物齊漲！
這年頭兒日子不好過，求生存不容易啊！
東方不敗有了葵花寶典，成了武林不敗，
姊妹們，想掙錢、理家、財庫年年有餘，
還想嫁個好人家，成就女人不敗，
就不可少了這部「持家寶典」，
保妳活得生氣盎然，心滿意足！

文創風 134 1

投身農家的杜小魚發現，原來小農女真不是那麼好當的！
地少要買田，沒肉吃要開源，看病沒錢要自個兒學醫……
光靠天吃飯絕不靠譜，靠自己真個實在……

文創風 135 2

她整日埋首農書，種這種那地攢銀子，
沒想到連親姊姊的情事也落到她來操心，
加上山上來了隻吃人猛虎，壞了她採草藥掙錢的大計，
她得說服初來村裡的那位神秘的「高手」上山打老虎，
這農家日子過得可精采了……

文創風 136 3

她杜小魚年紀小小，做起生意倒是很有一套，
這村裡村外，誰不知她杜家有個會掙錢的小女兒，
因為太會掙錢、太會理家，她成了理想的媳婦人選，
對於只想掙錢不想嫁人的她，一點也不高興成了搶手貨，
掙錢不難，怎麼掙得單身的權利真是難倒她了……

文創風 137 4

打小一起長大的二哥，竟然不是爹娘親生的，
身家還顯赫得很，這已經夠教她驚訝，
更驚訝的是二哥對她的情意！
她不是不心動，只是一時轉不過來，
從二哥變成夫君，對於這個親上加親，還真的有點羞呢！

文創風 138 5 完

唉！嫁了個人見人愛的男人，果真不是簡單的事！
不過，她打小就不是個怕麻煩、怕事的，
能被這麼優秀出采的男人看上，她當然也不是個草包村婦，
她可不能辜負夫君的疼愛，
以及那些出難題的「長輩們」的期待、情敵的暗算，
她決心要做到讓所有人心服口服，小人通通退散……

風 文創
134

年年有魚 1

國家圖書館出版品預行編目資料

年年有魚 / 玖藍著. --
初版. -- 臺北市 : 狗屋, 民102.11-民102.12
冊 ; 公分. --（文創風）
ISBN 978-986-328-179-5（第1冊 : 平裝）. --

857.7 102021314

著作者 玖藍
編輯 王佳薇
校對 黃亭蓁 林若馨
發行所 狗屋出版社有限公司
地址 台北市104中山區龍江路71巷15號1樓
電話 02-2776-5889～0
發行字號 局版台業字845號
法律顧問 蕭雄淋律師
總經銷 知遠文化事業有限公司
電話 02-2664-8800
初版 102年11月
國際書碼 ISBN-13 978-986-328-179-5
原著書名 《鱼跃农门》，由起點女生網〈www.qdmm.com〉授權出版

定價250元
狗屋劃撥帳號：19001626
網址：love.doghouse.com.tw E-mail：love@doghouse.com.tw